轻与重
FESTINA LENTE

姜丹丹 主编

瞧，这个诗人

[奥] 埃贡·弗里德尔 著　温玉伟 译

Egon Friedell
Ecce Poeta

华东师范大学出版社 | 上海

华东师范大学出版社六点分社　策划

主 编 的 话

1

时下距京师同文馆设立推动西学东渐之兴起已有一百五十载。百余年来,尤其是近三十年,西学移译林林总总,汗牛充栋,累积了一代又一代中国学人从西方寻找出路的理想,以至当下中国人提出问题、关注问题、思考问题的进路和理路深受各种各样的西学所规定,而由此引发的新问题也往往被归咎于西方的影响。处在21世纪中西文化交流的新情境里,如何在译介西学时作出新的选择,又如何以新的思想姿态回应,成为我们必须重新思考的一个严峻问题。

2

自晚清以来,中国一代又一代知识分子一直面临着现代性的冲击所带来的种种尖锐的提问:传统是否构成现代化进程的障碍?在中西古今的碰撞与磨合中,重构中华文化的身份与主体性如何得以实现?"五四"新文化运动带来的"中西、古今"的对立倾向能否彻底扭转?在历经沧桑之后,当下的中国经济崛起,如何重新激发中华文化生生不息的活力?在对现代性的批判与反思中,当代西方文明形态的理想模式一再经历祛魅,西方对中国的意义已然发生结构性的改变。但问题是:以何种态度应答这一改变?

中华文化的复兴,召唤对新时代所提出的精神挑战的深刻自觉,与此同时,也需要在更广阔、更细致的层面上展开文化的互动,在更深入、更充盈的跨文化思考中重建经典,既包括对古典的历史文化资源的梳理与考察,也包含对已成为古典的"现代经典"的体认与奠定。

面对种种历史危机与社会转型,欧洲学人选择一次又一次地重新解读欧洲的经典,既谦卑地尊重历史文化的真理内涵,又有抱负地重新连结文明的精神巨链,从当代问题出发,进行批判性重建。这种重新出发和叩问的勇气,值得借鉴。

3

一只螃蟹,一只蝴蝶,铸型了古罗马皇帝奥古斯都的一枚金币图案,象征一个明君应具备的双重品质,演绎了奥古斯都的座右铭:"FESTINA LENTE"(慢慢地,快进)。我们化用为"轻与重"文丛的图标,旨在传递这种悠远的隐喻:轻与重,或曰:快与慢。

轻,则快,隐喻思想灵动自由;重,则慢,象征诗意栖息大地。蝴蝶之轻灵,宛如对思想芬芳的追逐,朝圣"空气的神灵";螃蟹之沉稳,恰似对文化土壤的立足,依托"土地的重量"。

在文艺复兴时期的人文主义那里,这种悖论演绎出一种智慧:审慎的精神与平衡的探求。思想的表达和传播,快者,易乱;慢者,易坠。故既要审慎,又求平衡。在此,可这样领会:该快时当快,坚守一种持续不断的开拓与创造;该慢时宜慢,保有一份不可或缺的耐心沉潜与深耕。用不逃避重负的态度面向传统耕耘与劳作,期待思想的轻盈转化与超越。

4

"轻与重"文丛,特别注重选择在欧洲(德法尤甚)与主流思想形态相平行的一种称作 essai(随笔)的文本。Essai 的词源有"平衡"(exagium)的涵义,也与考量、检验(examen)的精细联结在一起,且隐含"尝试"的意味。

这种文本孕育出的思想表达形态,承袭了从蒙田、帕斯卡尔到卢梭、尼采的传统,在 20 世纪,经过从本雅明到阿多诺,从柏格森到萨特、罗兰·巴特、福柯等诸位思想大师的传承,发展为一种富有活力的知性实践,形成一种求索和传达真理的风格。Essai,远不只是一种书写的风格,也成为一种思考与存在的方式。既体现思索个体的主体性与节奏，又承载历史文化的积淀与转化，融思辨与感触、考证与诠释为一炉。

选择这样的文本，意在不渲染一种思潮、不言说一套学说或理论，而是传达西方学人如何在错综复杂的问题场域提问和解析，进而透彻理解西方学人对自身历史文化的自觉，对自身文明既自信又质疑、既肯定又批判的根本所在，而这恰恰是汉语学界还需要深思的。

提供这样的思想文化资源，旨在分享西方学者深入认知与解读欧洲经典的各种方式与问题意识，引领中国读者进一步思索传统与现代、古典文化与当代处境的复杂关系，进而为汉语学界重返中国经典研究、回应西方的经典重建做好更坚实的准备，为文化之间的平等对话创造可能性的条件。

是为序。

姜丹丹（Dandan Jiang）
何乏笔（Fabian Heubel）
2012 年 7 月

行路人是下个时代的预言。

——爱默生

目 录

译序 / 1

前言 / 1

第一章　诗人与读者 / 1
第二章　我们的气候 / 17
第三章　街头诗人 / 110
第四章　先驱者的浪漫 / 200

附录
《瞧,这个诗人》或思考现代处境中的艺术家 / 276

译　序

对于中文读者来说,奥地利史家弗里德尔(Egon Friedell, 1878—1938)其实并不算陌生。早在抗日战争期间,我国"船山学"前辈王孝鱼(1900—1981)先生就已从英文转译了弗里德尔的三卷本《现代文化史》(*Kulturgeschichte der Neuzeit*),译作收在商务印书馆"中山文库"(福利德尔,《现代文化史》,王孝鱼译,商务印书馆,1936)。不过由于内忧外患,战事连年,中华民族的命运悬于一线,这部作品及其作者最终也湮没无闻。

作为现代知识人,弗里德尔有着为现代文学史书写津津乐道的多重身份:文化哲学家、戏剧家、小说家、史学家、宗教学家、翻译家,甚至还是神秘主义者……

从弗里德尔传记可以得知,他于1904年在维也纳大学获哲学博士学位(论文题目为《作为哲人的诺瓦利斯》),离开所谓学术圈子之后,便以作家、批评家、演员、记者等身份活跃在维也纳文人圈子中。留存后世的作品有《现代文化史》(三卷本,1927—1931)、《古代文化史》(卷一,1936;卷二,1950)、《歌德——独幕剧》(1908)、《时光机漫游——科幻新奇小说》(1946)等。

1909年,维也纳现代派诗人阿尔滕贝格(P. Altenberg,1859—1919)五十岁生日之际,弗里德尔受费舍尔出版社委托,着手撰写阿尔滕贝格传记。不过,作者并不愿像出版社负责人所要求的那样流于俗套,而是以与自己交好的诗人为例,站在刚刚过去的世纪末和新世纪的开端,从哲学、文化批判的视角出发,对现代、现代性进行了深入剖析和反思。据后世学者研究,题目《瞧,这个诗人》(*Ecce Poeta*)显然是对尼采《瞧,这个人》(*Ecce Homo*,1908)的隐示或者模仿。作者在这里接过尼采的思想大旗,延续了对现代性的精辟分析,并推进了尼采的批判。

弗里德尔在这本小书中探讨了诗人的本质,尤其是澄清了现代诗人(包括艺术家)的身位问题,将诗人放到**哲人-立法者**的位置上:即使在现代,诗人仍然是一种道德伦理的倡导者、实践者、推行者,进而是世界的变革者。与此同时,作者对他所处的时代予以了观察和剖析,认为,"这本书的对象是1900年之后的人之自然史",是"20世纪初人的灵魂和精神状态评述"。

弗里德尔认为文化史最主要的使命就在于直面现代的混乱所带来的文化后果,从而可以批判地对它进行反思。《瞧,这个诗人》在此意义上是一部现代的文化史,是对人之灵魂和文化心理状态的分析,是对个体的困境和需求及其满足的方式的审视,是借助一根探条深入现代的深层结构的尝试,以便探清它标志性的特征并为其命名。这根探条就是作为"人类范式"的现代诗人,他的同时代人就是根据他来塑造的,因为他是"人类的室内设计师"和唯一真正的现代人。

附录文章《〈瞧,这个诗人〉或思考现代处境中的艺术家》(ECCE POETA. Nachdenken über den Künstler in der Moderne. Egon Friedells eigenwillige Nähe zu Friedrich Nietzsche)出自尼采研究专家莱施可(R. Reschke)专著《与尼采一道思变》(*Denkumbrüche mit Nietzsche. Zur anspornenden Verachtung der Zeit*, 2000),希望有助于我们认识并理解弗里德尔与尼采之间的思想关联。

2022 年 11 月

于故渭城

前　言

三年前,费舍尔出版社(Verlag S. Fischer)邀我写一本关于阿尔滕贝格(Peter Altenberg)的书,笔者之所以怀着极大的乐趣接受了约稿,是因为笔者很久以来都认为,阿尔滕贝格在不止一个方面可以被视为一位典型的现代诗人。不过,并非所有人都认同这个观点。

当我试图更为详尽地表达和论证我的观点时,我认识到,上述分歧有着更为深层的根源,即人们压根不能就什么是诗人的本质这个问题形成统一意见。这个概念义多含混并且充满争议,因此有必要重审这个概念。于是,本书的任务就被拓展开来,对**诗人的一般性类型特点**的追问,不得不成为贯穿研究的主题。

诗人可以说是他那个时代的一个文化示意图,这也是任何一位诗人特征的一部分,而阿尔滕贝格恰恰在这方面尤甚。因此,也就有必要观察我们的时代,并试着描述当下精神的特征。于是,我们可以说,这本书书写的是一部 1900 年之后的*人之自然史*,当然,只是概括地并以粗略和临时草稿的形式给出。

上述三个主题就是接下来研究的内容。

第一章　诗人与读者

诗人的使用价值

那些在我们这个物种的发展中一再出现的玄深生物，即那些诗人，他们的目的究竟是什么？我们难道只应该满足于说，他们是神秘的漫步的矛盾体？他们生活过，并且仍然活着，一切活着的都具有某种意义。他们游离于现实生活，这一点不可否认。不过，我们不能仅仅停留在这一点。整个生活是一个大的经济结构，我们无法给予诗人一个特殊的位置。我们要他有什么用？他实用、便捷的使用价值是什么？

我们已经习惯于用这个问题问一切事物，这其中并没有什么庸俗或者平庸。任何一个事物都处于世界运动之中,并且是这一运动的组成部分,因此,它就具有某种功能,因此,它就有某种用处。此外,正是在艺术上,每个人都可以明显看到,它不是奢侈品,而是某种极其实用的东西,也许是世上最为实用的物品。首先,每部诗作都是大量细致的个人观察的积淀,这些观察是由某位特别适合观察的人所做的,并由他提供给其他人,从而为他人省去了这些费力的体验,或者使他们有可能以一种惬意的方式得到这些经验。一切诗作都是便捷的经验,它满足了一种简单化、经济化的目的,恰如任何其他经验科学那样。

因此之故,诗作就绝非一种人世中的过剩或者多余,因为,倘若它果真如此,那么,它对我们而言就可有可无了。不过,没有它不行,不像手工艺品那样。我可以有或者没有一块波斯地毯、一条英伦领带、一件日本刺绣,身边是否有这些东西,并不构成我生活的动力,也就是说,倘若我不是故作风雅的话。但是,诗人我别无选择,我必须拥有这么一位诗人,倘若找不到,我的灵魂就缺乏养分,仿佛患上了"慢性呼吸困难症"。一俟我拥有了能够对我言说我需要的一切的这样一个人,突然就有新的氧气涌入我的精神机体,血液循环就会正常,呼吸困难就会消失,而我也就健康了。这并不仅仅是个人,而是所有的时代遇到的情形。一个没有找到其诗人的时代,是病态的。倘若诗作是奢侈品,那么,新鲜空气也是。因此,就让我们安心地追问它的用处吧。

文化是问题的丰富性

然而,诗人为他的时代所做的有益服务是那么不同寻常,以至于很容易看起来像是有益事物的反面。比如,他的主要才能之一就是追问的能力。他会去追问,而这是任何人都不会去做的。他翻掘他那个时代的整个根底,掏空它,钻探,发掘出新的土层,用这种有害的、破坏性的行动摧毁既存的腐殖质。即便没有任何人要求,他仍使隐而不彰的东西暴露于天日,用自己的疑惑锤打最为坚固的事物。他在看似最为简单的事物中,发现了难解的纠葛,在所有的表面之下发现了最深不可测的深刻,将最为显而易见的事物揭露为晦涩的问题。他的使命是散播不安和猜疑。他使得人们业以为借助表格和系统就可以描绘的生活,重新变成一件令人恼火、令人绝望、充满灾难的事件。他开采出最为坚固的石块,击碎磐石,引起地质上的再造。他那敏锐的问题洞穿我们舒服地居于其上的精神层面的孔隙和裂缝,松动之,腐蚀之,解体之。人们可以在各种意义上说,诗人,是时代的盐粒。

显然,这是一种非常有用的功能。那么,我们是以什么来衡量某种文化的力量和高度呢？绝不是以它"实在的成就"、它的"真理"以及坚实的知识。我们在评价它时所追问的，是它精神性的新陈代谢强度，是它储备的鲜活能量。正如一个人的体能并不取决于个头大小，而是其运动的力量和速度，一个时代灵魂的生命力也是由其灵活性和弹性、各部分内在的可移动性及其平衡的易变性所决定，简而言之，是由其富含的问题所决定。精神多产性真正的领域就在这里。人的进步在于其成问题的品质的增长。一个时代的理想越是多姿多彩，其价值越是富有弹性，在我们看来，它就越充满思想。

有些人给人的感觉就如同淡而无味、类似化学般纯然的水。行家向我们保证，这就是水，我们的生命源泉，并且是最为纯粹、最为纯净的形式，即便在理念上亦如此，在那里除了纯粹的 H[氢]和 O[氧]之外别无他物。然而，我们却无法饮用它。这对我们有什么用？我们宁愿用手去接屋檐排水管下流出的水。同样，面对那些只具有人的**一般**组成部分而别无他物的人时，情形亦如此。对于我们而言，他们同样蒸馏得太过，过于"洁净"，如我们会礼节性地婉转表达那样。事实上，我们要表达的意思很简单，他们**毫无用处**。他们毫无颜色、毫无味道、毫无营养，他们没有盐分，不接地气。所有的时代都如此，它们并非鲜活的事物，并不是**源泉**。一切都是从它们那里淘洗出来的,蒸发出来的,它们缺乏刺鼻的酸度和苦涩、难以溶解的组成部分,即问题。

多重意味的价值

为何宗教和艺术文化流传后世,为何纯粹的科学时代只具有倏忽即逝的活力,原因即在于此。科学改善着生存的一般经济活动,发现了一些可以用来稍微简化我们生活方程式的新法则,它还令地球成为更为宜人、不那么艰辛的羁旅之所。但是,我们像接受面包和苹果一样接受它的馈赠,怀有一种动物性的满足感,然而却没有进入一种更高的精神境界,并且没有获得自身灵魂活动的动力。人类思想的现实成果,它的发掘物或者幸运所得——无论是思想领域的发现还是物质王国的发明——都不包含任何滋养性的事物,任何可以提升我们个人生活的事物。我们"为自己添置了它们",我们与它们的接触是一个做加法的过程,而不是相乘或者乘方的过程。然而与之相反,艺术和宗教的创造总是支配着一份神秘的精神能量资本。这些创造并没有完善生命的机器,而是满足于搅乱本身就已经含混的生存事务,并动摇人们天然依靠的安然生活感。它们就像葡萄酒,迫使我们的分子更为活跃地激荡,为头脑输入一波波新的血液,加速我们的整个循环。

有着诸多神话和狄俄尼索斯节的希腊人,他们在国家与社会中惶惑,他们有着令人迷醉和困惑的奇异诗作和哲学——这些诗作和哲学的整个历史完全是无止息的思想地震。这样的希腊人是典型的成问题的民族。他们只是将纱幕敷到了生存的谜语之上,并用他们令人不安的问题使天穹变得晦暗。然而,他们安然无恙地穿越历史,为每个时代展示着常新的面孔,虽然想要知道他们究竟是谁似乎并不可能,他们却是被世人思考最多的民族。或许,恰恰正是这个缘故,人们才思考得最多。当我们追随各种历史研究的脚步时,我们必然会认为,他们是一个有着充满学究气的自由思想者、道德败坏的道学家、精神和谐的神经衰弱患者、悖离世俗的现实之人的民族。事实上,这绝不是矛盾。真正的事实情形是,所有这些观点并不能告诉我们,或者只是十分片面地告诉我们,谁是希腊人。不过,持这些观点的人是谁、是哪种人,却给我们说得很清楚,也就是,中世纪的经院哲人,文艺复兴时期的感性之人,启蒙运动的道德主义者,歌德的和谐观,以及我们这个时代神经衰弱者。究竟古希腊人是不是我们所指的"异教徒",谁能够肯定地声称?不过,说异教徒是文艺复兴时期的人,这是确定无疑的。关于希腊人,我们只有一点可以确定地说,他们是成问题的。这指的是,他们的文化具有如此之大的精神膨胀系数,以至于它能够延伸到所有的时代。

基督教使得生活成为了一个神秘主义事实,或者倘若人们愿意说的话,成为了一种纯粹的故弄玄虚,然而,它通过自己的问题一再地给人们催眠。意大利的文艺复兴是一个精神状态混乱的时代,这个时代不再相信任何事,但仍不理解任何事,但是大家的感觉是,那时的生活一定很美妙、很富足、充满力量。莎士比亚的出现并没有想着去探究人,而是要去证明人的深不可测。拉辛和高乃依的灵魂学是极其纯粹和透明的,它充分地解释了人及其激情,但也恰恰因为如此,他们又是那么的无聊。追求对万事万物传播理性、逻辑、德性成瘾的德意志"启蒙运动",终究未能讲明任何事物,除非说,它讲明了自己全然没有能力进行启蒙。当文化最为清楚明了的时候,文化的水位尺也就立得最深。埃及学和中国人是两个完全不成问题的文化,它们对我们而言丝毫没有留下什么。如李希滕贝格、蒙田或者尼采这样的怀疑论者,是现代读者的最爱,而整个中世纪除了一些神秘主义作品之外并没有留下什么。唯独怀疑主义和神秘主义才有不朽的特权。

进步在消解

从上述来看,人们是否可以说,一种文化的生命力是由它"建设性因素"的多寡决定的?正相反。整体发展能力和进步性力量,人类的整体健康,取决于他可以支配的精神火药的量。一切进步都会分解、分离、消解、碎开坚实的一致性,都会撕破传统的相互关联,将其破坏,将其炸碎,飞散空中。曾几何时还是统一体的人之灵魂,变得愈发漫无边际,分裂成愈加繁多的部分。不过,它也因此而**变得多样**。经验和知识可以得出总结性的结论,它们甚至是专门为此而来的。然而,我们直觉性地感到,我们精神的真正使命在其他地方。因此,一切完全积极的事物能为我们言说的东西微乎其微,而一个呈现了尽可能多的问题的时代,在我们看来似乎远比一个**解决了**尽可能多的问题的时代更伟大。

将这些剧烈的分解物引入他的时代的精神家园,这是诗人要实现的责任重大且艰辛的使命。但是,他绝不因此而受人欢迎。他为什么要破坏安宁?他想要"开创新的时代",但是,任何早前的时代都是美好的旧时光,这不无道理,因为,那时的灵魂生活要更为淳朴、宁静、轻松。地球滚滚向前,向当时的那个世纪至高的艺术形式成倍地提出要求。我们的活力应该得到提升,可是,这很费力,很困难。后来的世纪不再需要诗人,常常十分尊敬诗人,让人们在学校学习他的诗歌,利用他来打击更为进步的当世诗人。然而他的同时代人,这些需要他的人,要么完全无法理解他,他们会说他是个傻子,要么误解他,然后说他是"破坏性的"。

那好吧,他确实也是破坏性的,就像每一粒酵母一样具有破坏性。当他遇到毒素,他就破坏这些通常习惯潜入人类精神组织的毒素,尽管没有人将它们视为毒素。它们是凝滞和新陈代谢阻塞的毒素;是衰老物质的惰性产物,这些物质时刻都在转化为霉菌;是愚蠢、无能、癫狂的细菌,无时无刻、无所不在地游荡。他搞破坏,为的是通过摧毁来分娩新的力量,产生新的化学反应,激发转化过程,尤其是加速发展。他就像每一粒酵母,是多产的破坏者,他提高这灵魂反应过程的速度。

诗人与斯芬克斯

蒙昧和无知的时代视诗人为英雄,是诗人把斯芬克斯推下深渊,或者视为冒险者,是诗人揭开了诸神的形象。我们眼里的诗人则是智慧者,他**辨识出**斯芬克斯,也就是说,他洞见到,它是斯芬克斯,并且必将是斯芬克斯。他不再把它抛进深渊,因为,他不再反感神话。他不愿再揭开任何事物的面纱,有面纱的地方,他会对面纱投上一瞥。不过,他会详细地指出,面纱在哪里,以及为什么那里有面纱。我们会发现,一个时代越是找到更多的谜语,它便越多地得到启蒙。不过,这些谜语必须是在有知中被发现,而不是摸索着、偶然地或者在心怀畏惧的情形中被发现。这就是进步的过程。曾经有个时代，人可以感知到生存的斯芬克斯本质，但是这种感觉受到缺乏智慧的毒害，智慧热爱谜语，而不是惧怕或者诅咒它。然后是另一个时代，人否认了斯芬克斯，并因此自视聪明。但是，这种聪明只不过是缺乏勇气，缺乏面对现实的勇气，因为这个现实令人恼火，所以被他用撒谎略过去了。人更为经常地徘徊在这两个极端之间，而不是处于中心，只有中心才是真正知识的地盘。这个中心是**严格的神秘主义**的领域。这就是诗人的领域。

艺术作品的两半

可是，诗人迫切需要自己的时代，正如时代需要他一样。因为，艺术家孤独且与人隔绝地搞创作，只是为自己，只是由自己内在的灵感引导着，不理会外在的成就和反响。这样的说法只不过是诸多流行谎言中的一个，每个人之所以相信，是因为没有人去反驳。

艺术家并非从自身搞创作。他是从他的时代搞创作，他的营养材料是时代的风俗、意见、喜好、真相，尤其是——如我们所看到的——种种谬误等构成的整个织体。除此之外，别无其他。艺术家也不是为自己搞创作。他是为他的时代搞创作。他的力量源泉是时代对他的理解，时代活跃的反应，只有通过时代的回响,他才能够确定他言说过。如尼采所言,那些不幸"死后方生"的艺术家身上——也就是说,用他们的感官适应了另一个更高的大气和更肥沃的土地——总是有某种错置、不对称、阻碍生长的东西。尼采本人就是最佳的例子,他在他那个时代就像一株异国风情的名贵植物,就像一个幸运的偶然。过错也许在土地,它未能提供充足的水分,另外,当时代过于贫瘠、过于空洞、过于没有灵魂,也会出现这种情形;也许是缺少阳光和臭氧,缺少风和日丽,当时代落后,仿佛没有达到自身的高度,就会出现这种情形。我们当下的文化就患有这种水平欠缺的病症。文艺复兴的氛围充满了能量,它必然将每一种才能都能够提升到尽可能高的发展高度,雅典如此,伊丽莎白时期的英格兰亦如此。然而,整个中世纪并非如此,德意志仍然远远未能如此,在短暂的繁荣之后,它又成了一个令艺术家感到绝望的地方。我们大可以说,人类的能力始终保持在一个相对均衡的平均值,这些能力虽然在整体上缓缓进步,但是在这种进化中保持着相对的相似。很难想象,一些世纪突然从土地中喷涌出天才,而在随后的几个世纪里收成却变得贫乏。不过,我们可以想象,土壤条件有时特别有利,有时很糟糕,有时——很遗憾这是大多数情形——成百上千的种子无法出苗或者继续长高,有时一切有生命力的事物却可以成长到其极限。某种植物种子在温和的地域可以长出端正、健康、无可指摘的植物，不多也不少。倘若它被撒入要么太旱要么太荒的泥土，那么相应地，人们所看到的将会要么是一株极端干瘪、蓬乱、褪色、丑陋的植物，要么是一株硕大、残废一般趴在地上、患了哮喘一般的侏儒植物。倘若人们将它放入肥沃的土地和温暖、水分充沛的热带气候中，它就会长成一幅多姿多彩多层次的美轮美奂的奇迹画面，这是人们绝不会相信它所能长出来的。比如，法兰西有着对于天才而言极其有利的气候，它是那么有利，以至于人们几乎可以说，它在不断地产生天才，却没有拥有过他们。原因在于法兰西的民族骄傲，法兰西人的心被他们人种的非凡优异性所填满，这就促使他们吸收他们国家所产生的一切东西，即便这很困难而且不寻常。我们在这里再次看到，一种本身有局限的狭隘观念如何能够带来精神自由和开阔视野。在德意志，人们却可以说，我们的视野太过开阔。我们疑心太重，比较得太多。我们过分担心将桂冠赋予错误的觊觎者，于是我们不会给任何人以桂冠。此外，德意志的读者总是谨慎地期待着"行家"的评价，而不知道他们就是那唯一的行家，就是诗人所求的行家。

因为，每部诗作恰恰是对读者发出的作诗的邀请。它崇高的魅力和价值恰恰就在于此。它越是提供更多的空间，越是提供更多的留白，它便越是意味深长。对它而言，每一个理解了的人心里都有一位新的诗人在成长。上千种观念是可能的,而且,所有观念都是正确的。

这在艺术中与在国民经济学中差不太远。而且在艺术中,效率的价值也是由生产者和消费者共同决定的。只有经过这两个部分的共同作用,才会产生出人们称之为艺术的东西。一件艺术品若没有心领神会的读者,一位艺术创作者若没有同样艺术性的接受者,就像一个天体,它的光芒还没有照射到我们,或者像一位遮着面纱散步的美妇人。所有三者——艺术作品、天体、戴面纱的美妇人——都毫无价值。究竟这样的天体是否发光,这样的妇人是否靓丽,这样的艺术品是否意味深长,完全无关紧要。

一个真正的读者在熟悉一部诗作之前,必须已经将其放在心里。诗人并不宣告什么新鲜事物,或者说,他为其宣告新鲜事物的读者并不是他的读者。他给出一些审慎的暗示,其他人记录下这些暗示,并从中制作出一部诗作。

生命的召唤

简而言之,诗人不仅仅具有一项使命,他自己也是一项使命。可是,当身负使命的他更为复杂、更为矛盾、更不可解地从生存的所有部分来刻画生存的问题,他就将自身呈现为时代的一个问题,而这个问题是**有解的**。他的时代就具有了这样的功能,即同化他,吸收他,使他的新能量成为时代的能量,将他作为鲜活的知识体吸收到时代的血浆中来。

这项使命即是对他进行登记,因为,他在此前的户籍中还没有获得过一席之地。他那些封闭在书籍中的梦想和思想,想要得到解放,想要被释放到现实中来。它们想要来到街头,想要充盈时代的整体氛围,想要通过现实而不是书籍而得到延伸。然而,现实是平日和日常生活之人,是街头、园中、营房、校园里活生生行动着的人,是坐在火车里、在房间里来回走动、向邮箱投寄明信片、挑选香烟的人,是刚刚划开一条煎好的鱼、向头顶按压充水海绵的人,是没完没了地做自己微不足道的日常工作的人,这份工作只会对一二十人产生明显的影响,但是对他而言却是最为重要的事情。这,才是实实在在的人,并不存在其他什么人。对现实有着巨大激情的诗人,他在发挥影响时始终只想到这样的人,而即便这样的人他也极难捕捉到。**诗人的书本想要获得生命**,它们不断地等待着这声呼唤。

诗人在他那个时代是唯一的"现代人",因为他完全不属于时代,因为他所属的范畴还没有存在过,因为他借以工作的力量还有待发挥出来,而且必须通过他来发挥。他正是为此而来。他成为一个全然荒谬、全然未经证明、要冒险的案例。

他是一个未曾存在的人。

正因为如此,他才不简单,他才不"那么容易为人理解",他才不正常,他才无法登记。倘若他有朝一日成为常人,成为人之规范,被登记在册,成为经典,那么,他就已经不存在了。那时,他已经完成了自己的使命。他已经使自己传遍了整个寰宇,已经用自己的新知塞满了每个头脑,把自己添加到了每个人的灵魂。他把自己分配给了所有人,挥发进了整个人类。倘若我们所说的这个过程完成了,也就是说,他被吸收到了时代之中,那么,时代就彻彻底底地吸收并用尽了他,时代也就将他消耗尽净,他就不再存在。尽管听起来很矛盾,但是,不多不少,诗人事实上是两种不可能性共同的接触面,是一种还没有存在过的人之样态和不再存在的人之样态的交叉。

互惠的使命

诗人就是这样从他的时代领受了一项使命,而时代又从他那里领受了一项使命。不过,这是具有相反兆头的使命,前一项是消极的,后一项是积极的。诗人需要使他的主题、他的时代更为矛盾、更富有问题性、更可疑,要为它指出新的深度和深渊,要令它**不合理**。而时代要通过使诗人一目了然、为人所理解、便于管理,要使之**合理化**,来应对诗人。二者都需要对彼此尽重要、但是对立的职责。诗人通过分解、破坏、倾覆时代,来反对时代;而时代通过分解、分析、挖掘诗人,来反对诗人。因此,人们可以说,二者具有互惠的**消解**对方的使命。诗人消解时代的方式,就如人们溶解化合物,时代消解诗人的方式,就如人们解开一个等式。

如果这个过程结束了,那么,一切必然的事物就出现了。诗人就由一种隐秘的、潜在的力量,变为某种显明的、固定的东西,他就会从不稳定的均衡过渡到僵尸般的稳定均衡。于是,新的时代有了位置,新的诗人也有了位置。于是,诗人自己就被保存好安放在他那一类人的干尸中间,他们曾经也遵守过生命的法则(即制造运动)和历史的法则(即被人误解)。

第二章　我们的气候

时代的密钥

我们可以想象,某个人在几百年间的使命就是构思一幅我们时代的肖像。他首先会将目光投向何处？一个时代的政治状况从来都不是完全明朗的。如果要我们就今时今日的政治生活说一些确定无疑的东西,我们自己也会陷入尴尬。这里总是存在许多巨大的秘密,而这由政治本身所决定,因为,人们无法在市场上从事政治活动。不过,一般文明的状态是一个明显的事实,这个事实毫不含糊地表现于最为平凡的生活表达中,然而,这些事物几乎无法表达我们真实的灵魂状况。无疑,电话和打字机,录影机和地铁,这些事物此前从来没有过,但是,所有这些只不过是外在的一面,只有当人们认识了它的核心,它才可以为人所理解。我们的学校和教堂,我们的议会和舞厅,更不适合于给人以启示,它们完全不属于我们。这些现象几乎完全无法表露我们真实的愿望和兴趣、我们的长处和缺陷,因为,它们是制度,而制度总是落后的。具备五六种前后、纵横、上下相互交错的交通方式的现代街景,让人们匆忙却又准确交流的咖啡馆和事务所,对空间和时间全新的掌控,这一切无疑都是我们本质的一部分,不过,只是非常表面的和已生成的东西。对于植物而言,这当然很有特点,就像表皮组织、韧皮组织、木材躯干的特性,但是,其结构的这些组成部分相对而言是死的,只不过是某些雕塑性的内在生命力的表现,只有当人们想要去真正理解这些产物时,才会不得不去搞清这些生命力。

内在结构,简言之,一个时代的灵魂机制,只有通过某些力量才会为我们所理解。这些力量似乎完全脱离于日常,但只有它们才将一个时代的生活连同其所有命运、高度以及深度统一为一幅生动的画面。这就是艺术和哲学的作品。当我们求教于哲学和诗作,我们突然间就明白了日常生活中诸多无法领会的古怪之处。这些记录虽然不会令其余的文化史材料变得多余,但是只有它们才使之展露出真正的优点。因为,哲人和艺术家是每个时代里为数不多能够**言说**的人。其他人沉默不语,或者口讷难言。倘若没有诗人和哲人,我们无从知晓过往的时代,我们所看到的只不过是陌生的象形文字,它们会令我们感到困惑和失望。我们需要一把可以打开这一暗语的密钥。豪普特曼(G. Hauptmann)曾将诗人比作风琴,一次一次送气才会使它发出声响。如果坚持用这个比喻,那么,我们就可以说,根本上来讲,**每个人都是一件有着这样敏感琴弦的乐器**。在大多数人那里,诸多事件的重击只是令琴弦发出震颤,而只有在诗人那里,它才会发出人人都可以听到并且领会的鸣响。

因此,一个时代的哲学和艺术与一个时代的文化分不开,因为,哲学和艺术不是其他,而是对这个文化的记录。在任何时代,哲人与诗人都是最具人性的人,故而,人们也可以说,他们是**最为历史性的人**。

于是,我们就得出了诗人的第二种使用价值。对于他的时代来说,他作为它的相片,对它当下和未来的生活具有重要价值。在这里,在这片清晰、纯粹、对于每一丝最细微的光线差异都那么敏感的底片上,时代学会了审视自己的面相,辨识出自己的形象,它的优点和缺陷、健康与疾病、严肃和可笑一览无余。当时代成为过往,后人拿起这张图片,再次认出这个过往的时代。诗人保存了他的时代,倘若没有他,时代便得不到保存。后来人也能够从这幅缩小和持久的肖像中检测其光线和阴影,并在内心再次去体验。

那么,我们时代的人是怎样的呢?即我们在街头、沙龙、大教室、人民大会、日报、歌曲选段、保留曲目、应时小说中所看到的人。他真正的本质并不寓于这些事物中。相反,他的本质必须从这些混乱不堪和模糊不清的外壳中抽离出来、萃取出来。这个萃取物在哪里?

我们发现它被存放在诗人的书本和图画中。

这个人,他并不认识自己。他认为,汽车是一个好的发明,电话对于高速交流极为有利。他偶尔还会说,他生活在一个殖民政治日盛、宗教气息日衰的时代。关于人的来源,他有好多想法,而对于小型企业的衰落他则心知肚明,关于艺术是否应该反映生活,在他看来更是一个开放性的问题。关于自身,他所知不多,他内心的他者是诗人。永远都是如此。

请人们对此不要耽于幻想。我们大为惋惜的没落的古希腊文化,存在于某位讲着蛊惑人心的闲话、别有心机的政治空谈、体育行话以及鸡毛蒜皮的雅典普通人的头脑中。——倘若我们撇开他们脑袋里还装着的索福克勒斯、苏格拉底以及菲迪亚斯。

超凡脱俗的诗人

诗人是人们据以塑造整个时代的清晰样板。不过,这些诗人丝毫不用成为最知名、最博学的人物，甚至相反。相当伟大的事物，如百年、千年一遇的人物，不朽的诗人，他们过于超拔、超出、超越于他们的时代，他们也具有那种最为鲜明、最为清晰、最为雄伟的形式，就像尖锐的礁石，这种形式赋予了他们某种永恒性。比如，歌德之于他所生活的任何阶段都不具有真正的典型性。清醒地审视一番这个例子，相当具有教益。在歌德漫长的一生中，周遭发生了许多事件，但是，这不是为他而发生的。如果从主要的方面来看，在政治上就是法兰西民族从大革命到第一帝国再到七月革命这段变化无常的历史，整个欧洲随后以多种多样的方式反思着它；在文学上就是从康德到黑格尔之间强大的德意志体系的形成和从克林格（Klinger）到克莱斯特（Kleist）之间浪漫派艺术形式的发展。可是，在所有这些运动里，歌德感兴趣的是什么呢？只有两个人，莎士比亚和拿破仑！而恰恰这两个人是被他那个时代误解最深的。反过来看，歌德的时代也从未对歌德表现出强烈的兴趣，除了唯一一次是对他的《维特》，因为他偶然间迎合了流行小说的诸种条件。在浪漫派仍然是一个团结一致的派系期间，他们曾是第一流的文学势力，席勒曾对最广泛的大众产生过影响，康德及其拥趸的统治力渗入到了那个时代的学术生活。然而，歌德从未形成什么学派，从来不是任何政治或文学派别的招牌，在主要的大城市也没有开设任何分店。没有所谓的"歌德时代"。这是为什么？人们可以回答，他太过"高雅"。但是，这样暧昧的答案等于什么也没有回答，而且，"高雅"者的本质恰恰在于他想要统治。歌德之所以不是他那个时代的模板，是因为他太过，太完满。因为他是**人类**的样板。

像歌德这样极少数的诗人和思想家属于另外一个时代。他们是超凡脱俗的产物，是人类中的麒麟兽，他们偶尔会来到世上，就像在我们当下生存的彼岸活动着的一类人，穿行于一个个世纪。他们是人类万神殿中罕有的大塑像，他们具有某种永恒性和超自然性。像但丁或莎士比亚一般作诗，像米开朗基罗或达芬奇一般塑造，像亚历山大或恺撒一般征服，像柏拉图或尼采一般思考，像佛陀或耶稣一般生活——这都是人的自然性之外的东西。自然力量仿佛在这里呼啸奔腾，然后超出自身。所有这些人既可以在任何时代也无法在任何时代生存，因为，时至今日，我们仍然无法理解，曾几何时，他们存在过。

哈姆雷特、浮士德、雅尔马

他们是整个人类的萃取物，因此，他们当然也是他们时代的萃取物，不过，这并不是他们本质性的东西。哈姆雷特是伊丽莎白时期文艺复兴的清教徒，是那时出现的偏执狂与自由思想者的奇特杂交物,他虽然相信有鬼神,但是也已经读过蒙田的作品。然而,他又不只如此,他正是那种懂得太多以至于无法行动的人,我们可说得直白些,他是文化人。他在今天也可能走在大街之上,在巴黎,在柏林,在彼得堡,在伊壁鸠鲁的菜园中,在梭罗描述过的"森林"中,以及任何一个成熟到足以产生这样一些人的时代,他们能够厌烦和超然地洞悉他们生活的癫狂和罪恶的世界。

黑贝尔(Hebbel)称浮士德是所有记载中最完美的中世纪形象,毋庸置疑,此言不虚。不过,他也是十八世纪、十九世纪最为完美的形象。浮士德是阿贝拉尔,是阿奎那,是巫医,是经院哲人,是苦求上帝的人,但是,他也是费希特。这位那个时代纠结的主人公,永恒地渴望着躲藏到自我与世界的谜团中,并且同样有强烈的冲动要在这样的世界里发挥影响和生活。而他也是对今日之人的全部诱惑,这种诱惑潜藏在成千上万的面具和伪装之下,作为酗酒,作为情色,作为虚无主义,作为超人。他在那里扮演的是典型的不知餍足者,在每个人的生存中都可以找到他的样子,对所有生活都抱有同情,痛苦地寻求着表象的一致性,但是终究是徒劳。这样一种形象一直存在而且永远都存在,简言之,这就是天才。而他的对立人物雅尔马·艾克达尔(Hj. Ekdal,[译按]即易卜生《野鸭》剧中人物),则具备一种令人生疑的完完全全的普遍性,他是这样一个人：对既存的现实心满意足，永远不会对津津有味地解释令人脸红的东西而感到尴尬，精于不经意地观察令人头疼的责任心和令人心烦的现实，并且一直想着为自己的生活增添一点蹩脚的诗意，就像为之遮上一片保护性的玻璃画。简言之，他是市侩。我们能想象，他不存在于人类文化的任意领域，或者说，不是任何时代的人类基本成员吗？这是肉身化了的平凡，而诗人展现了它的亘古不变。

这就是人类的三种类型。或者说，每个人身上有三种灵魂，他从中发展成长，这些灵魂永远处于斗争和均衡之中。每个人都是怀疑论者和哈姆雷特，每个人都是理想主义者和浮士德，每个人都是现实主义者和雅尔马。谁难道没有说过："可是要这一切干什么？我们是个疯人院，行为疯癫。为什么要搅和进去？这一切都没有意义。够了。"在这个时候，他就是哈姆雷特。谁难道没有说过："一切都很美妙。不过，我现在想要一块黄油面包和一瓶啤酒。"在这个时候，他就是雅尔马。而谁难道又没有说过："都一样。什么用处都没有。我们必须继续，向上！我们正是因此才来到世上。"这时候，他就是浮士德。

那么，意义是什么呢：深思熟虑的怀疑，永恒的追求，抑或，黄油面包？诗人回答说："我们是人。我们必须怀疑。我们必须追求。我们必须饮酒。"

日常的诗人

不过,也有另外一些诗人,倘若没有他们那个时代的整个背景——就像对一切布景、侧幕、天幕、服装、生活习惯等的戏剧说明——倘若没有他们那个时代整套细致入微的手势、面部表情,人们完全无法想象他们。因为,他们正是所有这些细节的总体表现。倘若把这些色彩从他们身上拿掉,剩下的几乎都不是一幅苍白的画面,或者他们大体的形象轮廓,而是什么也不剩,一丝不留,他们就会消散在空中。

他们的诗作、绘画、哲学、公共行为,都是备忘录文学,这是唯一留存的。一言蔽之,他们是日常的诗人,在他们看来尤为重要的是,他们时代的人的日常需求是怎样的,他们细微的痛苦和愿望,他们日常的欲望和失望,他们朴素的活动和习惯。挖掘这些事物并把它们的背景呈现出来,他们责无旁贷。他们因此为同时代人做了最大的贡献,不过奇怪的是,也为后人。因为,后者对过去再次感兴趣的无非是那些平凡的生活。

我们更为感激的是像路吉阿诺斯(Lucian)、尤文纳尔(Juvenal)或马尔提阿利斯(Martial)这样的人,而不是像维吉尔这样大吹大擂的人,他认为,没有什么用比如征服特洛伊和罗马建城这样的大场面素材更得体的了。今时今日,我们还在津津有味地读着像格里美豪森(Grimmelshausen)的《痴儿西木》,而其他所有的作品今安在?卡萨诺瓦(Casanova)尽管不是作家,而且也未曾想要成为作家,但是他的生平却因为生动和忠实而获得了一种艺术作品的魅力:一个时代的全部灵魂机制,正是凭借这种生动和忠实而得到毫无矫饰的描写。艺术史的一整个一整个时期之所以被人遗忘,是因为它们既没有力量产生一位相当伟大、永恒的天才,也没有彻底放弃关注一些琐屑的事物。

当我们听到苏格拉底——在色诺芬那里比在柏拉图那里更接近真实——讲话时,整个伯里克利时代的雅典多么鲜活地出现在我们面前。苏格拉底这位了不起的老练灵魂捕手,并不认为,因为他是哲人,就必须窝在自己的斗室。他和一切尽可能鄙俗的民众交谈,比如铁匠、陶匠、帮工、妓女,他从他们身上得出了他的种种概念。他也是酒量最大的那个,可以忍受得了所有的玩笑,而且就像一张雅典的活的讽刺传单!他懂得,哲学是捕捞人的技艺。因此,他将自己的哲学混到人群中,将它搅拌、抖落到现实生活里,直至它完全成为属人的。

或者,圣克拉拉的亚伯兰(Abraham a Sancta Clara),这位身着僧衣的狡黠的马贼,这位讲台之上的演员,难道他不是整个三十年战争?凭借他那大吃大喝,杀人如麻,风花雪月,还有他粗野的嬉笑怒骂,鬼混的无赖们——他们清早也许就已经被洞穿或者化为焦炭——无所顾忌的一时纵情。他用时代的风俗来对待这一切,他像一位十足的盗匪头子一般对待着德语,他在画面里将其洗劫一空,在比喻中将其强暴,从它的句子中造出真正的杀人短棍,用它们血腥地击打着人们的头颅。但是,说实话,我们并不为此而见怪于他。

人类的盛装

总结起来,同样有三类诗人。一类是超人性的英雄和艺术的理想形象。他们很稀罕,仿佛是幸运的偶然。另一类是同样歌唱伟大事物但是自身不具备伟大性的诗人。然而,他们常常把握住任意一种正在搅动时代的普遍情感,比如爱国主义、爱情、友谊、虔敬。这类诗人就是解放战争中的爱国诗人,中世纪的宫廷抒情诗人,十八世纪的友谊抒情诗人,宗教改革时期的宗教抒情诗人。第三类就是我们称之为街头诗人的一类。

这些都是属人灵魂的不同盛装。第一类作品是人类伟大的珍品,它们永不过时,只会因为整个文化层被暴力推翻而让位,它们会一再地被拿出来,穿行诸多世纪描状着属人精神至高的光辉和至高的权力可能性。它们是阴沉的庆典活动或者燃烧的火光的装饰物,它们的观念随着时代而改变,就像王者的大氅和王冠的意义之观念会改变一样。不过,所有时代都一致认为,这些是永恒的伟大事物的标志。

第二类与第一类在形式上相似,不过也仅局限于此。它们是特定时代的面具,一旦时过境迁,它们也就不名一文了。它们只具有伟大的姿态,是表演王者的戏子的帷幕和装饰,它们对时代产生的强大影响就如真实的华服,当然,演员也可以达到这样的影响。不过,它们的影响只在一瞬间。一段时间之后,戏台会被拆掉,灯光会被熄灭,五光十色的东西会被扔进垃圾箱。有这么一些时代,它们只产生这类作品,它们有各色的盛装,但是没有一件真正属于自己。于是,人们习惯于把这些时代通通扫进垃圾堆。

最后,第三类似乎很少有,但是在实际中多得数不清。它们干脆就在看起来朴实无华的时代外衣上做针线活,而且只在这上面做。它们的作品制作出来既不是为了特别的节庆,也不是为了假面游行和展示,而是为了日常和眼下。因此,它们尤其具有工作装的特点,实用、结实,价格绝非高昂,人们可以随意地拿到并使用它们。它们处于最后的技艺完善化的高度,因为它们是时代的子嗣,适应于任何生活方式,任何工种,任何天气,任何场所。

简言之,第一类是盛装,第二类是演员化妆间的衣袍,第三类是真实的历史服饰,是服饰学中的衣物。它们在服饰的历史中也保留了自己永恒的地位。

为第三类诗人所特有的是,人们不会想象他们拿着瑶琴,甚至更不会想象他们头戴桂冠。他们与这些永恒的符号毫无关系。他们既不像第一类诗人那样给世人带来这类符号,也不像第二类诗人从古玩店租借它们。他们所服务的是没有瑶琴和桂冠的时刻。

我们随后要讨论的诗人就是一位街头诗人,倘若人们愿意,甚至可以说是从具有受人蔑视的次要意义上来讨论的。他走在大街上,这其实就是他所有的诗歌活动。他穿行于当下人的房间,穿行于他们的儿童房间,他们的餐厅,他们的卧室,他们的宴会厅、妓院,他们的乡间别墅和咖啡厅。他是真正的街头诗人和街头歌者,是眼下平凡生活的描述者和歌颂者。他没有穿着丝绒西装,没有打飘逸的领带,内心里面也没有。他戴着一副牛角夹鼻眼镜。

他捕捉到了他那个时代平凡的苦痛。只有通过讨论他的时代,我们才能更深入地讨论他。

一切生成着的皆为颓废

我们生活在怎样一种大气中?曾经有个中世纪,那时我们是穴居者。曾经有个启蒙时期,那时我们还生活在平原。如今,我们正准备来到另一个大气层,一个更为稀薄、更为纯粹、更为干燥、更为寒冷,简言之,更高的大气层。可是,我们还没有很好地适应它,我们呼吸短促,气喘吁吁。我们的眼睛还没有适应更为刺眼的光芒,我们微眯着眼睛。因此,人们称我们是颓废的。

对此,我们丝毫提不出反对的意见。因为,事实上,一切生成着的都是颓废的。孕妇是神经质的,脱羽的金丝雀是病态的,整个春日里的自然都有些神经衰弱。相比于欧洲人,中国人不那么颓废。爱伦·坡、尼采、莫泊桑都变得精神错乱了,而笔者的守门人却会避免这样的命运。

无论哪里,只要有新事物在形成,就是"虚弱"、病态、颓废的。重新长尾巴的壁虎并不处于它力量的最高点,康复期的病人嗜睡,直立猿人曾经一定是个颓废者。因此,我们现在也是。

我们的整个状态是从**完成式**向**将来式**的某种过渡,但是还不是现在式。我们现在**不存在**,我们正要存在。这才是我们当下的处境。我们生活在一种开始态(tempus inchoativum)。

德意志的"不彻底"

当尼采说"我所认为的德意志人,他们是前日之人和后日之人,他们还没有今天",指的一定是类似的意思。实际上,尼采的这句话囊括了德意志文化的整个本质,包括它的所有弱点和长处。比如,对过去的过分虔敬,这在每一次进步的时候都会大大地拖后腿,以及昏头昏脑地浪游到某个没有维系的未来。不过,也包含了德意志人的伟大,他们是欧洲**最具历史性的民族**和"**最现代的**"民族。直至出现了赫尔德、莱辛、黑格尔等人,欧洲才懂得什么是历史,而对于那些始终狐疑地审视着这些德意志奇特想法的人,俾斯麦则让他们对这个概念有了相当清晰的认识。尽管如此——或者说恰恰因此——一切生成着的事物在德意志始终可以找到其最佳的土壤。汹涌的、浪游的、模糊的、摸索的、离心的,都是德意志荣耀的一部分。"无法企及的事物是创造性的",这是歌德最为深刻的一句名言。德意志人正是由于自身的不彻底、无法企及、常被人指责的深奥和晦涩,而在哲学、艺术,并且最终也在政治中获得了霸权。一切完整的、完成的事物,也意味着被完成,结束了,因此就是了结的、曾经的。不彻底则是具有发展能力的、进步的,始终寻求对自己的补充。完满是不育的。德意志人将永远不会结束,这是他的伟大之处。

法国与低级趣味

故而,当人们谈及现代文化时,本质上只可能指的是德意志的文化。也许美国也可以被考虑进来,但是,美国现在还没有文化。然而,即便许多人依然坚持,它指的绝不可能是法国。法国的文化追求所缺乏的并且始终都缺乏的是严肃,最高意义上的严肃。赋予法兰西精神独特荧光和奇特光环的,正是如下这点:它纯粹是在与自己的禀赋嬉戏,是一种幽默、优雅、多变、偶尔让人不能自已的魔力的自然现象,这是一种与植物、儿童、妇女身上令人陶醉的相同魔力。人们尽可以惊叹这种奇特的品质具有超凡性,或者讥笑其是某种次人性的东西,无论如何,有一点确定无疑,那就是,他们与文化不沾边儿。因为,文化是求索,是永恒的求索,但永远都找不到。而法国人总是可以找到,但是永远都不去求索。他们伫立着,心中对它们辉煌的能力充满骄傲的自信,在光亮中炫耀他们的才能。法兰西民族具有矛盾和神秘的禀赋,可以从一切事物——上帝、爱、自由、荣誉、日常——中搞出一部骇人的低俗小说。法国在艺术、宗教、政治、科学里的整个历史,无非是一部得到娴熟的提升、精彩讲述的垃圾小说。法国大革命是演给整个欧洲的一部栩栩如生、扣人心弦的戏剧,有着必要的精彩戏份(scènes à faire)、关于人权令人神往的长篇大论,以及刺耳的闭幕。有一条关于巴黎编辑的趣闻,此君用"这个关于神的问题缺少现实性"的理由,驳回了一篇有关自然神论的文章,这则趣闻具有某种典型性。这件事发生在四十年代,对于法国人而言,上帝在当时就已经不再 à la mode[流行]。在

"纯粹自然神论"在整个欧洲被"传递"的十八世纪,引导潮流的法国曾在这个词条上居于首位。对于上个世纪的实证主义,法国亦是如此。实证主义对于法国来说只不过是一种时新,是一次进行耀眼的新式花剑艺术、精神演习和展览的机会。紧接着出现了自然主义。当人们进一步注视左拉的实验小说,浮上表面的又是低俗,**纯种的低俗**,绝非艺术革命。整个划时代的颠覆是基于一种视觉欺骗的手段。通过表现自然生活,左拉绝没有将低俗赶出小说,完全相反,他从生活的现实制作了一部令人感激的新低俗小说。将的确隐藏在现实生活中丑陋的廉价文学发掘出来,而且是以**科学、精确、实验**的方式,对现实之低俗的自然科学式的发现,这就是法国自然主义的伟大成就。人们可以说,低俗、通俗风是法兰西世界观的先天性。如果人们谴责他们,通俗是非自然的,他们会以实验性的证据反驳说,自然就是通俗的。

然而,尽管法国的禀赋主要是小报性的,但是极大地惠及了所有宣传活动。时新的内容在法国首先都以少量、易懂的配额挤压成型,这份现实化的工作不容忽视。法国曾产生了最早流行的**自由思想者**,并因此为十八世纪的整个运动铺平了道路。此外,法国也有最早的真正的灵魂学家,并因此在今天又处于一种运动的领先地位,即使这个运动才刚刚形成并且日益深化。无疑,一切事物在法国很快就消散了,因为,它只是流于表面,总是会被接踵而至的风气吹开。人们可以说,整个法兰西文学是由纯粹的宣传作品组成的。因而,人们又可以注意到,如今法国又一次没有了灵魂学家。他们的诗人是罗斯丹(Rostand)。但是,这关我们什么事?发展已经开始了,对此,我们对他们表示感激。

发现灵魂

如果要用一个标语来指称如今在欧洲发生的事件,那么,人们可以称之为发现灵魂。人最先发现了人,他自己。发现他与所有其他存在者被无法逾越的鸿沟分隔开,他被与自己无法理解的自然、无法理解他的动物性区隔开,孑然一身,唯独面对的是自己,没有来自广阔的生成王国的回应。这一定是个可怕的事件,这是前历史性的,我们只能远远地猜测该事件极度震撼、颠覆性的影响,比如在古人有些残暴、自残、充满渴望的神秘祭礼中,人在其中发现自己脱离了自然,并且在缅怀自然。这只是他所认识到的消极面,因此,这个转变是一次悲剧性的事件,其情感表现是对无可挽回的丧失动物性状态的深切哀悼。紧接着,在已经出现的历史光亮中,人发现了个体,这个发现也是一种脱离,不过这次是自愿和感到愉悦的。在此之前,人所感知到的自己是作为类,是某种更高的整全——上帝国、神圣罗马帝国或者行会和他在其中活动的阶层——的部分和成员,最后,是人类一员,以便以这一最终理想化的约束形式消解此概念。不过,他此时已经熟悉了孤独,熟悉了孤独的幸福。作为小宇宙的人不只是与自然相区隔,而且也与其他所有人,虽然孑然一身,却是一个自为的世界。这是个体主义的巨大成就。

然而,每个精神进程都是无限的,尽管人们最初陶醉于这个不寻常的发现时会认为,总算登到了自我认识和自由的高峰,于是,先只是在模糊的潜意识活动中慢慢开始形成一种新的区分。可以确定的是,即便个体本身也不是在自身中相同、不变、完整的,相反,仍会*再细化*。新的发现是,人类灵魂是一种多面体,像一种既有低等灵魂又有对立灵魂的社会性国家,它们以稳定的不稳定平衡形式对立着。在这个语境下,人们发现了灵魂之*非理性*,发现了它的无法预估性,不可理解性,并且开始了一种灵魂学的微积分和微分学,一种灵魂显微术。灵魂显微术认识到,正是最不显眼的,即便自由的眼睛也无法看见的变化和差异,构成了我们称为灵魂生活的东西。远远走在他那个时代前面的莱布尼茨已经引入了微知觉(perceptionpetite)概念,即所谓的"无限小的概念",并因此为一种直至现在才开始发展的灵魂学做了准备工作。他已经认识到,处于可见性极端边缘的灵魂冲动,就像灵魂学微积分值,我们灵魂生活寓于似明或暗中的事实,才是最具重要意义的,因为,它们包含了构成我们本质最深刻内核的力量。类似地,李希滕贝格(Lichtenberg)曾写道:

> 我最希望阅读的不是其他,而是成堆有思想的人们隐秘的声音,而不是灵魂的质料,我不需要喧嚣、公之于众的声音,这些我已经了解得够多。它们既不属于灵魂学,也不属于章程汇编。

他基于观察和实验,首次对作为经验人本学分支的灵魂学做了科学研究,当然,不是以永远无法进入纵深的物理测量和对数数列的形式,而是科学地通过客观和精确的精神。在同一个时代,思想深刻的哈曼(Hamann)发现人是对立统一体(coincidentia oppositorum),是已成为事实的对立之统一,介于动物和天使之间,是实实在在、肉身化了的矛盾体,是活的悖论。对人本质的漫无边际、难以捉摸甚至无意义性的这种新的确证,在这里第一次显得倒不像是自责,而像是**魅力**。

新的坐标系

不过,上述的这些先知先觉始终只是极少数知情者的公共财富,是一种隐微的学说,只要现实没有在下面落款的话。——笔者指的是,只要广泛层面上的人(也就是说统计学意义上的人)还是理论早就认识到的人那样。这样的人如今第一次登上了生活的舞台,他不再只见于灵魂解剖学家的灵魂学卷宗里,而是在大街上,在现实生活中。今时今日典型的人逐渐开始成为行家们早已预先知道的样子。十八世纪的人对今天的我们来说,也一样一目了然、粗线条、极其质朴,就像中世纪人对他们而言一样。"个体"对于今天的我们而言,就如"人"这个词在一百五十年前那样,同样是一个未经加工的、粗糙的指称。十八世纪的那些人——我们不得不一再地援引他们,因为不可否认,他们代表了发展的一个极其明显的高峰——与我们相比,还过得不错,生活得更单纯,活得很自我。而对我们来说,"我"悄无声息地消失不见,就如"国家"或者"社会"对他们而言一样。当时是人们在找寻新的坐标系的诸多时代之一,但是,这样的时代总是最为幸福的时代。这个坐标系被稳妥、敏锐地放到了一个点上,那就是个体。如果无法感同身受,就很难领会得到这一点,不过,从当时所有样板性的人物身上,比如从维特、卢梭,尤其是康德所构想的人那里出现了一种极其惬意、真正经典的直线型印象,他们以那么完美对称和几何的方式得到构造,并且被画成了一幅那么无瑕、一眼就可以领会的图式,就如同绘画学校辅助手册中的"人体经典"一般。他们给我们留下的这个印象之所以如此奇特,是因为那个时代本身就极为矛盾、分裂、成问题。不过,这似乎是一条灵魂学的法则,每当人要重新站稳脚跟,就会觉得自己在晃悠。一切在当时似乎都在晃悠,康德的发现似乎在纯粹的精神阴影中消解了外部世界,尽管如此,他将世界观纳入时间、空间以及因果性的做法,在我们今天看来安排得极为妥当并且让人得到了安慰。我们觉得他就像个亲切的伯伯,为我们带来了三个大盒子,他把所有东西都整整齐齐地打包在里面。赋予我们最高等的安全感,这才是最为有用的。对于今天的我们来说,不幸的维特都像个值得羡慕的灵魂逻辑学家,因为,他仍有一个那么明确的方向,一个那么绝对的目标,**情欲本身**对他而言还不成为一个问题。我们多么愿意和这个精力分散、不满足、没有维系地四处乱撞的狂热头脑交流,他仍然清楚地知道,什么是他想要的,他还**没有什么**。

如果有一个证据证明了人之进步的确发生了,那么,这个证据就在于原始性,就是极端复杂的十八世纪在我们眼中所具有的原始性。

克服伦理学

对于我们来说,我不再是坐标系的中心,而是一个坐标系。人们可以在这个问题的发展中区分三个大的阶段。首先,人本身被认为是不变的;继而,被认为是历史进程中变易的,这个观点在莱辛(Lessing)那里达到顶峰;最后,被认为在自身整个生活中是变易的。与这三个观念相平行的,是三个阶段的伦理学,道德律令的有效范围在这些阶段里愈发收窄——无论是在空间还是时间上。首先有效的是神法,在一神教中的表达是,它是超世俗的,主宰着全世界,同时它也是永恒的。然后是类的法则,如康德最为清晰地在"范畴律令"里所提炼的,它主宰着整个人类,不过只是人类,它是世俗的,并且是有限的。最后是灵魂的法则,它只关涉个体,而且即便对于个体而言,它只是瞬间的法则。用三个关键词总结就是,第一阶段是神法(theonom),第二阶段是人法(anthroponom),第三阶段是个人法(idionom)。

不过,相当清楚的是,自我立法、瞬间立法、"没有金科玉律即是金科玉律"(萧伯纳)的第三阶段,包括了最高的道德责任和认识能力,而且,它最终必将发展,因为它只有在最为发达的人身上才是可能的。只有拥有最强大、最细腻、最高等、最深刻的品德的人,才理所当然有能力克服道德,并且是在唯一合理意义上的克服,即将其扬弃掉。这种扬弃即黑格尔意义上的扬弃,这意味着它已上升到扬弃所包含的更高阶段中。

克服物理学

此外,我们在这里看到了朗普莱希特(Lamprecht)偶尔提到的那种文化发展的开始和终结的独特极端交叉点。无法度的野蛮人与无法度的未来之人交叉,就如同某种神秘主义和迷信通常在一种至高的文化阶段上再次发展开来那样。有一个人们经常可以看到的事实,那就是恰恰是那些最敏锐的人在成熟的时期都会返回到一种烧炭工信仰,这当然不是一种出发点,而是顶峰。这是神秘主义的"第三王国","毫无偏见的"实证主义者之所以认为自己能够飞升到这个王国,恰恰是因为他是道德和智性的新贵。他懂得,不存在偶然,也没有心怀恶意的魔鬼和邪恶的地精。而且,对他而言似乎已经证实的是,星期五与星期天没有本质上的不同,人们下床时先落左脚这个事实与任何一个外在事件之间不可能有任何逻辑或者物理性的关联。

不过,一切事物之间都有关系,存在神秘的超物理性关联,我们之所以称之为非自然或超自然的,是因为我们还未发现它们的法则,虽然不存在恶魔,但是存在精灵。对于每个人而言都存在一个自己的精灵,它支配着他,来回地牵动着他,这个人越是强大,这个精灵便越是强大、危险、有魔力。我们的命运虽然不是借助占星术秘笈就可以从星相中获得,但是,它却明白地写在星相那里。——这一切是他还不知道的。他虽然摆脱了一些无稽的偏见,并获得了一些有用的知识,但是,他太过于自矜于这些微不足道的临时成就,而无法从中超拔出来,并懂得他们在某种程度上只不过是图画中的辅助线,像所有的辅助线一样有用且不可或缺,但是它们之所以在那里,只不过为了有一天被擦掉。物理学就是必将被克服的东西,而且是通过物理学。自然科学的历史日复一日地告诉了我们这一点。科学无非就是我们所理解的那些事物的总和。科学绝对没有必要去战胜神秘主义,而是必须去占领它。然而,实证主义者和他平庸的短命科学性是不会理解这一点的。他所斩获的还太过年幼,以至于还不能真正占有它们。他还是以那种自我满足感和轻浮的惊奇感穿戴着它们,就像暴富者穿着华美的衣服,他还不具备那种理所当然、无所谓甚至鄙夷的眼光,这些才是真正的占有者对他的财物所流露出来的。他还没有从惊异中回过神来,即真的存在像物理学、伦理学这样的东西。对他来说,这些东西仍然是毫无先例的奇迹。的确存在比如能够计算自然的可能性,这对他来说简直像真正的奇迹,为此他将其他更广博且更深刻的奇迹抛诸脑后。同样,德性的事实对他而言也是一桩不可思议的大事件,以至于他被这个事件搞得昏昏欲睡。因此,正如他能够理解一位思想家,他会说,德性是那么理所当然,以至于我不再与它发生关系;同样,对我而言,无私的问题就像使用肥皂一样是个问题,也就是说,根本不是问题。伦理学的新贵是个体主义伦理学的反对者。

耶稣曾不得不为世人树立起最为极端的无私理想,只有通过这种极端的对立形象,他才能战胜他那个时代的人们内心深处以非德性为取向的基本意志。那个时代的一半叫做罗马,另一半叫做犹太。只有那些本性上堕落、邪恶、自私自利的人,才会是个体主义伦理的反对者。从他们的立场来看,他们在其中完全在理。实际上,他们永远不会允许自己自私。在他们身上还有太过低于人性的自私自利,正因为如此,他们迫切需要基督教的德性理想。在这件事上才显出他们深刻的非德性。

用一个词来表述伦理个体主义的发展,那就是艺术的。每个人都有属于自己的道德法则,即针对他、唯独针对他,而且始终不渝地针对他的道德法则。这只有在如下前提下才是可能的,即每个人都是有着自己的生活法则、自己的生活态度、特殊的肤色和外形的特殊生物,简言之,是个艺术品。然而,对于艺术品而言也存在着"无法则",也就是说,之所以如此,是因为它们是我们所知的最符合法则的形象,是因为它们就连最细微的地方都被一种特别的精神所主宰。人们称之为风格。新的伦理学也具有相同的意义。实现自己特别的美,满足自己的美之法则,拥有并活出自己的风格,这是人。属于一个艺术品的东西,它的有机构成部分,我们通常称这是它身上的美。而属于一个人的东西,无一例外,只有这个东西,我们必须称之为他身上的德性。

克制的主观性

梅特林克说:"灵魂王国日复一日地扩张,这确定无疑。"的确,今时今日,人们可以在即使最不显眼、最偏僻的领域注意到这一点。人们也许会说,灵魂终于开始变得流行起来。在诸多暗示这一点的症状里,也许最为重要的就是越发增多的沉默。这让人猜测,人要开始接近人了。因为,这种沉默并不是死寂,而是使人想到一种观点,即新的表达方式在万籁俱寂中酝酿着。因为,新的表达始终必须有新的**印象**作为先导。故而,我们如今正处在一个主要是沉默、接受的阶段。古典主义、浪漫派以及唯物主义时期,尽管它们在其他方面都迥然不同,但是有一个共同的基本特征,即**不断爆发的**主观性,向外投射——投向艺术、科学、政治——的冲动。这种冲动是整个文化领域的驱动性基本意志,而该领域的经典表现是费希特的哲学,他将表现为一切形象的整个世界理解为积极、创造性的我之产物。这种精神状态偏离了另外一种完全对立的,即内在化、克制的主观性。简而言之,即表现主义被印象主义所替代。

印象主义的定义

什么是印象主义?我们这里就来谈谈对它的看法,即,它是对现代过多的印象的适应。现代的流行病是思想过剩。所有领域数不清的改变带来了如此多新的概念内容、联想的可能性、评价、视角,以至于超出了人的接受机制所能承受的范围。还不止这一点。与此同时,对过去的认识以及体会历史状况的能力,把越来越多的东西抓到身边,使自己具有了意想不到的维度。现代意识扩展、细化、深化到了各个方向,今天,它延伸到了宇宙和水滴,千千万万历史侧面的人之变化,直至远古时期的知识,变化多样的地球,新的技术、社会、工业、政治现象,对化学和描述性的自然科学来说完全新颖的事实,此外,还有新派艺术与哲学的观念。现代意识完全被新观念这种突然的大量入侵所征服。怎么办呢?于是,永不欺骗的自然发明了一种全新的感知形式,即印象主义。这归根到底其实就是一种必要的和最符合目的的机制,以便能够接受大量的印象。我们的大脑逐渐发展成为一个纯粹记录和控制的机关,它报告是什么东西"进入"了。因此,对现代的"涣散"的常见抱怨早就极其可笑了,因为,抱怨完全没有用。我们不可能开始和我们的器官及其适应过程去争吵。目前就是这样。也许,这就已经是对印象主义的一个完全充分的辩护。

"高等现实主义"

不过,印象主义真的是一个那么有缺陷的感知形式吗?它根本就是现实主义中的一种进步。我们实际上变得更现实主义了,远比我们在唯物主义时期更为现实主义。因为,我们返回到灵魂生活的诸多单个因素,回到了现实的经验印象,正如它真实发生的样子,这就是印象主义。我们通过遵循这些更为现实的现实,无疑将自身"碎片化"了,就像解剖学家在他的观察中也会将注意力分散,当他观察细胞而不是完整的人的时候。不过,人就是细胞。

任何进步都是碎片化,因为,它也是细化、深化以及精微化。因为它总是在朝着一个**更高的**现实前进。

当我们看几个例子,很快就会清楚。康德使一切都成为"现象",也就是说某种程度上扬弃了一切现实。在将我们精神的所有观念形式——它们纯粹是主观性的,不具有任何独立于我们的现实性——去除之后,所剩的就只有物自体,而它是个非物(Unding),我们从中只能够绝对肯定地认识一件事,那就是,它是无法辨识的。因而,康德似乎是有史以来最大的现实否定者,而且首先在同时代人眼里,他似乎已是如此。不过,人们很快又证实,完全相反,他是有史以来最大的现实主义者。因为,他回到了真正存在的唯一实在物,即人的灵魂。故而,就绝不能说他要摧毁现实,而是真正创造完美现实的第一人,因为此前并没有这样的现实。所有之前哲人的现实都是人人可以推倒的纸牌屋,而现在,找到了一个绝对不可动摇的点,即作为外部世界立法者的灵魂。即便人们一直以来称为现实的东西化为乌有,人是固定不变的,作为唯一且不容争议的现实,比以往任何时候都要牢靠。

同样,人们也不会否认,与所有早期的天文学家相比,哥白尼是最大的现实主义者,因为,其他人的见解都是错误的。尽管如此,与旧的天文学现实相比,他的是更为不稳定、不确定、不现实的现实。古人的地盘和它那旋转的天球显得多么惬意,恒星如同灯笼一般固定在天球上,这是一个极其令人安宁、稳定的东西,人们用一根手柄就可以令它动起来。在哥白尼的体系和康德-拉普拉斯的理论之后,还剩下什么呢?原子的斗争,堆积和消散的云雾,作为一个小点的地球。多么不现实!地球的现实几乎化为乌有。虽然如此,哥白尼仍是对的,而那些把地球看作强大的世界中心的"现实主义者"是错的。

在宗教方面同样如此。自然神论、拜物教、多神论、灵魂转世,比朴素的一神论要现实得多。然而,人们今天不再从中看到自然宗教具有更高真理的明证。人们可以从基督教内部注意到相同的过程。新教取消了圣母崇拜、圣徒、圣餐、通过耳语告解来恕罪,这些都是不可否认的"事实",是切实的现实,取而代之的是符号、概念以及难以想象的事物。那么,它因此就比天主教更有道理吗?在任何时代,神秘主义都居于一切实证宗教之上,它会回到完全虚空的东西(Luftdinge),比如情绪、波动、预感、狂喜。虽然如此,它仍是唯一的宗教形式,尽管经历六千年却仍然安然无恙地得到保存,并且只要有人存在,可能仍将留存下去。

简言之,人类的精神发展总是偏离既存的现实,即通过用更高的现实取而代之,而这个更高的现实也因此更非物质,即便绝非更不现实。换言之,它探求*恒定的*元素,即那些在可听、可感、可见的现实里永远无法找到的元素。于是,矛盾就解开了。新教牢牢抱住更恒定、因而更难以理解的宗教性元素,它因此更为现实。现代物理学以原子为依据,即物体的那些恒定元素,而没有一个人看到过这些元素,它因此而更为现实。恰恰因此,印象主义者也是更为现实的人。即便个别的印象本身是某种倏忽即逝和无法衡量的东西,它们仍然是我们整个灵魂生活从中构成自身并以此为根据的,它们是*灵魂*

的常量,就如同原子是物理学的常量或者细胞是生理学的常量。同时,它们也是唯一的灵魂性事实,因为,我们灵魂生活的所有其他现象都只不过是抽象物,从更小或者更大的现实单个印象组织获得,它们是由我们事后制造出来的,永远都不存在于灵魂性的现实里。

印象主义的人

因此,印象主义绝非虚弱,绝非无法表达整全事物的无能为力,相反,是富足。它是一种满足于抓住个别性的过分富足,同时,是一种高等自然主义,即精确地记录下现实,就如现实出现时的那样,作为单个的印象。它源自于绘画,这之所以非常独特,是因为绘画这门艺术恰恰最为依赖对现实、实体性的外部世界之观察。不过,它早已不再局限于绘画技艺,可以说,我们今天不只是印象主义式地绘画,而且在印象主义式地作诗、做音乐、思考、相爱,甚至印象主义式地生活。所有艺术都慢慢变成了印象主义的,今天,再也找不到"编曲"这个梦魇,艺术家不再被迫欺骗性地把他们的观察、感受糅合成一个强制性的统一体和结构。对于观察和感受,他有着更为活跃、更为敏锐的视网膜图像,这更重要、更有价值。我们的整个精神生活是专门和有意为之的无传统,轮廓的某种朦胧状态不再被视作不足,相反,会激起一种信任,我们从原则上反对轮廓。我们看的行为不再是绘画式的,比如,歌德的看在这方面就占有极高的比重。我们可以说,歌德是以画家的身份在作诗、在思考、在生活,他正是通过这种一致性而达到了那样的完善。他那个世纪的人本身就是绘画式的人。对于我们的生活和艺术的整体观,这种绘画式的因素恰恰退居次要地位,颜色和色块成为了主宰。我们可以接受极高的对比度,甚至将对比度提高到一定的水平,我们可以毫不费力地感知到直接的过渡。此外,现代对光的渴求也是一种印象主义式的特征。我们可以忍受一件艺术作品是"现实的一部分",当这个部分和这个部分的任意性没有被隐藏甚至得到了强调时,我们也不会觉得不妥,在我们看来,这恰恰才是艺术性的。我们开始慢慢意识到残篇的美。而这也不过是对于现实主义的一种提高了的感觉,因为,整个现实就是一部残篇。我们在现实里所遇到的,始终只是不完整的东西。此外,整个剪裁技术更富想象力,因为,它给我们留有猜测的空间。

何谓神经质?

让我们现在转向我们时代的第二个基本特点,神经质。印象主义与神经质之间的关联是那么地紧密,可以说,二者几乎是一致的。它们的关系就像一张扑克的两面。不过,什么才是神经质？它不是别的,而是对于刺激的更高的感知能力,更高的反应速度,更丰富和清醒的联想能力,简言之,是精神(Geist)。一个生物在精神上超高等,他便越是神经质。文化人远比野蛮人神经质,今天的人远比中世纪人神经质,诗人远比市侩神经质。每个具有创造性的人都是某种程度的神经症(Neurose)。有时整个民族的才华甚至在流行性的精神病中发泄出来,比如,中世纪的宗教才华发泄在了圣维特舞中,古希腊人的肃剧才能发泄在了狄俄尼索斯节里。我们甚至可以把这一关系向下延伸到动物世界,无疑,猎犬远比肉犬更为神经质,而后者又比黄牛神经质。癔病患者有透视能力,这是被证明了的。这在较低的程度上又表现在神经衰弱者身上,他目光敏锐。简直可以说,他有着更敏锐、更灵活、更灵敏、更不安、更清醒、更不易困倦的感官。简言之,从所有对神经衰弱症的精神病学定义里始终只能辨识出一点,即它们只不过是对有才华之人的生理学状态的恶毒说法。

因此,通常被精神病医生和其他对精神病一无所知的人称为我们时代的一个病态特征的东西,恰恰表征了我们最高程度的健康,当然,是我们特有的健康的那种形式,这是攀登者更强的心跳、更高的脉搏、更快的新陈代谢。正如我们前面所说的,我们身处于山顶的空气。虽然那里偶尔的确会有"高原反应",但是我们不应怀疑自己,尤其当这个阶段就快要被克服,并且属于一个就要被谈及的早期的十年。

发现神经元

此外,现代神经质的全部迷信似乎还有第二个原因。如果用一个关键词来表述,现代科学划时代的事件之一就是,发现神经元(Neuron)。这个发现引起了对生理学和灵魂学学科的彻底改造。而这在其方式上也是一个印象主义的基本特征,也就是说,我们回到了元素,回到了神经生活一般的原子。于是,通过这样一种转变,很容易就会产生一个走了样的视角。与过去相比,今天也许不会有更多的神经质,但是,人们对此却谈得更多了。我们**发现了**神经质,因而,它似乎直至现在才出现。但是,它以前就在那里了,只不过就像未知领域一样,我们对它一无所知。类似地,今时今日不再有以前那么多传染病,但是,今天人们对细菌的**认识**更多了,因此可以说,今天有更多的细菌了。对于似乎为我们所特有的癔病,人们甚至可以直接拿来证据说,它在欧洲日益减少,其程度就如欧洲在缓缓地**去亚洲化**,因为,癔病是一种亚洲疾病。可是,今天有了更多癔病方面的知识。

未来的神经器官

这是一个非常重要的症状。如果说外部世界是我们器官的作品——谁能否认这一点呢？——这个说法为真，那么，我们各自构想的世界观就给我们一把通往器官学的密钥。人们可以假设，那些构想了一个主要是明媚、光亮的外部世界的存在者必定拥有很好的眼睛。难道不允许人们同样假设，一个构想了神经世界的人类，自己难道不会拥有一个性能十分卓越的神经系统吗？从中可以得出，一个新的器官正在缓慢地酝酿之中，这是一个特别的神经学机关，神经的感官印象都存储和集中在其中，就像手指尖或舌头上的触觉那样。曾几何时，光感也是平均地分布在动物全身，直至随着第一块色素斑的形成，它开始缓慢地凝结为时至今日最高等的地球居民最引以为傲的器官。正如视觉与其他比它迟钝、有限、没有灵气的感官的关系，那个神经学核心器官与眼睛的关系也许也曾如此。这个器官毫无疑问将会是一个特别的**感官**，因此，不应与大脑搞混，后者根本不会感知任何**独特**的感官印象，而只是扮演了一个管理的角色。人们可能如何去想象这个器官的独特魅力，后面会略作说明。

因此，从这个视角出发，神经质的增多并非没落的症状，同样,日益增多的对光敏感也不是。除非人们完全把敏感当作一个颓废现象。然而,我们要告诉那些赞同这个观点的人一个坏消息,到时候我们的星辰会处于一个不可阻挡的向下发展趋势。

多彩的听觉

我们已经看到,印象主义、神经质以及现实主义在某种程度上是可以互换的概念。还需提及最后一个颓废现象:感官印象的混合。通过幽默风趣的文艺小品这个二手途径,每个人至少都熟悉视觉、嗅觉、听觉印象的现代结合。在现代艺术中,有声音的色彩、有香气的声音、有色彩的声音,都是司空见惯之物。整体艺术作品、标题音乐、象征绘画以及诸多类似的现象,简单说,艺术混合的事实同样都属于这类现象。因为,每种艺术首先都只是针对一种感官,比如音乐只针对听觉,以此类推。因而,将诸多艺术统一起来的趋势,就只是在呼应将不同感官领域融合起来的一般性趋势。艺术的界限开始相互渗透,类似于对现代演员来说,不再存在"专业",在艺术中同样也不再有专业。十九世纪最重要的艺术家都是多才多艺的,在不同艺术之间存在着交叉领域。究竟尼采应该算作诗人还是哲人,在今天仍然让教授们头疼,另一方面,易卜生或萧伯纳的思想家特征都以不寻常的方式突显出来。人们只需想想瓦格纳和布施(Wilhelm Busch)。人们也逐渐认识到俾斯麦的整个人格多么接近于艺术家。把所有这些综合起来的,就是十九世纪之初歌德的出场。

无论是艺术还是感官领域的这种相互渗透,很明显还是印象主义和现实主义的。这不是别的,而是重返现实性的印象,就如它在自然中事实上所表现的那样。因为,我们实际上所拥有的从来不是**一种**感官印象,相反,总是许多种在一起、紧挨着、对立着。我们的视、听、触、闻、尝,从来都不是分开的,始终是同时进行的。唯独我们才有权称之为现实的感官印象的东西,是一种极其复杂的品质上最为迥异的感官刺激的混合,而通常对环境、温度、总体状况不经意的大体感觉又赋予这种混合特殊的色彩。对某种类型的感官,比如听觉的排除,是病态的,属于压抑现象。两种感官,如嗅觉和味觉,甚至无法从解剖学上分离开,因为三叉神经既通到舌头,也通到鼻粘膜,从而促成两种感觉。因而,我们会说紫罗兰味儿、玫瑰味儿,等等。当我们说一个东西的味道是辛辣的或者刺鼻的([译按]原文分别为尖锐的、烧灼的),触感又在发挥着作用。另一方面,每个被别人斟过温热莱茵葡萄酒或者冰镇勃艮第葡萄酒的人,都会深表惋惜地确证温度感觉具有怎样的意义。此外,每一位糕点师都清楚,视觉并非不参与到品尝当中。因而,在这个看似如此简单的感觉行为——我们称之为"品尝"——中,几乎所有类型的感官刺激都会参与。

因此,所有感官印象的联合是一个生理学事实。如今有些人已经敢于以艺术方式来利用这个实验性的、经验性的、严格科学的事实。他们曾经立即就遭到谴责,而在一些不光明的国度,比如在奥地利,今天仍有人在谴责。不过,我们不用惊怪于这样的攻击,因为,它们是一种灵魂学自然法则的表现。

新理性显得可笑

一切理性的事物起先会显得可笑。理性本身,意识,是我们星球迄今为止的发展中所出现的最大的悖论。倘若有一天动物突然被赋予了笑的才能,那么,它们一定会最先开始嘲笑人,这个所有动物中最滑稽、最荒谬、最愚蠢的东西,并把自己笑坏。——因为,在它们看来人就是这个样子。比如,他竟然不吃光他的同类,甚至会说,必须爱他们,而且要甚过爱自己。无法想象比这个更荒谬的事情。在他看来,总的来说,吞食绝不处于生活的中心,因为他最热情、最持久地专注于其他无疑无法食用的玩意儿。他看起来简直疯了。而且,在爱这件事上,在吃之外唯一值得考虑的事情上,他也表现得极其可笑,因为,他做的一堆事完全和正经事不相干。此外,他偶尔还会和一个杜撰出来的超级动物谈话,而没有人可以听到和看到它,它显然不存在,尽管如此,他对它仍表现出极大的敬意。最为可笑的动物——的确如此!

不过,所有高等的事物在所有低等的看来,都显得诙谐可笑。毫无疑问,人变得愈发可笑,这应该是被视为确定无疑的了。萨克森战争时代的人看到现代欧洲人,一定会笑得直不起腰。对于小孩子来说,好笑的事物远比大人多。不过,我们也同样做些可笑的事。对于人类精神的一切进步,只要它们还不符合现有大脑广泛的平均水平,即只要它们还没有赶上中等水平,我们对这些进步的态度,就像《飞页周刊》(Fliegende Blätter)里的农人对"疯了一样的城里人"的习惯总是笑不够一般。只有当一切理性的事物不再值得被严肃对待时,即当它已经被人们适应的时候,而这完全意味着它走到了尽头,人们常常才会严肃对待这些事物。

现代自然知识最有价值的启发所应归功的微积分学,建立在如下矛盾之上,即,一个"无限小的值"有时候会被忽略不计,因为它无限小,有时候又会被用于普通数学运算,因为它是个值。现在如果把这个思路放在一位店员面前,他将会惊慌失措,并说这一切都是无稽之谈,从他自己的立场,即低等数学的立场来看,他也是完全正确的。不过,所有的高等数学和机械学正是基于这样的荒谬。

这样的"高等荒谬"是每一次精神进步的杠杆。

三个阶段

目前为止,我们只能够辨识出印象主义一些模糊的、几乎偶然的特征。要对今天的人,即印象主义式的人获得一些清晰认识,我们必须观察他的历史,必须简短地审视一下"二十世纪的根基"。不过,这里不会谈什么海地特人或者民族大迁徙,甚至不会谈黑格尔或者民族解放战争,而只是谈谈上个世纪的最后二十五年。不过,对于上个世纪我们会投上一瞥,毕竟现在的人是在这段时期里成长起来的。我们要分三个阶段,简而言之,即**市民阶级,自然主义,世纪末**。

市民阶级

市民阶级阶段的起点是德法战争。其开端是七十年代,终于八十年代。市民在当时的德意志首次作为主要人物,作为主人公,登上了公共生活的舞台。那是建国时期文化、是市侩专政、是金融贵族的时代。真是个极其特殊的时代。

让我们去七八十年代一位富人家的住房里看看。我们可以注意到三点。首先,一切可能的风格的大杂烩,混合品味的极端野蛮。地毯是来自波斯的,小人像来自十八世纪,客厅是法兰西第一帝国时期的风格,餐厅是文艺复兴时期的风格,卧室是哥特式风格。对多彩和多样的喜好在这里发挥着影响。样式越是卷曲、越是花里胡哨、越是雕满纹路,色彩越是多斑点、越是花哨、越是印地风,它们就越是招人喜欢——人们巴不得可以同时拥有整个色谱。不过,风格的混合程度更甚,单个的艺术产品会交融并堆积起来,雕刻的壁橱会作为机械琴,突兀地跳脱出来。餐厅的壁板被用来记录绘上去的格言。

其次,我们会注意到一种可怕的过分堆积、过分装饰、过分满当的房间、过多的家具,确切地说就是房间塞满各式的小零碎、没用的东西。这不是人住的地方,而是典当行、古董店。

最后,我们还注意到一种在实用、目的意义上的彻底缺失:一切只不过是展示、炫耀、装饰。令我们吃惊的是,可以看到,屋子收拾得最好的、最宜居的、最通风的房间——所谓的"好地方"——根本就不是用来住人,而只是给外人看的。我们看到的一系列东西,尽管价值不菲,但是说不上舒服,比如,用沉重、不耐用的材料——如棱纹布、长毛绒、天鹅绒——制成的门帘。它们分外惹眼,而且想要引人注目,因为它们别无他用。牛眼形玻璃和玻璃画,所谓的"透明画",可以遮光,但还是会露出点儿什么。上面绣有"塞京根的号手"却无法用来擦拭的手巾。一年到头用丑陋、拙劣的套子盖着的丝绸家具。

总是在摇晃、却摆满不断跌落的非必需品的细腿壁架。带有妨碍拉上抽屉的雕花盖子的抽屉柜。让人无法阅读的巨型精装书,因为,人的手五分钟之后就麻木不堪,而且,人们也不想读,因为里面尽是插图。作为整体之高潮和象征的干花,是卓越的讨厌鬼,同时也是人们所能设想的最为理想的蓄尘器。简言之,全部东西都在摆阔,但是绝不适宜让居住者方便地生活。

用灵魂学来表述,这意味着三个方面。首先,无风格性——由于它出现得那么频繁——这个特征,让人可以明确得出结论,我们所看到的是跟风者。这并不单是那个时代的特别之处,而是所有过渡时期的普遍特征。其次,那个体现在过分装饰和小零碎趋势的拘泥细节、爱小物件(mikrophil)特征,暴露出人的内心和外在的随意、无能力进行综合,以及不安分。对不实用、冗余物的喜好是所有无法整合的人的特征。这种无方向性的原因在于,新的灵魂内涵预告来临,但是,人们还没有抓住,更不用谈安排它们。最后,第三个方面是,缺乏实用意义和偏爱惹眼的蹩脚货色,说明了不切实际和矫揉造作。

于是,那个时代的整个精神生活,把这些特征带到了其最为细微的外在中来。比如,当时空前绝后地得以流行的大胡子(Vollbart),就不是单纯的偶然或者皮相的东西。历史上,它可以追溯到八十年代的民主胡(Demokratenbart)。这种胡须一度被禁,是一种贱民标志(Tschandalaabzeichen),后来随着市民阶层的决定性胜利而一跃成为荣誉的象征。胡须一开始是一副面具,有两重含义:掩饰和拉平(nivelliert)。它消除了嘴部和面颊等部位所有特征性的线条,它令人趋同,变得模糊,同时,它表现得比真实存在的要少得多。不过,它又不只是个面具,而且还是装饰、帷幔、脸面上的一种纹饰。最后,它是多余和不实用的,因为,它要求人们细致地并且耗费时间去打理。于是,我们在这个细小的外在物上再次集齐了所有特征,比如虚荣、不实用、不坦率。这些其实是那个时代众多突出特征中的一部分,也许,从来没有哪个时代比当时欺骗得更多、更幼稚。艺术、政治、色情、作为**虚假田园风光**的自然观中的整个生活观,从来没有被践行得如此一贯。正因为当时的生活在刚刚解放的商业欲望激情的伴随下,与胡须极度矛盾,所以才更值得注意。

自然主义

所有构成这个中间时期本质的特征,也可以总结为一个,即对非真实(das Unechte)的兴趣。在八十年代过渡时期的自然主义中出现了那次著名的反动,尤为显著的是其采取的罕见的激烈方式。自然主义由此而获得成功,二十年间隐蔽的整个反动能量都聚集在了这种激烈中。1890年前后出现了一种任性而为、年轻的、渴望革新的雅各宾派文学,它对所有学术性和古典性、对所有经院哲学和概念性的浪漫派、对所有唯心主义的陪衬(不过,是以较小的程度)的反对,让人想起狂飙突进运动。正当性始终总是暂时被贬低的自然,再次居于主导地位,对现实无法抑制的渴望爆发了出来,成为时代的标志。如以前经常发生的那样,年轻一代再次认为,他们首次发现了自然。由于其不可抗拒的激烈性,这一场反动运动被高估了,它最多是一场复辟,将理性和健康艺术原则的恢复作为革命。它的确只是一次纯粹的反攻,其活跃的能量与其说来自自身,不如说来自冲撞的力量。

不过,它起到了清理作用,尤其扫除了路障,腾出了空间。此外,自然主义只是从纯文学发端,逐渐夺取了所有领域,很快惠及了所有的艺术、科学、政治、经济生活,为整个公共面相打上了自己的烙印。实际上,欧洲人的愈发自然化正是从那时起坚定地开始了。比如,对自然的自然化,它不再被视为人一样的,而是逐渐成为真正自然的,成为了自然(natura)。对哲学和认识论的自然化,它不再从如下提问中寻找自己的基本问题,即我们称之为"真理"的东西,如何被理解为人对周围的外部世界的一种适应机制。对我们的司法和政治的自然化,它越来越能够从政治问题中看到纯粹的权力和经济问题,从犯罪问题中看到纯粹的社会卫生问题。对住房的自然化，它愈发地朝着实用、朴实、随意发展，比如好的材料，清晰的线条，单色的墙面和地板，正常、浓郁的颜色，家具的实用性甚至是主导性的观点，装饰形式——倘若有的话，装饰形式不只是迷人和古怪。

我们的社会形式也显而易见地变得更自然，一定程度上也更不加矫饰。头衔被尽可能地压缩，传统的社会谎言降低为旧思想或者纯粹的成语。更为简捷的习惯逐渐推行开来。人们写信时不再用"尊贵的"，用餐时不再强劝。众所周知，这些"繁文缛节"始终都是最为典型的。

现在，人们必须清楚，人类文化的发展虽然一直在自然主义的方向上活动，但是，并不是笔直的，而是呈波浪形的。任何发展的最开始首先总是自然主义，然而，随着进一步的文明化，人通常会偏离自然主义，可以说，文化自身总是带着去自然化的趋势。精神对人而言一开始是某种新奇的、悖论的、与最内心的气质迥异的东西，一个人在开始时总是利用它来反对自然。只不过很晚的时候他才能够再次重返自然，即当他使自身超越精神的高度，就如他在自己的时代超过自然那样。要洞悉、遑论去体验精神等于自然这个等式，人还需要进行无穷无尽漫长和艰难的攻坚克难。因而，像卢梭曾祈祷的重返自然——那是一种童稚般、不谙世事的朦胧愿望——不应该与那种真实的自然化混淆,后者永远不会成为纲领,原因很简单,因为它的发展完全是自发的。在精神上处于高水平的世纪已经经常有机地实现过这样的发展,比如伯里克利时期的希腊人,文艺复兴时期的意大利人和英格兰人,十八世纪末的德意志人。我们之所以称他们是"古典的",是因为他们极其自然。然而,人通常一再地远离自然,不过也仅仅是为了从一个更高的高度上重新开始一个进程。故而,更精确的表达是,发展路线不是波浪线,而是上升的螺旋线。因此,上升的自然主义始终意味着上升的增长的文化、增长的自信和综合力、增长的自我意识,这是从这个词的双重意义上来说的。就如上升的神经质所表现出来的,精神的再生在酝酿中,这是完全医学意义上的再生,始终与疾病症候形影不离。

世纪末

我们随之来到了第三阶段,这个阶段包括了上个世纪最后五年,据说从一位香水商那里得到了世纪末这个称呼。简言之,世纪末的精神状态意味着印象主义的最终胜利,不过这种胜利是战胜、完全征服意义上的。大量新观念终于完全支配了人,它们以如此大的能量和数量涌过来,以至于将人完全淹没。正是由过量的刺激引起的高等印象化能力,变成了只能感知而无法行动的无能。它只能感知,反动能力却消失不见。人无法再将经验构想为统一体。印象在意识流中像单个的波浪一样出现,出现,继而消失。印象主义成为**目的本身**。

与此同时,出现了麻木现象。格里帕策(Grillparzer)曾说,没有人比最易受刺激的人更有陷入麻木的危险。他似乎对那个时代有先知先觉。的确,麻木和最易受刺激是它们总的状态,它们让天平保持着平衡。这是意志压抑、垂头丧气的时代,同时也是神经衰弱、精神病的时代。这是现代精神的危机状态,就像任何危机的特点一样表现为精疲力竭、神经衰弱、高烧不退。

人几乎病态地走向内心,这是个基本特征。这是所有真正的生成时代、历史的孕育时代的状态。我们可以想一想感伤时期和德意志浪漫派晚期。请不要莫名其妙地激动。事实曾经总是这样,而且,但愿仍然常常如此。内心世界在一定程度上覆盖了外部世界,将它拖入自身,将其消灭。人们可以把至此的整个世纪称为表现主义的世纪。这是个高扬内心世界的世纪,就像维特那个时代,并且是贬低外在世界的时代,就像费希特的时代,即灵魂一元论。真实的只有灵魂生活。行动则是不足的、偶然的,是对外在因素的妥协,最多是对内心世界和外部世界的比例中间项。**唯一**的现实只有一个,那就是灵魂。

于是,对原初"自然"立场的这种彻底反转,对灵魂优先性的强调,完全成了独特的现代文化酵母。我们的法学概念的发展极为清晰地表明,观念一开始恰恰相反。对于原始人而言,只存在行动。也就是说,根据**动机**来评价行动的进步已经很了不起,一定花了很长时间。因为,最先的时候,一个坏行为只被当作是单纯的扰乱了社会机体中的平衡,对它相应的回应是机械的反击,那也同样不是灵魂学的。蓄意(dolus)概念——在现代法律中几乎只表达出立场——就已经是个极大的成就,并不从一开始就是欧洲正义感(Rechtsgefühl)的一个理所当然的成分。人们只要去想一想中世纪对疯人、麻风病人、癔病(所谓"女巫")的治疗,他们丝毫没有被看作与罪犯有任何不同的人,而是一并被视作"非社会性的"。如果今天有一个划时代的认识恰恰表达了完全相反的东西,即犯罪的**不是人**,犯罪的是非人,那么,这会意味着怎样的超越呦!

不过,这样一种世界观一定必然导致怀疑论,进而导致麻木不仁。因为,对积极行动的贬低无疑随着不断对人的精神化愈发扩大化,然而,同样无疑的是,一种富于行动的生活,积极的生活(vita activa),对于人类的精神健康也必不可少。这并不是由于结果,而是由于过错会在其中发生变化的**过程**,而是由于过错对于精神和社会新陈代谢的意义。"行动"在它可疑的道德价值之外还有一个不容置疑的卫生价值。如果人们认识到,一个把非登大格洛克纳山不可作为自己最大志向的人是个傻瓜,那么,人们远远没有认识到,每个正在登大格洛克纳山的人也是傻瓜。

现代发展中真正颓废的几个特征,实际上只能从那个时代范围里找到。首先是失去社会地位的人、倒戈者、中间类型的登场。阶层发生混合,出现了一种要打破自己出身的阶层的抱负,中间艺术突然出现并获得了霸权地位,尤其是典型的中间艺术家,演员。对所有艺术中演员的发现,是这个时代的作品。这里主要的类型有演说家、传道士、名艺人、戏剧作家、演员自己。他们所有人的共性是,他们因明显缺少克制而出众。这总是一种精神上的没落症候。并非不可能的是,我们将会从某个文化的时期返回非文化的较早时代所拥有过的观念,即演员是某种低贱的、不体面的、奴性的、声名狼藉的事物,无论如何也不是绅士。

不过,目前暂时还不是这样。每个精神工作者会被用做演员的标准来评价,比如,画家,看他有多少"氛围",诗人,看他能"写"多少,等等。倘若人们想要对"时代精神"有所了解,最好的办法总是去询问女性,她们是一个时代肉身化了的基本意志。我们的祖母对教授崇拜不已,我们的母亲对少尉崇拜不已,而今天的年轻妇女则对演员青眼有加。

凯因茨

这种有趣的退化之人、揭开未来文化序幕的不平衡的中间之人,没有人比演员凯因茨(J. Kainz)对这种人的概括总结更为鲜活和令人印象深刻。凯因茨,是个将语句切碎或者使之沸腾,并从而赋予它们新的奇特魅力的人;是个在姿态、表情、灵动的身体中,表现出一丝漫不经心的人;他是让十九世纪末的人在他所饰演的形象——无论是莎士比亚、易卜生还是内斯特罗伊——中活灵活现的人,比如,由于灵魂过剩而造成的具有代表性的畸形者(maléquilibré),智性出众、但是头脑和心灵还没有形成有机综合的人,因迟迟未成熟而过于成熟的过渡之人,由理智、勤奋、知识等替代物构成的临时之人,也就是说,很大程度上是对各部分进行计算,令各部分精确结合,精确地掌握了各部分的产物,就像一台成功的机器人(homme machine)。根本上是显现出来的纯粹、冷酷、不育的智能,它永远不会真正因为自身或者自己的问题而发生故障,而是总能超出自身,但这并不意味着卓越,而是低能。实际上,他最好的角色是梅菲斯托。这不是他最好的角色,而是他唯一的角色。因为梅菲斯托悲剧是纯粹智性的悲剧,每当智性试图独断时,就必定以失败告终。梅菲斯托是一位极端多变的有头脑的人和天才的自我欲望最为一致的代表。凯因茨正是这样的人,正是世纪末的人。

这个时代是颓废的,因为它没有心灵。

虚构的三分法

在目前为止笔者对现代精神作出相当悲观的探究时,但愿我们没有一刻忘记谈论的是过去。现在,我们要谈谈当下。现代人的这些成长疾病——我们没法儿给这三个阶段以其他名称——在当下人身上还有多大程度的留存? 并且,在多大程度上被克服了? 我们在这里必须首先注意的是,与任何分段一样,这种三分法或多或少都有些任意性。在所有三个情形下,根本上指的是同一个现象,即印象主义。早在无风格性、漫不经心、爱小物件等市民阶段的主要特征里,就已经蕴含了明显的印象主义因素。另外两个阶段相互渗透得更甚,常常几乎是一致的。因为,世纪末那种神经性的内在化,与得到强化、深化的自然主义回到更为现实的现实,即回到神经病学的现实,有什么两样呢?

简言之,所有三个阶段里的主题,都是新的灵魂内涵及其同化。这些新内涵在七十年代出现,而现在正在上演一出戏,它在历史上以相当符合规律的方式重复着。最先的时候,新的内涵总被看作是一种麻烦,它们使人的经验复杂化,并妨碍人们对生存的全面掌握,此外,它们总是蕴藏着一种革命因素。因而,懒于思考的人紧接着会做的,就是试图推开它们,蒙混过关。他这样做就好像它们不存在或者适应了旧的形式。这发生在第一个阶段,即市民阶级的阶段。无论有意还是无意,人们尝试是否可以**伪造**新的精神食粮。长久下去这样是行不通的,把戏会败露。新的一代人于是以最大的热忱致力于临时地**登记**这些新内涵。一开始,这是一种相当机械的行为,一种完全像归档一般的记录和盘点,只是单纯地记下、抄写、录入这些新东西。这项任务在自然主义阶段完成。又或者,为了了解新食粮的情况,新的养料被剁碎,被消解,被放入了一个消化的阶段。紧接着这个阶段的,终归是有机同化的阶段。新的食粮将被吸收、消化,伴随着这个状态的所有伴生现象,我们可以把这个阶段称作是**消化惯性阶段**。紧接着这一阶段的必然是这样一个时期,即新的物质终于在此期间被供应给了真正的目的,也就是说,转换为热和肌肉力量,提升整体活力,提供活跃的工作能量。

那么,这三阶段的特征在二十世纪的人身上多大程度留存着呢?而且,倘若我们能够期待的话,它们在多大程度上得到了进一步发展?二十世纪的人在多大意义上是这三个部分的组合?

市民阶级的基本因素

首先就市民阶级而言,它之所以已经是当今灵魂生活的一部分,是因为它构成了我们整个现代文化的底色。现代文化是一种市民文化,它既不掌握在如中世纪的僧侣手中,也不掌握在宫廷抒情诗时期的骑士贵族或者路易十四时期的宫廷贵族手中。它是完全市民性的。如果我们今天想想诸种精神类型,诸种文化担纲者,如艺术家、诗人、思想家,那么,我们眼前出现的始终是一位穿着朴素、俭朴的市民,他是市民出身,长于市民环境,具有市民道德和市民目标。这就如每当听到"中世纪",我们眼前立刻出现一位身着华服骑马的骑士,或者是一位栖身阴暗小屋钻研古书的僧人。或者每当听到"洛可可文化",我们就会联想到王室气派的大厅、殷勤的廷臣、珠光宝气的情妇。听到市民阶级,我们不要立马想到市侩。我们只需要说出"歌德"这个词,立即就会清楚这个高贵的市民文化所指的是什么了。近代几乎所有重要的思想家正是市民阶级和市民世界观最为深刻的敌人,就证明、而非反驳了事实状况。他们都恰恰是市民的局外人(bourgeois-outsider)。只有一个犹太人才能够从最内部的核心瓦解犹太教的理念。只有一位天主教教士才能从最深处否定天主教。只有一个彻彻底底着眼于神学和道德的思想者,才能够成为敌基督者和非道德家。令法国大革命车轮滚滚向前的,难道不正是米拉波(Mirabeau)伯爵?想要能够用最深刻的激情战胜某种事物,就必须能够最深刻地忍受激情,而为了能够真正忍受,人就必须**成为**它。

新怪物

我们已经提到,日益增长的文化的伴生现象,也是一种日益增强的自然主义。由于我们认为,我们正处于这样一种不断进步的运动之中,因此我们可以期待,今日之人在自然主义上一点儿也不逊色于九十年代之人,甚至更为自然主义。实际上,的确是这种情形。如今,这种发展不再处于任何一种文学纲领的压力之下,而是处于一个迄今为止被轻视的事物的影响之下,即机器。

首先,我们面对的是机器,就像面对任何新的现实。每种新的现实一开始都是以赤裸裸、未经雕琢的本真出现,作为浑然的事实(factum brutum),而且,我们相信,唯物主义与机器携手取得了新的胜利。但是,一旦我们习惯于这个新的事实怪物,我们就开始认识到,根本不存在像唯物主义这样的东西,所有的物质存在只是为了升华为精神,只是为了消解为精神。而机器就不再是怪物了。

人们一再谴责我们的时代是没有诗意的,但是,进一步看,这种谴责只不过是对两个非常光荣的事实的委婉说法,即我们变得更现实、**更实在**了,还有就是,我们**劳动**得更多了。

机器是我们当今生活的独立统治者。没有人否认这一点。不过,让人感到极为诧异的是,这个残酷、粗野、没有灵魂的暴君,这个要将所有我们曾认为真善美以及根本上视作理想的东西,在它那没有情感的齿轮中间化为齑粉的暴君,如今逐渐开始成为我们的精神领袖。我们的品味、伦理、激情、整个灵魂和身体的姿态,都开始按照机器的榜样静悄悄、近乎下意识地改造自身的形象。不可思议的是,关系发生了颠转,我们曾以为,人制造了机器,但是,天哪!——机器正在制造人。

实用的身体

这一点首先表现在我们改变了的身体理想。古希腊人和文艺复兴时期的人,有美的——如造型艺术家想象出来的——身体理想,处于自由且有力的肌肉和线条力中的身体理想,即根本上是角斗士和竞技者的身体。所有古希腊人都是成功的或者失败的竞技者。之后便是片面的精神文化的时代,中世纪的宗教,人文主义和古典文学时期的博学,浪漫主义时期的诗歌。不再锻炼和修整的身体变得丑陋不堪。人类天性,即便对于诡辩永远不会脸红,也无法大言不惭地把这样的身体说成是美的,不过,他的做法不同,他会说它是无关紧要的。然而,我们的时代再也无法坚持这样的观念。说我们的身体是精神的一个纯粹坏掉的赘物,不仅我们一元论的哲学,而且就连我们的本能也会反对这样的解释。因为,我们如今生活的时代,不仅仅是一个精神的,而且也是自然主义的时代。可是,美的身体的首要条件,一个充裕的、几乎不被打断的身体文化,已经无法得到实现,我们的劳动和教育需求已经大大增长,我们没有过多的时间。此外,对于雕塑家古典意义上的美的身体理想,我们也已经过于精神化,因为,一个那样的身体始终都是一个彻底动物性的身体,非精神性的身体,只不过是了不起的兽性机能的表现,就像野兽身体一样。也就是说,我们过去**无法**再拥有古人美的身体,而且,又**不想**再拥有今日丑陋的身体。身处如此窘境的我们有了一个新的理想,那就是**实用**的身体。实用的,就是美的。实用的,也就是充满思想的,因为,它是一项紧张的智性劳动、一次自负的计算的表现。不过,实用的,也是发展得不完善的,也就是说,只在最为必要的方面得到了发展,但长得很瘦弱、很苗条、很短小。实际上,这就是现代的身体理想,即一个尽可能轻盈、灵活、多变、敏感,但又极其准确地运作、最为细致地得到集中的运动装置。正因为如此,它尽管很有力、有活力、有效率,但完全不是粗壮、笨重的东西,而是一个精致、有独特性的灵魂测量仪。我们时代两种看似迥异的需求,突然在这个综合里汇集起来,那就是力量与敏感,现实主义与走进内心。如果将这个身体理想化为完善的东西,那么,这个身体会是什么呢?一台机器。

机器的伦理

我们可以看到,可怕的机器已经具有了愈发友好的特征。但是,它不仅仅是一个身体的榜样,它也是一个审美和伦理的榜样。条理清晰、直线条、轮廓的简约、几乎达到公式性的简单化,这些,逐渐成为现代品味的经典。多余的线条、颜色、形式、一切类型的不必要花饰、装饰、花腔,只是被人们暂时称作不讲究,总有一天,人们会称它们是丑陋的。机器的原则是什么? 首先,尽可能的单一;其次,最为简炼的组织,可以将所有细节归入一个中心目的;最后,尽可能充分利用手段。那么,这简直就是对现代艺术作品的定义。机器是一个审美规范。

它还是伦理经典。当我们注意这个如此道德、忠于职守、不善言辞、目标明确的事物每天的工作时,我们的全部伦理都具有了男性气概,变成了一种新的男性气概,即**无激情的**。它与男性性情的早期类型的关系,就如同今天的身体理想同文艺复兴时期充盈、满溢、青筋暴露的身体的关系。顺便说,人们甚至不可以说它是无激情的。出现的只不过是一种新的**激情**,即机器激情,是一台轧钢机、一艘蒸汽螺旋桨船、一架重炮火力、一座发电机厂房有节奏、铿锵有力、短促的激情。模子、齿轮、输送带、传动装置、电枢装置、涡轮机等在厂房里演奏它们非凡的合奏,充满一种新的激情,工作的激情,它有着自己独特的美、独特的音乐。

现代的自然概念

就连我们对自然的观察也都在这个影响之下。人的眼睛看到的始终只有它们急迫想要看到的那么多。大自然很吝啬。或者,神学的说法是,只有当人**允许**看,当看一些东西对人有好处时,人才看到了那些事物。说自然合乎目的地没有任何多愁善感,这个观点直至我们这个时代才开始流行,并不是什么偶然。今天,我们之所以"认识到"它是这样的,是因为,我们直至现在才获得以这种方式认识它的权利,是因为,我们直至现在才成熟到有这个认识。我们没有能力"摆脱"谬误,这不是由于人们更喜欢另一些衣服,而摆脱这些衣服。相反,只有当我们不再需要我们的谬误,只有当它们的确成了

"破衣烂衫",这时候,在我们内心才出现那股摆脱它们的力量。当然,自然根据哪些法则行事,我们永远不可能知道。达尔文与摩西比起来并不更在理。自然并不是达尔文主义的,今天的人才是。

事实上,这就是现代自然哲学的全部价值。我们新的范式寓于自然之中,我们得根据这个范式来安排自己的生活。自然永远只服务于成为人的巨大样板,这是人能够在自己面前树立起来的。笔者坚信,倘若走来一位魔术师,他有复原视网膜图像的才能,这幅图像呈现的是伯里克利时期一位陶醉于美好的雅典人眼中的森林风景,另外一幅则是中世纪十字军骑士眼中同一片森林风景,那么,这会是两幅完全不同的图画。而当我们自己走进去观看这片森林,我们在其中既不会重新认出前一幅,也不会重新认出后一幅图画。

如今自然吸引我们的,是它完美的合目的性。橡树依然是世界上最美妙的事物,但不是作为"林中仙女的所在"或者"德意志忠诚的象征",而是因为,它是能让人想到的最实用和最理性的事物。没有什么比植物生理学或海洋生物学更浪漫、更诗意的了,其中确实包含了比一部小说里更多的有趣、刺激的事物,比一部艺术写真集里更美妙的图画。对于我们来说,自然获得了,而非丧失了其美学的魅力。

自然的基本口号是,纪录。这也是当今人们的口号。我们所有人在我们的本性上都是"破纪录者",或者说,至少想要成为这样的人。有人要是说这里面有些唯物主义了,有些缺乏诗意了,那么,他就无法理解时代最为深刻的基本意志。洛可可时期的人如今在我们的星球上恰恰没有生存可能。

功率,即严格物理学意义上的做功,意味着,在尽可能低的能量消耗下产生出尽可能高的能量,将手段尽可能地耗光,对力加以集中、收集、压缩,熟练地充电和放电。这就是我们时代的基本意义和基本意志,我们时代的理想。就像其他理想一样,这也是一个理想。难道因为它不够诗意,也就是说,不那么浪漫、传奇、童稚,因为它变得更为人性,所以说它更不配有这个诗意的名称吗?对此,我们答案必须是否定的。我们时代的这种机器意志,正是它将我们最优秀的人向前推进,去取得越来越高的功率,去过一种一万伏高压下的生活,去取得几乎成为目的本身的功率。这个意志是我们现代的保护神,而每个时代都有自己的保护神。

客观唯心主义

也许我们可以用关键词"客观唯心主义"来总结我们时代的基本特征。这是一种来自事物并在事物上面发展起来的唯心主义,是内在的、经验的、归纳的唯心主义。晚年歌德的现实主义,俾斯麦的现实政治,易卜生的自然主义戏剧,实用主义哲学,以及萧伯纳倾向性戏剧中爆发出的社会伦理学,所有这些都只是上述唯心主义的同义词。被一再谴责的伦理个体主义也同样如此。与其他伦理学一样(因为并不存在其他的),它是彻头彻尾的唯心主义伦理学。不过,它是一种客观的伦理学,是一种只着眼于现实事物的伦理学,也就是说,着眼于我们生活中每一个时刻既存的人与社会之间每个特殊的关系状况。正是为此,它才放弃了伦理法则。因为,"法则"在这个情形中意味着条条框框、非个性、与某些抽象和人性之外的因素的妥协,因此也就是非伦理的。因为,迄今为止,在地球的发展中只出现过唯一一个伦理现象,那就是人。我们所称之为伦理的东西,只不过是人在自然中的投射,而自然本身既不是伦理的,也不是非伦理的,而是人性之外的,伦理之外的。伦理的不断完善,从某种颇为细致的民法大全(corpus civile)向人和生活之间**现实的**道德关系的更高发展,发展成为每个瞬间——因此当然成为了一种瞬间伦理——中的伦理。这便是我们时代完成的伟大伦理学革命的意义。什么是"范畴律令"? 什么是"无私"? 只不过是懒于动脑、懒于行动的家伙的备忘记号。人们之所以想要一种对所有人来说始终不变的伦理法则,是因为人们几乎不具备天赋,能够在每个瞬间都做出正确的事,能够通观所有的组件,能够从头构造只适用于每个情形下的道德公式。人之所以是不客观的,是因为他想用抽象来应付事实。人之所以是非唯心主义的,是因为他不想进一步发展。人之所以是不健康的,是因为他蔑视人与物的自然关系。于是,人们就谴责革命性、进步性的伦理学家身上的这些品质。这不言而喻。

克服神经质

关于从世纪末时期突围过来的幸存者(survivals,用英伦人种学学者的一个表达来说),几乎毋庸多言。这就是神经病学主义(Neurologismus),这个词是我们从那边带过来的,只是将它强化、深化了,将它"克服"了,但绝不是我们将它解决了的意思。我们不再是"神经束",但是,老者们不要高兴得太早,这完全不是返回到美好旧时光的壮实了一倍的单纯生物。我们虽然克服了神经,但是,克服一个事物并不意味着将它逐出门外,而是将它同化。基督教克服了古代,但是,是通过将其提高。歌德克服了狂飙突进,但是,是通过将它升华为一种更为完美的形式。因为,文化史并不是以教书匠以为的这种可笑的方式和方法来发展的。每一个较晚的时期究其本质而言,都是一个更高的时期,尽管如此,仍然存在着众所周知的波动。不过这并不是说像今年来了一批乖学生,而后又来了一批不得不留级的坏学生那样;而是说,旧的群体会解体,新的会形成,如此交替进行。不协调与和谐、分散与集合、分解与综合是交替着的。新的极限总是必须先释放出来,人的意识的整个外延必须得到扩展、延伸、拉长,因此,离心的、去中心的精神状态始终是一个先前的集中化的余波,不过,同时也预示了未来新的综合。所有教授都热衷的德意志文学古典时期的整个根基,得归功于先前的世纪,它们那么地不受欢迎,但是人们也许可以说,尽管如此,它们绝对是更为多产的岁月,因为,新观念的全部营养物质——即便还没有成型——都产生于当时。这些人需要完成更为艰难同时却更不被领情的任务。古典时期的成就如歌德超然的艺术形式,康德雄伟的系统建构,这些都不是一开始就存在于其创造者的自然禀赋中,是这些人以无休止的辛劳和耐心,缓慢地让自己从他们时代的整个知识内涵中"汲取";只有通过这种方式,这些成就才得以实现。因为,歌德也写过《铁手葛茨》和《维特》,康德也曾有过"前批判时期",它比批判时期更长。没有这些"不完善的"前提,那些成就就永远也无法达到。这些成就之为发展的产物、来之不易的成绩、成就,才赋予了他们经典的价值。否则,像海泽(P. Heyse)这样的人也成为了经典作家。很遗憾,他天生就是经典作家,而正因为如此,他才没有成为经典作家。

与九十年代的颓废者相比,当今的人并非不那么神经质,但是,他将自己的神经质——倘若可以这么说的话——变成了自己的财产、自己的所有物。对于这两类人,人们可以说,他们都有神经;但是对于颓废者,人们必须补充说,与其说他有神经,毋宁说是神经拥有他。相反,我们现在比他所拥有的神经甚至更多,但是,我们并不因此而更病态,而是更健康了。

神经质无非是增长的生产力和效率,是我们身体一个特定器官系统更为精细的分工,这个系统被我们称作神经系统。没有什么可以妨碍我们从中窥到提高了的健康和生命力的征状。

由此,就可以解释我们时代两个看似矛盾的特征。其一是所有领域里提高了的纪律、自律、组织,尤其是在精神领域,其二是更大的易刺激性、敏感性、接受印象的能力。现代人的后面一些品质只是表面上的没落现象,实际上,它们同样只是掌控现实更为强大的手段和可能,因为现实无非是由我们的观感印象组成。这些现象与日益增长的精神力量的现象完全一致。我们的感官同样由于神经质而变得更为干练、更为敏锐、更为诚实、更为客观。尼采在八十年代还在渴望智性的真诚(intellektuelle Rechtschaffenheit)。现在,我们不仅获得了这种真诚,而且获得了一种远为重要的真诚,之所以说更为重要,是因为它植根于直觉,它是**感性的**真诚,是我们感官的真诚。

出牙的孩童

然而,"神经"一开始是一种病症,这是无疑的。不过这是一种独特意义上的病症,在此意义上,所有新的构成都是病态的。怀孕也是一个患病期。康复期具有创造的外在特点。每个危机都会带来精神不安。发烧是一个反常的状态,尽管如此,它是病人唯一的拯救手段。只有外行才会把发烧看作一种疾病。这是对文化史家的一个暗示。

如果有人说"我紧张",那么,这目前为止无疑都被看作是承认一种虚弱的状态。但是,为什么?神经难道是溃疡、湿疹以及畸形吗?相反,神经是我们所了解的最为细腻的器官。每个器官都会**变得强壮**,为什么神经就不会?如果有人说"我有极为发达的肌肉",人们也许一样会把这理解成颓废的标志。因而,这是相当荒谬的。

我们已经给出了解释。上个世纪的神经质人会正确地表述说"我神经了",实际上这是暂时性的疾病状态。正在长牙的小孩是病态的,"长"多久,这种病态就有多久。而有了牙的小孩是健康的,不仅健康,而且在生理上比还没有牙的小孩高效百倍。

未来之人

我们在观察的一开始就说过,今天的人没有当下,他是完成时和将来时的混合物。现在,我们在结尾再简单谈谈这里的将来时,这样我们当然就来到了冒险和本身很荒诞的猜测的王国。此外,比先前的做法,更有问题意识、更为概略地进行这些研究,也许是妥当的。

对于如下问题,我们首先必须有一个一致的看法,即人们所理解的发展究竟是什么?相当肯定的是,不是我们称为智性力量的那些力量的提升,也不是理智的功能或者理性的才能的进一步完善。三千年来,人类在我们称为逻辑学、因果关系感觉、推理推论能力的事情上,没有取得任何进步。原因在于事物的本性。我们的智力能力是我们天性的一部分,我们都有,有的人多些,有的人少些,但是,这些能力绝没有能力达到所谓的完善,原因很简单,因为它们自一开始就是完善的。人们几乎不能说,今天的人比历史开端时期的人思考得更好,同样不能说,我们今天可以比几千年前跑得或者游得更好。就历史所及,我们的思维器官就像我们的运动器官一样始终如此优秀,因此,我们毫无理由假设古埃及人或者印度人思考得比今天人们思考得差。因而,在纯粹智性的领域事实上不存在任何进步。否认历史发展观的人争辩说,他们只是以最片面的方式从这个领域取得了进步,这么说只会给他们的理由一种虚假的说服力。这里实际上也不存在任何新的东西,所有新的真理无非是对原始真理的重复或者变形,这一点完全为真。因此,单纯的拉比亚奇巴(Ben Akiba)就这个领域所说的完全在理。古希腊人的艺术思想(不是艺术)代表了一个绝对高度,我们的想象无法超出它。像修昔底德这样的历史思想家永远不会被超越。一种比罗亚尔学派(Port Royal)在十七世纪编辑的《思维的技艺》更好的逻辑学是不可能的。罗马人的法学思想直至今日仍然是所有法学的基础。帕尼尼(Panini)语法,尽管写于公元前四世纪,仍被业内人士称作是世上最优秀的语法。古印度宗教思想的高度甚至直至今日仍难以企及。

而且,甚至在通常被称作智慧的领域,我们也裹足不前。所有时代都有智者、有愚人,也许在今天,第一类人的比重稍大了一些,但是,我们决不能说,近代在任何方面超越了古代的智慧。像柏拉图或赫拉克利特这样的人的思想深度,像恺撒这样的人的政治智慧,像普鲁塔克这样的人对人的认识,像苏格拉底这样的人对辩证法的娴熟,像德谟克里特这样的人的科学思考敏锐性——所有这些完完全全的至高点,是我们至多能赋予某一位近代思想家以同等地位的高度。我们甚至不能说,我们比早前的时代"更受到了启蒙"。因为,启蒙之人,也就是说,健康、理性、人性地感知的人,任何时代都有。人们会指出,我们的时代"更为人性",诸如屠杀普拉蒂亚邦民、宗教裁判所之类的东西,今天不可能存在。可是,为什么它们不再是那样了呢?绝不是因为对这些事物的非理性,或者如有些人激情洋溢所说的,对非人性有了超拔的"洞识"。我们也许可以假设,队伍里有伯里克利、修昔底德、苏格拉底这样的人的雅典军队,丝毫不逊色于今天的社论撰写队伍,而中世纪的人则要有道德得多,也就是说,在知识和欲望上面虔敬得多,对赎罪和为善的渴望更为迫切,这些都是得到证明的,那个时代的作品饱含着炙热的伦理激情,这是我们今天完全无法胜任的。那么,为什么我们不再做这些事情了,而更虔敬和明智的时代却不假思索地在做?这是出于一个更缺乏诗意的理由,因为我们不再有承受这些事物的"神经",确言之,因为那些人还没有足够的神经,以至于无法不承受这样的东西。有朝一日肯定也不再有战争和决斗,但并不是因为我们洞悉到,这些东西不理性或者残忍——这一点我们早就知道,而是因为有朝一日我们的构造变得如此细腻,以至于无法忍受这些东西。

于是,我们也得出了发展概念的定义。也就是说,发展、进步只发生在生理学领域。不存在其他形式的进化。我们的智性始终保持着相同的形式,它甚至必须保持这样。不过,我们的感官工具能够达到最不受局限的完善和提高。在这个意义上,也可以谈精神发展,不过只是在这个意义上。

磁电器官

那么,什么是感官呢？它们无非是生物借以对宇宙中遍布的能量做出反应的形式。每一种能量形式都会或早或晚建立起自己的"官能",通过官能它才会被感知到。比如,光能给自己创造了位于眼睛里的光感,热能则创造了位于皮肤里的温感,如此种种。

不过,还有一种我们熟悉的能量形式在我们体内仍然没有形成相应的感官。这就是磁电能。我们要在这个集合概念下总称所有那些表现为远距作用的力量。此外,没有排除的是,最新发现的能量,比如放射性,与我们所知仍然甚少的这些能量形式组成了一个极大的群体。

人也具有磁能和电能,这是早已得到证实的。不过,它们在人身上是混乱的存在,没有被集中起来,还没有凝聚为一个独特的机制。因此,人类感性知觉的完善或许是朝着磁电感官的方向去的。

这乍听上去像是一个含糊的假说。在动物世界里有大量官能现象是我们绝对解释不清的。比如,有些蝴蝶具有的性嗅觉,它们可以感知并找到上千公里之外的雌性。对此做过最详细、最艰辛尝试的**法布尔**(Fabre)以最为可靠的方式证明,这种官能与我们所熟知的任何官能都没有可比性,它甚至不是一种增强为特殊效率的嗅觉,比如狗的那种嗅觉能力,而是一种神秘的新官能。类似的还有蜜蜂神奇的方向感,梅特林克尤其对此做过实验。一只蜜蜂找到一滴蜂蜜,它会飞向千米外的蜂巢,向其他工蜂报告消息,并指出原路。人们还有其他类似的观察,尤其是对昆虫。所有这些官能现象都是一种神秘莫测的远距官能的功能。

人还不具有让他的磁电能可以找到位置的远距器官。远程力量是最为普遍同时也是最为全能的力量。因为我们的整个星球体系、整个宇宙的兴起,都得归功于它,只有通过它才可以继续存在下去。

那么,这个新的器官具有什么可能的特点呢?我们也许可以根据下面思考的准则来获得。

物理学尾随生理学

长久以来,人们就已经观察到,所有技术发明只不过是对我们身体某些机制有意识或者无意识的模仿。我们的光学仪器、显微镜、望远镜,等等,都是根据与我们眼睛相同的原则来构建的,人们可以称它们为死眼。声学领域常被人赞叹的诸种新发明,如电话、留声机等,确切的榜样是人耳。根据最为现代的工程技术原理,我们的骨架是按照最为精细、最为完美的方式构造的。每个肌肉都是对杠杆原理最简单、最准确无误的运用。或多或少取得成就的航空学,试图取师于鸟类飞行。任何小孩都在学校里学过,我们的眼睛是一个暗箱(Camera obscura)。而最新研究甚至倾向于认为,看的行为是通过我们借助某些感光物质拍摄接触到我们视网膜的图画实现的。这样,我们眼睛就无非是一座在不停工作的摄影棚。简言之,物理学尾随着生理学,我们所有的发明完完全全是——当然,大多数时候是潜意识的——将我们整个机体成千上万年以来据以工作的原理,用到没有生命的物质上的尝试。

无线发电报的人

不过,有时也会发生相反的状况。我们在过去产生的一系列发明,在我们身体上找不到任何对应物。它们是磁学和电学领域里的发明。很长时间以来人们认为,在我们的神经里有这样的器官,因此,众所周知,人们将神经系统比作一座电报局,其中,神经纤维对应于电报线,神经节点对应于站点,大脑对应于发报中心。然而,目前人们发现,神经系统所具有的电能丝毫不比其他器官多,它具有与其他所有活的物质相同的特点。因此,这个东西还只能具有一种比喻的意义。不过,我们可以坚持这个比喻,它是富有教育意义的。我们还不具备的是一座储电器。每个在看的人都在显微,都在望远。每个在听的人都在打电话,等等。但是,还不存在以无线的方式发电报的人。我们是活的化学和物理实验室,是望远镜、放大镜,是留声机、唱机,但是我们不是活的电池,不是发电厂和感应机。我们还没有心灵感应的核心器官,或者简言之,我们还没有灵魂器官。

未来之人将会成为交互之人(Trancemensch),乐厅之人(Odmensch),①将会成为放射、心灵感应、无线发报之人。

腹　心

那么,这么一种器官能做什么呢?无所不能,磁电仪器今天能够做到的,都可以。一个生物倘若具有了这样一种磁电灵

---

① [译按]与前一个词一样,都属于作者自创的新词,这里的"乐厅之人"可能是 Odeon(音乐厅)和 Mensch(人)的组合。

魂器官,将会拥有与我们相比完全不同的世界入口,他的感知能力之于我们感官的优越性,就如同新的电动机之于机械机器,或者无线电报机之于通过声道传递信息的人。我们也将能够构想出一个更为完美、更为细腻的世界,因为,宇宙中的磁电能量拥有一个能够感知它们的器官,就如鼻子之于化学能量。

这个器官的发展依赖于我们神经能量的继续发展。我们再度看到,我们必将变得更为神经质。

我们在前面称这个器官为"灵魂器官",实际上,也只能这样为它命名。它将会是情感、敏感的真正器官。当然,我们还不具备这样的器官。诗人称心脏是灵魂的所在,无法设想比这个更错的了。其实心脏是我们最不具有灵魂的器官,它只不过是一座泵站,只为达到机械的目的。人们可以想象,一位优秀的外科医生将其取出,换上另外一颗。倘若这颗心脏更有力,我们的血液循环也就更正常,倘若它更差,那么,循环就会发生障碍。但是,在我们的灵魂生活里不会发生任何变化。此外,这里也不涉及大脑,因为如前面所说,大脑只具有纯粹的管理意义。方向不应该在核心神经系统中来寻找,顾名思义,而是在同情性的神经体系。我们神经系统的这个部分实际上还没有达到本应达到的那个发达程度。无论如何,它已经具备了一种中心,即生理学家称作"腹脑"(Bauchhirn)的东西。不过,我们不应止步于此,为了将其和盘托出,我们还必须获得一颗**腹心**(Bauchherz)。其实,可以引证的是,这里,即胸膈(Zwerchfell)区域,是极为细腻和多样的灵魂感知的所在或者将会是其所在。荷马在这一点上具有一种更精细的嗅觉。当他想要描述情绪活动时,就说,"他的胸膈①在颤抖"。腹部之所以被视为平凡的器官,是因为消化是在这里进行的,不过也许某一天,我们甚至要重新认识并发现,消化活动是一个比其他一些不那么平凡的过程,更影响我们的灵魂生活。无论如何,可以说,某些特别灵敏、特别神秘、特别主观的感觉,今天偶尔已经可以在腹腔丛中找到。每个情人都有过这样的感受,它是一种从胸腔缓缓升起的感觉,在胃部产生出一种令人心痒痒的独特神经质,然后"勒紧了嗓子眼儿"——如小说中众所周知的习惯用语所说,不过我们从中只能窥探到一个次要的现象。或许,未来的小说家会同样满怀激情地说:"他看到了她可爱的笔迹,他的腹腔丛颤抖着",或者,"当他再看到她时,他的胸膈收缩了起来"。

身势语的退化

不过,还是让我们看看触手可及的近旁的事物。倘若任

---

① [译按]古希腊语 thymos(血气)的一种译法。

何新的生理学能量、新器官、新的感知形式都在酝酿中这个假设没错,那么,对于紧接着的时代而言这会带来哪些灵魂上的后果?

一开始有两方面。首先,旧的表达方式的退化;其次,缓慢的形成或者其实只是预示新的表达方式。

实际上暂时可以确定的只是前者。其实在过去十到十五年间,人们已经可以感受到现存表达方式的这么一种退化了。旧的消息形式,如用词和身势,逐渐在——人们大可以说——丧失信誉。表达活动在激烈和直观性上的丧失,根本上可以被确定为进步中的文化的一个普遍标准。无教养的人有着比精神上层次更高的人更为生动的身势语。南方民族有着比北方民族更为丰富的面部表情。一位阿拉伯人在转告车轮坏了这个消息时,所用的手势和大声讲话的材料,远比一个英格兰人在转告一则死讯时要多。无论哪里,尽可能少地调动肢体,都被看作是有教养的社会人体面的规则。属于这个范畴的还有言简意赅,激情和冗长的减退。人们只需去想想易卜生阴森的对话、梅特林克沉默的技巧。在这两位诗人的戏剧里根本上从来都不发生什么,尽管如此,它们产生的效果却并不那么不具戏剧性。只是情节在一定程度上埋得深了一个层次。戏剧里的这些人可以说只是被生活遮蔽了,而在这两位诗人那里都以不同的方式发生。易卜生表现的是过去对灵魂投上的阴影,梅特林克表现的是未来给人准备的阴影。但是,无论是这个过去还是这个未来,都从没有出现在舞台上。因此,我们在这里已经拥有了一种处于原始状态的新戏剧形式,这对应着我们感官的一种新状态:倘若可以这么表达的话,它是心灵感应的戏剧,是远距作用和远距感知的戏剧。不过正如前面所说的,所有这些东西都只是新事实的反相印记(Negativdruck)。不过,极为确定的有一点,那就是,身势语在退化。

我们之所以说得少了,并不是因为我们丧失了善说的能力,而是因为我们没那么有必要去说。的确到处都已经可见一个阴森的灵魂语言,它不再需要语句,而是能够支配其他的表达方式。人们称之为"流体"(Fluida)。这个词总是被拿来指称人们还不认识的自然力量。电一开始也被称作流体(Fluidum)。不过,它让人看到,这种流动的、不可估量的、可以说是非物质的东西,竟然具有十分引人注目的能量和现实。

一种越来越退化到这种告知可能性的艺术,所拥有的完全不是非感性的东西,就像电不是什么非感性的事物那样。它甚至在影响上比任何其他早期艺术更为感性。我们称作人格影响的事物并不是什么其他东西,而是由官能**直接**作用于官能的力量,而不用调用一种死的音节和身势的符号学。这是一种将会取得音乐如今已经取得的成就的艺术,不过是以发音能力为代价。用叔本华的话来说,这是直接的意志语言。

这里大概也蕴涵着充盈了我们时代的集中化趋势的更深层理由。因为,只有通过极端地凝聚起我们整个的精神能量,这样的灵魂语言才是可能的。

随着集中化一词,我们现在就来到了精准的历史的充足光照中,从而可以完成我们的展望。

文化的综合

我们正在接近一个综合的阶段。看一眼过去几十年的经济史,我们就知道这指的是什么。朗普莱希特给出的定理是,一个特定时代和特定民族的经济关系并非其政治、文化处境的产物,相反,我们称作"精神生活"的东西总是来自经济关系。倘若我们承认这一点,整个发展都朝着一种文化综合的形式而去,不过是以多种维度,就我们所知的历史而言,这些维度表现出某种完全新颖的东西。我们正要过渡到最广义上的大城市文化的世纪。整个精神生活愈发地凝聚为大的中心,外省在任何关系中都会成为越来越次要的,甚至是多余的。有人说,民族主义(Nationalismus)现在又有了未来,这也许是对的,不过,现代形式的民族主义完全不是普世主义(Universalismus)的对立,后者其实是在建立民族性的世界帝国(Weltreich)。也许社会主义有朝一日也会溶解为一种普遍的、囊括整个地球的托拉斯实体。历史一再教给人们的,是将表面上的对立总结为一个更高的、有生命力的统一体,就好像每个新的真理一开始总是得从两个相互对立的极端得出,直至两个终点相合,于是新的真理才成为现实和生活。我们如果去观察现代大都市的城市景观,就会看到作为建筑学基本形式的高楼大厦,这也是一种综合。人们可以随意继续增加例子,不过,没有必要,因为每个人都知道所指的是什么。

有机化的神经病

我们的灵魂生活也是从两个这样的对极开始发展,在这里的两极是智性和癔病,超意识和梦游症。一百五十年以来,人慢慢地在清醒,意识到了自我。梅特林克说,

> 的确,灵魂沉睡,没有人关心它,有几百年了。如今清楚的是,它费了极大努力……人们不得不认为,人正要去与人接触。

换句话说,今时今日,首次有了意识这样的东西,也就是说,既意识到自己,也意识到他人。清醒了的人站在历史的门口。然而此前,差不多随着法国大革命一起出现的这种意识,

还不是我们的有机部分,它们是嫁接上去的。我们不得不用更为狂热和昏沉的梦一般的生活来为这个短暂的清醒时刻支付。我们现代的过于敏感和增生了的接受印象的能力、对刺激传导和愠怒的能力,一开始就与我们的智性处于针锋相对的对立之中。新的刺激、危机、伴有必然的生理学副作用的生成状态,都随之带来那个众所周知的病态、半清醒的梦幻状态,这个状态长久以来都是现代精神状态的标志。如今,这个极性似乎在走向平衡。下个十年的人将会是一个**有机化的神经病**(organisierte Neurose)。

我们这些前古典的人

过去十年的发展在不止一点上让人想到十八世纪的前古典时期。首先,这次处于领导地位的又是法国,它在绘画中具有完全的领导地位,在文学上也因自然主义而特色鲜明。如今,在法语意义上,法国自然主义者仍然像是古典主义者,也就是说,是制定纲领者。新的文学纲领总是出自法国,当然,永远都是纲领。如果人们不带偏见地看待这件事,那么,拉辛和左拉两人之间就不存在本质差别,他们都以极大的力量和极大的片面性以及卓越的形式天赋,创造了一种新的诗学规则。左拉放荡和残酷的生活传奇恰恰是拉丁语的明晰性

(clarté)和方法论典范性的创造,正如同路易十四身边诗人字斟句酌的宫廷诗歌。方法论、纲领、诗的数学、体系、规则,这在过去一直都是法国的主要优势,因为,每个法国人都是笛卡尔主义者。法国浪漫派也只是**规则化的无规则性**。究其本质而言,这就是人们通常所说的拉丁语的形式天赋。这种天赋在艺术上当然是二流的,因为,它的条件是微少的深入洞察中巨大的视觉敏锐度,严重的内在不孕时外在的多产。不过,这种天赋的煽动力却具有非同一般的文化史价值。

就英格兰而言,其影响也表现在当下的哲学中。英格兰人在其理论上始终都是最具实用性的思想家,尽管这听起来有些矛盾。他们一直都给欧洲提供着通行、好懂、显明的思想。它在十九世纪的出口物是达尔文主义。现代自然科学的思想现今才在英格兰成为一种有用的欧洲货,得以渗透在最广泛的圈子里。此外,这一次,还是来自英格兰的启发,为纯文学指明了一个讽刺、社会批判的方向。斯特恩(Sterne)和菲尔丁(Fielding)之于十八世纪的意义,也是王尔德和萧伯纳之于十九世纪的。

作为经济和政治都发达的民族,英格兰在十八世纪首先有能力对时代作出总结,英格兰还提供了新世界观的宽广躯干。作为精神上最为文明的民族,法国用其表达方式的滔滔不绝和细腻,为这副躯干提供了肢体。而德意志则培育出头脑,即在它所谓的古典作家那里。

今天,我们正处于一个相似的处境。我们从英格兰接受了新的自然科学和社会理念的材料,从法国则接受了新的灵魂学工具。然而,今天还缺少头脑。或者说,只有一些尝试,就如十八世纪的前古典时期那样。人们可以在这个方面将莱辛和尼采做比较。他们的立场极为相似,二者都不是新的创立者,尽管他们被人们视为这样的人,毋宁说,他们是净化空气者、旧事物的革除者、提供空位者、开辟道路者,他们翻耕了土地,以便使之再次长出新东西。

从上述内容人们现在一定可以得出结论,我们逐渐再次接近一个古典阶段。新的古典作家将会像极了旧时的古典作家,尤其是,他们会像旧的古典作家那样,不会令自己等同于流俗的古典作家概念。

"席勒与歌德"

当然,我们必须首先清洗掉学究气的守旧和关于此概念的美学家的蠢话等全部外壳,直至这个概念再次获得其理性和健康的意义。可以说,人在除掉自己所有的教育者这门技艺上有着一种令人惊叹的本事,他会将他们打扮成好心的畸形人和搞笑的傻子。

我们之所以这样说,是因为,他用高台上塑得让人毛骨悚然的那两位教育者的石膏造像意义何在呢?他们**活过**,而且是**榜样性地活过**。这是他们全部活动的意义。

其中一个人的生平只是工作、勤奋、工作。永远的不安定,持续不断,向前、向上、向上,这是他存在的意义。他的整个精神、身体机体完全像一台硕大的机器,它在巨大的高压下不断蓄积着力量,继而传递,继而再蓄积。这位不知厌倦的竞赛者,就这样以急促的呼吸向前追逐,直至他使完最后一口气,在赛跑中途垮掉。这就是席勒。

另外一位的生平只是增长、发展、增长。他那么钟意解剖学、植物学、矿物学并不是没有缘由的。像一块水晶那样缓慢地增多,通过无声的"附加",一直在长出新的水晶,以清晰、直线、均匀的形式。他也是如此增长,既不夺取或者增添什么,也不减缓或者加速什么,将一切可以企及的都拿过来,耐心地吸收同化,只忙于安静地观察自己的增长。当他企及了一个人所能企及的最大高度和广博,然后——决不能说,他就死了。不——他**完全留存了下来**,虽然不再长出新的水晶,但是光彩夺目地留存了下来,方方正正,坚定不移,表面光滑,成为一件不朽的属人艺术作品,几个世纪以来都清晰可见。这就是歌德。

因此,可以说,两人教诲的是不倦的工作和无声的增长吗？人不需要这么讨人厌的教育者，因此，人就发明了"古典作家"。他翻出席勒意义不大、言过其实的青年时代诗歌，然后让小学生死记硬背，此外还兴起了席勒的"唯心主义"。他删去席勒戏剧中最为生动、最为人性的场景，让愚蠢、无知的演员们把余下的场景变得枯燥乏味，直至把诗人变成一个让人无法忍受的聒噪爱国者和吵闹的激情剧作家。他把《唐卡洛斯》这部王者孤独的恐怖灵魂画像，变成戏剧化的社论。要使重心重新回到其正确的位置，还需要米特尔乌尔采（Mitterwurzer）这样的演员。后来米特尔乌尔采故去，《唐卡洛斯》重新变成了一篇社论。于是，观众喜爱的戏剧成了《威廉·退尔》，而这恰恰是最冗弱的一部。《威廉·退尔》亦称"大胡子的胜利"。

人们则将歌德变成了一个乏味的古希腊语学者和"奥林匹斯山上的神"。通过将他置于云雾中，人们让这位最人性的人变成了最不人性的。人们忘掉了，要令一个具有巨大**不稳定性**的有机体保持平衡，这种磅礴的精神力量和自我节制是迫切**需要**的。"和谐的"歌德就相当于"和谐的"古希腊人。和谐在他们这里，都不是命运的恩赐，即平坦、光滑的宁静状态，而是巨大的内在力量斗争的结果。不过，这并不适合市侩，后者的和谐是由于缺乏不和谐和多样性，于是，市侩才将歌德变成一具蜡像。

最幸福的德意志人

一个不和谐、没有集中化的有机体是没有生命力的,说不定什么时候就死掉了。这当然没错。不过,另一方面,一个没有不和谐与对立、没有极端和对极的精神,是没有创造性的。歌德两者都是——即独立的有头脑之人和成问题的人,而且他足够疯狂从而具有创造性,足够智慧从而具有生命力。这令他成为了人类的模范,成为古典作家。

这为歌德添上了"最幸福的德意志人"这个别称。尼采在《不合时宜的沉思》的一则沉思里用最激烈的言辞反对这种解释。他不无道理,不过也不在理。我们当然不应该想到市侩意义上的幸福生活,即有着许多日常欢乐和安逸,几乎没有痛苦、失望,还有持久的自我满足和舒适。如此说来,他的生活肯定处于幸福的反面。不过,也不尽然。随着时间流逝,在卓越之人名字前不断增多的前置修饰词和装饰性定语中,始终蕴涵着一个更深层的真理,尽管它们最后在因持续使用而受到磨损的形式中显得平淡和走样。但是,它们总有一种理性意义,就如每个俗语、每个固定用法、每个语言性的新造词,是作为人类集体思想的产物,这种思想永远不会弄错。毫无疑问,根据歌德自己的说法,他是一个"会令自己感到不快"的人,但是,他似乎永远都不因此而真的不幸。至少我们无法想象。因为他走的是自己的路,永远都是如此。这几乎是尘世幸福的定义了。他身上有着一种理性与美的均衡,倘若没有那种理性,我们便不能生活,倘若没有那种美,我们便不愿生活。像康德那样的人拥有前者,像拜伦那样的人拥有后者,像施勒格尔(Schlegel)兄弟和其他浪漫派那样的人,不满足、不安分地游弋在两个极端之间。而歌德拥有二者。除他之外没有人如此。因此,他是"最幸福的德意志人"。

没有人性的美

我们可以假设,从已知的历史来看,美与人性还从来没有统一过。我们所理解的人性并不是道德现象,而单纯是人完全在精神上的自我克制,如人们想要说的理性、善、人性,不过,它们在本质上都指的是同一个东西,即关于自身的知识。因为,其他所有的知识都来自这唯一的根系,一个有知之人,永远都不会是"不正派""恶的""不道德的"。然而,情形似乎是,迄今为止,我们自然使命的最高实现的代价,始终是美的丧失。我们已经不止一次看到世上的现实之美,这里的现实之美只能理解成并非单个事物是美的,比如柱子、招牌、历史或者歌曲,而是一概而论。此外,整个存在是一部艺术作品,如自然始终都是的那样。雅典曾经一定是如下这样的,即城邦不是无与伦比的塑像的集合,而是塑像无与伦比的集合。莎士比亚或易卜生是否比阿提卡肃剧家的戏剧更优秀,大概是个值得商榷的问题,不过没有争议的是,观众与舞台在其中构成的整体艺术作品的古希腊剧院本身,是唯一和不可比肩的。我们常常想象成出世(weltabgewandt)秘学的哲学,在当时甚至是一种普遍的事情。哲人行走在大街上,在廊柱下,在菜园里,做着他们的哲学,整个民族都参与其中。苏格拉底并不是这类人的唯一一个,他是几乎所有古希腊思想家的样板。这样的一种生活一定是美的。然而,从另一方面来看,这个无与伦比的美之天堂其次也是堕落、欺骗、抢劫的无赖的污糟之地,在这个城邦里没有人说真话,毁谤、贿赂、阴谋、告密构成了主要活动,最善良的人——恰恰是最多的——时时刻刻都不得不担心,错误地成为被告、被放逐或者受绞刑。这个城邦是一个真正有着嫉妒、贪婪、背信、癫狂的女巫之锅,它无时无刻不有爆炸的危险。

人们再度目睹了这样一种生活与艺术的和谐渗透,即在文艺复兴时期的意大利,尤其是在佛罗伦萨。对于我们而言,艺术享受如剧院、画廊、小说、音乐会,都是生活的一个惬意的附属品,是一件让我们可以休闲、消磨、放松、在笔者看来也是提升自己的事,不过,它最终只是一种讲究的安逸,一段如气泡酒或舶来品那样的舒适。我们所感受到的是多余，是豪奢，我们也可以想象一种没有这些东西的生活。但是，艺术当时在佛罗伦萨或者罗马，是人的一种生活机能，对于他的新陈代谢的必要性就如同飞翔之于鸟儿，那是他的活力不可或缺的组成部分。他们的狂欢节游行、游戏、节庆，不像在我们这里是粗野的民众娱乐或者过分讲究的社会的一杯开胃酒，相反，是对于人人都重要的人生大事，在这样的活动里一切都想要积极起来，就如今日美国的聚会。漂亮、耀眼的假面盛会并不是恶作剧，并不是谐剧，而是极其严肃的事，人们将身心投入其中，就像打仗一般。这是一个艺术批评家的民族，而且也是一个有着懂行的人的民族。当班迪内利（Bandinelli）这位相当熟练的艺术家——放在今天肯定会是宫廷画师——在佛罗伦萨竖起他的赫拉克勒斯时，近乎引起了一场革命。

尽管如此，同样这些人都是一班暗杀者、盗匪以及疯子。由于我们无法再领会这种天才和堕落、最细腻的品味和最狡猾的卑劣相安无事的并存，最完美的精神教养与最完美的卑鄙无耻的这种竞赛，我们常常会说，一定不是这样的，这些人在内心一定会觉得歉疚和不幸。但是，我们却要反其道行之，这些人绝对感到自己是无罪和幸福的，否则，他们绝不会做出这样的事。文艺复兴时期的天真是他们的罪恶之源。如果我们读到对他们无耻行为的描述，我们必定在道德上震颤的同时,却在欣赏其优雅、有教养、形式的完美,人们几乎会说,欣赏人们当时用以欺骗、掠夺、杀戮的手法。那时,杀人简直是生活的经济活动之一部分,就如今天谎言也是生活的经济活动之一部分。我们的报刊、党派、政治外交、商业活动,这一切都建立在相互欺骗、诈骗、贿赂的广泛系统之上。没有人会觉得有什么。如果一位政治家出于国家至上的理由或者为了他的党派利益,想要把氰化钾倒进其他人的巧克力饮品里,整个文明世界都会毛骨悚然。但是,如果一个政治家出于相似的动机欺骗、歪曲事实、捏造、搞阴谋,我们会认为这是理所当然。同样,十六世纪的人们所处的那种状态,会把偶尔的杀戮当成社会新陈代谢的酵母,人们几乎会说,当成社会的交往形式。正如在今天,谎言、贿赂,简言之,任何形式的"贪污",都构成了公共和私人交往不可或缺的成分。两者仅仅是程度不同。

没有美的人性

不过,在历史上也存在着转折,人的道德本能带着不可抵挡的力量在其中爆发,比如,早期基督教时代或者中世纪盛期。那么,这些人是如何生活的?他们生活在简陋的、烟雾缭绕的茅屋里,或者阴暗、潮湿的土牢里,身穿穷酸、难看的衣裳,没有好用的成套工具,没有洁净的街道,没有光和空气,没有书本,没有更为精致的形式,没有艺术和教养。甚至可以说,美是刻意被避免的,被当作罪恶。不过,这也符合逻辑,因为,一度的情形是,美的丧失恰恰是好的、无罪恶的生活的代价。

抑或,我们看看十八世纪这个现代精神最为伟大的时代。所有我们今天拥有的东西在这个时代都已经被创造出来了。化学、哲学、史学、政治学、小说、物理,一切在当时都被重新创造。要对这个时代巨大的精神财富有直观认识,我们只需提及如莱辛和伏尔泰、牛顿和莱布尼茨、温克尔曼和歌德、休谟和康德、伽伐尼和拉瓦锡等大名。这也许是迄今为止的历史上最为聪慧的世纪。不过,那时的生活如何?乏味、平凡、没有任何戏剧性的生气、最为无聊的理所当然。生活就这样流逝,它在一定程度上消融到了不折不扣的对话中。它缺乏情节,缺乏光泽。因此,法国大革命就像一个艺术现象受到欢迎,这个光亮的火把,在欧洲上空升腾,把天空映得通红。因此,拿破仑这位天才的参与者,这个后来发挥了自己出色的力的相互作用的人,就是这个悲观地得过且过的时代的意义和最为深刻的解决方案,在所有的同时代人中,其实只有歌德才完全领会了这一点。

这里就所有时代所说的,也针对单个的人。就让我们看一下每个人都熟悉的一对对立之人,即便这只是出自教科书破绽百出和被歪曲的传说,即苏格拉底和阿尔喀比亚德。人们肯定想不出比阿尔喀比亚德过的生活更美的了,这是一个内心充满近乎失控激情的主人公,是一位人们通常想到的那种主人公,并非为理想,为口号和纲领而奋斗的主人公,而是与生活斗争的斗士,在与这个永恒、唯一的对手的斗争中耗尽自身,不过在这样的斗争中他是幸福的,他在不断寻找并从新挑战这样的斗争。这个人从作为塑造性的艺术家的整个生平中制作出一部无尽的、极其动人的戏剧,也就是说——因为这无疑是他内心最深刻的基本意志——是一部为了自身缘故的戏剧,因为他只能够戏剧性地生活。与此同时,他不断献身于对美的效劳,充满一种对美的事物、无处不在的美的事物不知餍足的贪婪,贪婪美妇人、地毯、节庆、甲胄、花朵、少年、诗歌,贪婪美的上场和离场、落幕、效果,贪婪美的恶行、美的丑闻(因为,亵渎赫尔墨斯像正是如此)。但与此同时,这是一种我们虽然乐意观看,但绝不愿仿效的生活,因为,它是一种对肉欲、暧昧欲望、虚荣、不规矩、无度的迷惘和陶醉,简言之,是迷惘和陶醉于所有次人性的欲求,这是一种没有意义和理性、不澄明的生活——因此,也是另一种意义上的不美。

不过,我们再看另外一个人,苏格拉底。他从我们内心一切含糊、阴沉以及幽暗的东西中,制造出一个光辉的公式,他的一生是一个清晰、一贯的等式,直至结束,直至那杯鸩酒,而它也不过是这个等式最后的数列。——他在外形上是怎样一位丑陋的代表呦,他那大酒肚、冲天鼻、秃头、干瘪且长得糟糕的肢体。尽管他有令人钦佩的逻辑性、有德性、善于处世,但是,他缺乏许多在智慧和道德上不如他深刻的民众最大程度拥有的东西,即从生活中制作出诗歌的神秘力量。

继承人

迄今为止,只有一个人具备上述两段的平衡——我们始终只能把握住一种——并将其塑造成生活,那就是歌德,他因此是一位古典作家,而且其实是唯一的一位。当我们先前说我们正在接近歌德,所指的就是这个意义上的。

人们也许会反驳,即便承认这一切,歌德也恰恰因此是一个个例,我们没法儿指望像他一样。不过,这个异议无效。有那么一些时代,当时的人很大一部分都是平庸的基督模仿者。他们虽然不是基督,但是是做得不差的仿制品、袖珍版。他们在原野流浪,寄居在屋宇,挤在大街、广场上。唯一的榜样的力量如此之巨。人,即便是最平庸的人,也比他所预料的更有才华。人心中有取得一切可能的能力与无能、美德与恶德的种子。历史上的伟人是那些凭借只有他们才具有的力量,从迟钝但是可塑的人类材料中,时而塑造和雕塑出这种、时而塑造和雕塑出另外品性的人。如今,这种力量作为某种普遍、理所当然的东西出现了。

这是新人的诞生,他不再以降低的身体活力换取智性和道德卓越,不再用盲目和精神疾病换取诗歌,他不再不得不在"感官幸福"和"灵魂宁静"中间作选择,或者说得不那么庄严些,不再在肮脏和无聊中间作选择。他不再计算,不再发怒,他会同时做这两件事。

在通往新人的道路上是已阵亡的人,他们为了理性统治的支配地位而付出生命的精华,他们是生存的禁欲者和隐士,是精神的悔罪者和殉道者。他们为了享受生命的充盈、**存在**的富足和幸福,而奉献了自己的健康和自制,他们是疯子和自杀者。斯宾诺莎不得不为他的安宁而付出,尼禄不得不为他的活动而付出,但是未来之人会拥有安宁和活动、美与善、生命和知识,而且一切都不用付出:他不用为任何事物付出,因为他会成为继承人。

第三章　街头诗人

本书主人公名声大噪

大约十五年前,在维也纳短暂出现了一种薄薄的、有着难看的草绿色封面的周刊,名字叫做《风月》(*Liebelei*)。刊物名字直接取自施尼茨勒(Schnitzler)的戏剧,这部戏剧是奥地利"现代派"第一部大获成功的舞台作品,显然,维也纳观众把它看作一部感人的民族戏剧并因而为之鼓舞喝彩。这份同名的小刊物塞满了委婉的抒情诗、好高骛远的论战以及高中生情色文学,像是柏林《自由舞台》的廉价油印影印本。它被视作青年人和革命家的机关刊物,由于其偏激和青年人的轻率,在各地引起了异常的不满,很快就再次停刊。不过,最招恨的是大量小品文，这是一位作家的处女作，这位作家被证明既令人费解又无聊乏味，其作品纯粹是些极其短小的文字，是由哗众取宠的箴言、矫揉造作的散文体抒情诗以及哀伤的小小说等组成的杂乱无章的半生不熟的产物。人们搜寻其作者，然后发现，他是一位偏激的怪人，早在没有写作时就已经给自己招来麻烦。他在咖啡馆发表批评市侩和赞扬女性的煽动性言论；从来不系笔直的领带，却裹着皮制的马术裹腿，而人们从来没有看到过他骑马；他日夜颠倒，以最为温柔的方式问候低贱的站街女郎，经常被人看到和酒保、马夫、皮条客热烈交谈，所有女性——从咖啡馆收银员到哲学博士——因其惹人发笑和荒诞的闲扯而被他迷倒。由于他并没有随着《风月》的停刊而停止创作他的小品文，他的名字就成为了现代偏执狂、唯恐天下不乱、自我吹嘘、过于追求原创性的集合概念，自此，当人们想要对一位有上进心的文学青年的作品作出尤为毁灭性的评价时，就会简短地说："这是典型的阿尔滕贝格。"一夜之间，这个名字就从一个特殊名词变成了类型概念，当人们说起"阿尔滕贝格"，就像说"卡廖斯特罗"（Cagliostro）、"卡萨诺瓦"、"喀提林"一样。

最终，这也倒成了有意义的事。并不是任何最佳者都会成为一个标签。如我们前面所说，读者的集体精神所发明的这些标签总透露着一些真理。卡廖斯特罗的确是历史上最天才、最典范的骗子,人们可以说,他是柏拉图式的骗子的相(Idee)。同样,大众立刻就完全正确地领会到,这位诗人同样的确是所有那些应该被谴责为"现代派"的人最为独特、最为极端的概括。人们将这个名字变成了一个特定——极其应受谴责的——精神思潮的公分母,不过,不管人们怎么说,这是一种隐藏的拔高。人们相信这个名字会具有损坏名誉的力量,也就是说,无论如何,人们将获得这一称谓的人视作某些坏品质最为强烈和集中的体现,即视为一种人格。如伊阿古(Jago)被视作最阴险的卑鄙的极致,这位诗人也被视作最不祥的现代性的极致。既然如此,即便他最伟大的仰慕者也不愿多提起他。

代号意志

因此,公众在此事上完全正确。此外,公众在所有加在他身上糟糕的单个品质上也完全正确。公众始终都是正确的,因为他们有直觉。——不过,公众大多数时候的表述是错的。或者说,根本上只是太不细致,太过普泛,太不差异化。公众的词汇太过匮乏。他们经常用同一个词语来指二十个迥异的概念。我们在上一章就看到,他们称歌德是一位奥林匹斯山上的神,没错,但是,什么是奥林匹斯山上的神?他们说,现代人是颓废的,无疑,这种说法直击要害,但是,什么是颓废?此外,他们说易卜生是"来自北方的贤士"。这是一个用得极其出色的称谓,即便这个称谓曾经也同样出色地用在深刻的哈曼身上,不过也毫不逊色。这种观察之贴切,足以让人能够——毋宁是**必须**——写一整本书,这本书将作为这个口号的评注附在附录里。书写或者想象这么一本书,却被公众疏忽了,他们在这一点上没道理。他们只满足于关键词。他们说,尼采是不道德的。的确,尼采自己永远强调的无非是这些。不过,这种非道德进一步意味着什么,他被迫写了十卷最为深刻的德语散文。可是公众却更愿意盯着单纯的结论,不管那厚厚的十卷书,他们钟情于简单化的方式。他们赞成简洁、精彩的表达式,如"人由猿猴而来""艺术提高我们的修养""我们的未来悬而未决"。

情况并没有这么简单。代号意志(Wille zur Chiffre)——正如人们可以命名这个一般性的大众趋势——是非常值得称赞的,但是,代号要么是一个长期发展的原始细胞,要么是一个同样的长期发展的有机最终产物。人不能任意跳过这种发展,否则终点就是胡说。人不能说,"萧伯纳是个讽刺家。就这样"。无疑,他就是讽刺家,而且水平之高,以至于他在自己的每一部谐剧里都是完全不同的讽刺家。要是人们知道什么是一位讽刺家的话就好了。耶稣是一位讽刺家,当彼拉多问他是不是犹太人的王,他的回答是:"这是你说的。"福斯塔夫(Falstaff)爵士是一位讽刺家。当阿里斯托芬为反对他最为卓越的对手、讽刺家苏格拉底而写作《云》时,他是一位讽刺家。当胡斯(Huss)在火刑架上高喊"神圣的单纯"时,他是一位讽刺家。最后,我常去的咖啡馆的服务生也是。

公众始终都是有道理的,不过,他们不懂得如何利用他们正确的判断。当他们说席勒是个急性子,拿破仑是个篡位者,马克西米利安皇帝是最后的骑士,他们还是不知所云。

他们与阿尔滕贝格的关系也同样如此。阿尔滕贝格是人们口中的样子。他不是一个博学的人,而且在任何方面都不是一个完善的人。他不是永远光辉的形象的塑造者,也不懂得个性化。倘若人们所理解的写作指的是那种能够既清晰又透彻地言说一些东西的才能,以至于人人都懂并且几乎人人都相信的能力,那么,他都不算是一位作家。他不是抒情诗人,因为他没有形式。他不是叙事诗人,因为他没有情节。他不是哲人,因为他没有体系。他的思想是巴洛克式的,风格是不修边幅的,热情是过分狂热的。而且,他在生活中是个傻瓜。

不过,详细来看,他在多大程度上是这样的,我们接下来要稍作观察。

被记录下来的作家

过去几十年间,写作发生了显著的变化。在多次斗争和不和之后,写作最终成了一种职业,与其他任何职业一样,这是一种真诚、信誉好的职业,而且具有特别的技术能力和熟巧,严格的内部组织和持续的职业传统。可以说,人们把诗人纳入了人类社会的名册。创作不仅仅在道德上,而且也成为了一种国民经济的财富。"穷酸的诗人"如今只能在《园亭》(*Gartenlaube*)中看到。如当时的小阁楼是与诗人一同出现的现象,别墅如今也是真正的诗人的一部分。最初,写作的人根本上是受歧视的,就像一切新事物那样,既受歧视,也遭受敌意。人们从写作的人身上嗅到了一种神秘、瓦解性的力量。实际上,这种直觉也完全有道理。作家参与了法国大革命,摧毁了教权,建立了社会民主制度。策划了这些危险事物的,不是别人,正是这些没用的人,他们只是看上去在生活的外围游荡。难怪一开始人们把作家看作是最为可疑的群体。不过,众所周知,在发展的过程中,战无不胜的革命家变成了倍受尊重的当权者和保守分子。今天,任何人都会尊重作家,没有人怀疑作家作为公民的生存正当性。他们还组成了一个封闭的行会,包括资格测试、反对不正当竞争的法则,安排得当的生产和消费关系,就如其他从业者一样。人们把创作当成爱好、副业、成人社交游戏的时代也早就过去,如今,作家是世界上最被严肃对待的人。

不过,无法肯定的是,这对于诗人本身是不是件好事。当一件事情开始成为职业的时候,与此同时也就不再是某种普遍人性的事物,常常就丧失了最佳的力量和神秘的魅力。这是我们先后从许多职业中所看到的。在古代,政治家都是业余的,也就是说,每个人都是政治家,不需要特别的资格证书和特别的培训。因此,在古代有着一种真正政治的生活。政治家分为有才华的和无才华的,但是绝不分为职业的和非职业的。人们会带着现代人的惊讶想到古希腊和意大利的弊端,想到雅典民主制和罗马的贱民,可是,当人们应该真正对国家和军事事务感兴趣时,他们也必须插手一切。今天,只有一些专业人士对政治感兴趣,他们一生为此严格训练,同样感兴趣的还有一些没有更好的茶余饭后谈资的狭隘乡巴佬和小市民。有教养的人从报纸上了解发生了什么,然后把它扔到一边。这就是今天人们对政治的态度。"德意志帝国""大不列颠""合众国"都是国家法学概念,此外什么都不是。但是,"罗马""雅典"都曾是鲜活的政治现实。

我们的宗教感也经历了类似的发展。今天的宗教性是某些学过十学期神学的人的特长。在中世纪和近代早期,宗教人士同样是业余的,正如古代的政治人一样。没有人需要证明自己是否受过必要的训练或者参加过必要的仪式,才能被允许谈论这类事物。因此,宗教运动、信仰的创新和再生都不是什么稀奇的事情。倘若宗教性有败坏的风险,它就会由此而自行重组。只有允许每个门外汉参与其中,这才是可能的。因为新的思想几乎总是来自门外汉。专业人士,即便在精神上最为超拔,始终与他的职业圈子关系过于紧密,所以几乎永远无法带来一场真正的革命。他太熟悉传统,不管愿不愿意,他对它有太多的尊重。此外,他还了解太多细节,从而无法足够简单地去看待事物,恰恰因此而缺乏首要的条件去做出有效的新发现,因为,有价值和富有成果的始终是简单的思想。

这样的例子举不胜举。我们可以想想文艺复兴时期的艺术生活。每个人都可以绘画、作诗、搞音乐,当然也有让自己出洋相的危险。不过,当时的人们想在公众面前露面,还不需要有影响的批评家的推荐和大学教授颁发的证书。另外,宣传、街斗、搞突袭以及诸如此类的暴力行径,在当时还不是由国家小心翼翼地安排和准许的职业人士的特长。每个只要差不多属于好的社团的人,都可以精准地射击、刺杀以及击杀。当然,今时今日,这些事物被引入正轨,并且间隔很久才会发生,而且由国家来主管,这当然是值得欢迎的。不过,无法否认的一点,当时这个领域的人无与伦比地更有天赋,并且做出的事情远比今天的杰出。

有能力的业余

简言之,只有当人类活动有业余者在做,它们才会具有真正的生命力。这件事在根本上并不是什么不自然的事。其对立面才是悖谬的。原因有两个。首先,业余者、门外汉正在做的事情并没有脱离他自身,而是与他整个人一致的。他在某种程度上并没有分为两半,比如,上午和下午的一半,以极大的勤奋、客观、细致,写一部西班牙王位继承战的历史,对外交手腕、总司令部地图、加农炮、燃烧的堡垒、优雅的交际花等事情上很在行,晚上和夜里的一半,他则置身酒馆,玩两把牌九。这并不是鲜活的统一性。不过,早期的回忆录和史书就是这种类型。所有按照职业所做的事情也都是这种类型。相反,人们可以说,他们所有人都具有某种业余性,某种片面性、局限性、主观性、过于狭隘的视角。只有在业余者那里,人和职业才是一致的。因此,整体的人才会流入到他的活动中,才会用他的整全本质去满足它,由此,才会产生那些真正充满心血的、丰富的创造,尽管这些创造满是事实上的错误和笨拙,但是,绝非博学的专业人士所能做到。

只有业余主义才富有成果的第二个原因在于,业余者对自己的能力,甚至对自己的整个行为一无所知。他的创造完全是无意识的,完全自发的,就像一棵结果子的树。他从来没有打算质疑自己的"能力"。能力,他完全不熟悉这个概念。他也永远不会意识到自己在"劳作"。对他来说,这不是劳作。同样,他会将饮食视作机械地做功。但是,恰恰是这些他虽然对其本质和意义一无所知的活动,才是最有价值的,根本上来讲唯一有价值的。人,尤其是艺术家,就像一个梦游者,他最有把握地走到悬崖边,极其娴熟地攀上屋顶和高塔,但是一旦人们朝他呼喊并向他揭示他以最大熟练度所做的事情,他立马就跌落下来。因此,人们必须问,诗艺今天所处的好的生活条件对它真正的生存而言是否意味着一种促进。它面对外界时赢得了许多,但是,也许与此同时,它丧失了自己最佳的内在力量。

预言家

如今,阿尔滕贝格是为数不多在我们时代仍然在创作,却似乎没有把创作当作职业的人之一。他创作着,不停地创作着,不分昼夜,在梦中也在梦醒时,走路,站立,坐着,躺着。如果可以这么说的话,这是一种有机新陈代谢的形式。他实际上"产出"的微乎其微,也许正是与此有关。因为,真正的创作有一种担心,担心创作的东西凝固成为一个个字母。最好的诗篇只是用心记下来,永远不会用打字机打出来。

当他第一次出场时,身边都是"文学",只有文学。一切都瓦解为雕虫小技。一方面是僵化腐朽的傀儡,他们徒劳地致力于以电镀的方式为生活保留一些深刻且美好的真理,而这些真理早在几个世纪以前就已被发现,因此不再可能是他们的真理。另一方面,是疲惫和过于成熟或者幼稚和不够成熟的寻觅者,他们用所有的风格说话,唯独不用自己唯一有权使用的风格,即他们时代的风格。这些诗人是懂得一些不再值得了解的东西,是一些还什么都不懂的诗人。这就是当时的状况。

他在这种情形下出现。并不是作为作家出现。他等了三十八年,不,丝毫没有等待,他从来没有想过要去写作。他大可以再继续蹉跎二十年。他大可以永远蹉跎下去。他在这个世上的作用不是去写,而是去*看*。偶然间,他动笔写下了所看到的。他突然之间成为搞写作的一员这件事情,并没有在他的生平中构成一道分水岭。他的活动仍然是先前的那样,观察事物,只要他自己那有局限性的眼睛允许他观察。观察现实的部分、片段、概貌。不过,都是现实。

其实,这实际上也是每一位诗人的毕生使命。他也不多不少。他是一位预言家,是该词双重意义上的预言家,即当下事物的观察者和未来事物的预言者①。他穿梭于生活,并注视着它,这就是他的全部成绩。他看到的是一些在他之前未被人看到的事物,不过,他刚刚看到,其他所有人突然也就能够看到它们,甚至自此开始人们已经不再可能**不**去看这些事物。这些面孔如今突然一下子进入了现实王国。因而,人们就不应该对诗人和任何一位自然研究者做本质上的区分,因为二者做的是同样的事,他们发现了此前被遮蔽的新现实,新的力量及其化合的可能性。这样一位自然研究者呈现出来的究竟是新的化学还是新的灵魂亲合力,根本上其实是一回事。

因而,把一位诗人安排到某个特定的艺术门类,也完全是不可能的。因为这是形式问题,而形式并不在考虑之列,就比如摄影底片的规格对于相片的清晰度和准确性。贝多芬用声音作诗,康德用概念作诗,牛顿用原子作诗,俾斯麦用国家作诗。但是,他们四者都是诗人。他们手头正好有这类诗歌素材,纯粹是偶然。没有什么可以妨碍我们假设,贝多芬同样会成为一位优秀的哲人,俾斯麦会成为一位优秀的剧作家,牛顿会成为一位好的组织者。他们在根本上其实也如此。

当然,诗人也有着高度上的差别。不过他们所共有的则是,他们的活动都无法被记录下来,就如所有的**现实性**。

---

① [译按]Seher(预言家)一词的词根为动词 sehen(看、观看)。

当阿尔滕贝格将其处女作称为《我如何看》,人们一开始既没有理解其标题也没有理解其内容。他们把重心放到了"我",认为这里又是一位"主观者"在说话了,是一位"个性者""发新声者",如当时所有愚蠢的口号所说的那样。但是,这并不是原意,而且在书中也读不到这种东西。难道曾经有过一位"主观性的"诗人吗?天才力最大的对立就是主观性。一个人越是主观地看世界,就越难是一个天才,即世界之眼。他越是"非个性",就越能够使自己在一切事物、任何事物中客观化。他越是追求只是做一切事物和事件的摄影底片,便越是天才,便越是艺术家。

因此,这部作品的题目所承诺和包含的,完全是另一种东西。诗人并不想描摹任何特别的、个性的东西,甚至自己,而只想描摹事物。并不是*他*如何看,而是他如何*看*这些事物。书中所包含的不是其他,而是现实的视网膜图像,当然,是某个人、某双眼睛的视网膜图像,因此是客观、普遍的事物,其现实性就如任何一种其他的生理现象。所记录的是这些现实的视觉印象,别无其他。

为了尽可能完善地达到这一点,他几乎没有用任何手段。某种程度上他的方式是纯粹机械化的,就像一台电报机的打字手柄,它仅仅记下来某个神秘电流传送给它的东西。

毫无疑问,这样一来,他的创作中就出现了一些独特和难于理解的东西。就如同一位摩斯电报排字工,点、线、线、点,中断,加密,速记,揉碎——他就是这样写作。他细致入微地追随着生活的运动,也参与着生活的所有令人意外的波动和无逻辑的转折。

人们无法理解这一切。一位并非作家的作家?现在没有,曾经也没有过这样的作家。因此,他要么是一位完全不够格的人,要么是一位无论如何想要有独创性的人。对此,人们众说纷纭。

思想的飘忽与思想的迅疾

第一次阅读阿尔滕贝格小品的人,会有一种印象,就好像去听一个公开的报告,来晚了,被挤到宽阔、挤满了人的大厅的一个偏僻角落,于是,试图费劲地去跟上演讲者的思路。一开始他只听到一些模糊、断断续续的字句,适应了大厅的声音效果和演讲者的嗓音之后,终于能够从零星的碎片中拼凑出一种意义。然而,阿尔滕贝格的读者一开始无法超出某种孤立地看待事物的眼光。他会认为自己进入了一个幻想和残篇式的童话世界,一切在其中运行得更自由、更无牵挂,摆脱了逻辑和灵魂学合规则性的法则。他会得出结论说,在这里创作的是这样一位诗人,他虽然具备许多深刻的对人的认识和观察的禀赋,但是并不具备在事物的关联中概览这些事物的才能。就像是一位记忆力十分短暂的诗人,在第十行就已经全然遗忘掉在第三行所说的内容了。是诗歌的点彩派画师(Pointillist),虽然具有个人的印象,但是没有个人的世界。是一位勾勒线条和纹饰,而非图画的绘图师。

许多人并不愿花费气力超出这初步错误的印象。之所以说是错误的,是因为这个印象乍看上去像是没有关联,甚至是思想的飘忽的印象,其实只不过是非同寻常的思想简洁和迅疾,它越过了这样那样的中间环节,是因为它对读者过于善意。

精萃的时代

这就是阿尔滕贝格诗歌里非凡的现代性。只有在电报、高速列车、出租汽车的时代,才会产生这样一位诗人,他最富激情的愿望就是始终只言说最最必要的东西。我们的时代对于物体上那种田园诗般的休憩和史诗般的逗留最没有感觉,而这在以前恰恰被看作是诗意的,对我们的时代而言,没有什么比缓慢和冗长更可憎。我们不再惬意地在事物上驻留。我们整个文明处在这样一个原则之下,即**最少的努力和最大的效果**。如今,从小学就开始了"精萃教育"(Erziehung zum Extrakt)。我们手上拿到了语文学精萃、世界史精萃、生物学精萃,但从来都不是科学本身,而只有精萃。摄影为我们勾画了浓缩了的世界微缩图画。我们不再坐在邮车里慢悠悠地旅游,而是在高速列车里,眼里尽收沿途驶过的飞驰的图画。此外,极富特色的还有,明信片主宰了我们今天的书信往来,它代表如下现代思想,即对于任何消息,一片八开的纸片就可以提供足够大的位置。

不久前有人创办了一份小型杂志,名为《信》,旨在复兴古老的书信文化,复兴人们在书信里表达其思想和情感生活很大部分,甚至常常是最佳部分的时光。同样,人们也可以办一份名为《帆船》的杂志,并致力于复兴人们还在这种富丽堂皇且浪漫的交通工具游荡的美好时光。这种交通工具究竟是不是真的更诗意,本身已经是个问题。或许,只是看起来如此,因为,一切过去的事物都显得有诗意。不过,就让我们假设,的确如此,可是这对我们没有任何用,因为,诗歌只能从现实中得来。所有这些事物都曾是、都是非现实。我们已经无法再写信了。也许由于缺乏想象力,由于精神上的懒惰,由于缺乏对"更高事物"的感觉。即便承认这一切,但是,我们不能再写信了。十八世纪是个卓越的书信时代。当时,极朴素、极普通的人都可以写最优美的书信。即便如歌德这样完全专注于自身的人,一生也写了成千上万封书信。这一特点自然而然也体现在整个时代精神生活中。书信在当时是人最为完美的精神表达。而今天,取而代之的则是明信片。如果有一天无线电报的问题得以解决,每个家庭都有可以单独工作的电报站点,那么,每个正常人都会把它看作规范的通讯手段,书信虽然不会从生活中消失,但是也只是作为装饰性的东西,作为古风的老皇历或者作为恶作剧继续存在,就像如今的蜡烛、羽毛笔或者学生哨。

因此,为现代人而写的书就不能是某种耗费时间的东西,而是得节省时间。书本是体验的替代物,是给没有时间的人的临时替代物。因而,现代书籍必须满足的第一个要求就是简洁和简短,但不是干瘪或者箴言般的简短,而是富有内涵、紧凑的简短,这也正是最富有思想的作家持续的需求。无所事事的人固然会倾向于拿起书本,然而,这些书恰恰不是给他们所写的。对于他们来说,生活无比广阔,比如自然、女人、浪游。一个幸福的"懒人"有幸可以独立、费事、缓慢地为自己搞到所有东西,而这些东西是一本书假借他人之手毫不费力并且在几个钟头之内就可以给他的。那些用书"解闷"、"分心"、"打发"时间的人,是值得去读他们常常选出来用于这些目的的书。而谁要是在书中寻找正确的东西,不是解闷,而是专心,不是分心,而是聚精会神,谁用书不是去打发富余的几个钟头,而是想让这些时间活动起来,那么,这个人几乎总是一个疲惫、不耐心、疲于奔命的人,一本书从他那里浪费一分钟,都是作者的犯罪。诚然,与在其他所有属人事物上一样,这里再次涉及的是一种理想的要求。一本真的不包含**任何**多余东西的书是不存在的。沃韦纳格(Vauvenargues)说的不无道理:"最优秀的作家话太多。"不过,人们可以要求,作者至少有有意愿并且不遗余力地追求这个理想。

五分钟场景

这是阿尔滕贝格的基本原则。他的写作是"电报风格"。对他来说重要的永远都不是说得尽可能美,而是说得尽可能精确和简短。他根本不想要美,而是真。因为,他坚信,真总是也包含着美。"五分钟场景"典型地代表了他对简短的强烈追求,这是一系列极端的戏剧小品。它们完全不是五分钟的场景,最多才两三分钟。它们将某个戏剧时刻定格下来,然后把其余的留给读者。在一瞬间那么久,有一道光照在了灵魂的某个危险处境,某个可疑的纠缠,某个神秘的冲突,紧接着便是落幕。这些尝试是基于那个确当的思想,即生活的戏剧性的确只有几分钟那么长,因而,最具戏剧性的戏剧家就可以写作几分钟的剧本,此外,还有那个对于读者来说值得尊重的看法,给出一个鼓励、一个激发就足够,每个人可以从自己的想象力资本中给自己制作其余的高潮、结构、后续。人们会由此而想到一句妙语,这是布罗捷(Brotier)神父在他编的拉罗什福柯集子中所说的,而李希滕贝格也曾引用过:

> 高乃依、拉封丹以及拉罗什福柯曾经思考过,而我们与他们一道思考,不断地思考着,他们每天都提供给我们新的思想。而当我们阅读拉辛、纳维尔、伏尔泰,他们即使思考过许多,但是没有留给我们足够的时间去反思他们。

这总的来说也许是赋予一位作者地位的主要差别,并且决定了他是纯粹的才子还是有创造性的自然力,前者只是让自己反思,而后者则让整个世界反思。

这里有两个这样的五分钟场景。

一 舞会之后

(一位母亲倚在参加完第一次舞会,因为疲惫而睡着的女儿身边。舞会礼服扔在一边,没有整理。)

"她的第一次舞会。而我也曾经有过这样一次。当时,我如痴如醉地爱着我的法国保姆,李克蕾小姐,我的金丝雀(名叫'爱热闹'),还有我兄长们的那位严肃的管家,他名叫柯尼斯霍夫。那时,我生活在梦境里。这样的生活完全是儿时读物阅读的延续。可是,当我参加了第一次舞会,真正乏味的生活才闯入了进来,将我埋葬在它那现实的重负里。(片刻。)我的舞裙就令我虚荣起来,我第一次开始认为,我是个可爱的人儿。此前,我以为,我生来是去'爱'的,而从这时起我立即虚荣、错误地认为,我是来'被爱'的!于是,一切不幸真正开始了。对此,我们无法解释,但是,事实就是如此!只要我们爱着森林和它的树木,一切都会没有问题,可是,一旦我们期待着森林和它的树木会喜欢我们,一切就会变得难过和虚伪。因为,无论如何,森林几乎从未像我们爱它那样去爱我们!在我的第一次舞会上,产生了嫉妒、羡慕、肉欲。空气中弥漫着毒气。人们呼吸着它,就像呼吸着麻醉剂,为的是不再像以往那样真实、好做梦!

跳舞的时候,一位青年将我紧紧贴在他身上。另一位让我满鼻子闻到他的男人味儿。有的在我喝过的杯子里轻抿一口;有的以摄人心魄的忧郁注视着我;有的飞快、迅速地把住我的手;有的为我递上汽水;有的一言不发、一动不动,整个晚上站在我的近旁;有的装得无比风趣;有的帮我穿上靴子,就像一个卑微的奴隶。这样的一个晚上毁掉了我,启蒙了我。我认为自己无比宝贝!我永永远远地丢掉了我高贵的童年。就在这第一次舞会的晚上!"(长久的停顿)——

"最最亲爱的造物,我宠爱的女儿呦,如果我现在,在你第一次舞会之后,把你勒死,也许就给你帮了最好的忙!"

(她坐直,俯身在睡着的女儿上方。)

(女儿醒来,坐起来靠着枕头,迷迷糊糊说着话:)"男爵,如果您这样和我跳舞,我会失去知觉。可是我不能这样。求求您。"——

母亲吃惊地站在那里——

于是,她坐到靠背椅上,用手捂着脸,哭得那么难过——

帷幕缓缓落下。

二　电话边上

丈夫的工作间。

年轻的夫人坐在靠背椅上,交叉的双手放在膝盖之间。丈夫坐在书桌边,抽着烟卷,来来回回走着,又坐下来,起身来回走,又坐下来。

他们并不对视。长久的不安的场景。

丈夫打开一个抽屉,拿出一个小盒子,打开,取出一把左轮手枪。

年轻的夫人用余光看过来,吃惊,仍坐在原地,一动不动。

丈夫说:"莱萌德,去打电话!"

她起身,走到墙边的电话机旁。丈夫把话筒塞给她,自己拿着另外一个。

"你的情人电话号码是多少?!"

她沉默不语。

"你的情人号码是多少?!"

"5712。"

她拨号,然后报号码:"5712"——

片刻。

丈夫教着她说:"这里是莱萌德"——

夫人:"这里是莱萌德——"

等待那位先生回答的片刻。

丈夫:"我又爱又忧心地度过了那么多该死的日子——"

她重复着说。

丈夫:"只有在你这里,在你这里我才有安全感——"

她重复着说。

丈夫:"我先生今天早晨突然出差三天,所以请快点儿来找你的莱萌德吧——"

她沉默不语。

他盯着她。

她沉默不语。

他举起手枪。

她对着电话重复。

那位先生的回答听不见。

她朝着电话大喊:"不要来!他在这里!我们被发现了!"

丈夫举起手枪要开火。她死死地盯着他看,挺着腰,视死如归,极度悲伤。

他把手枪放下,走到书桌旁,坐下。

长久的停顿。

然后,他缓缓地说道:"那么,如果一个女人真正爱一个人的话,就是这样吗?!莱萌德,你安静去吧!"

(她缓缓地走出去。)

"类型"

几乎始终都是极短的文字。人们会以为,因此这永远不会产生极其强烈的印象。不过,这些东西就像是酒精。轻度酒,尽管只抿了几口,产生的效果远比喝了一大口的烈性酒水强烈。那些把内涵展示在短小的小品和箴言中的书,与这种一口气讲完的书的差别也是类似。后者也许有更为**强烈的酒精**,但是前者让人**更上头**。

阿尔滕贝格所给出的,是所谓的"精要""自然的纲要"。所有艺术都是一幅缩小的生活图景,是现实存在的大型绘画的微缩拷贝,但是这种拷贝并没有任意改变各个部分相互间的关系,而是尽可能负责地减缩原版的线条。

它们是精萃,是精华。余下的只有具有**力量**的东西。余下的一切都只是骨架,仿佛被肢解。余下的只有具有**固有特性**的内容。所有事物都是以关键词、花押字、密码、缩略符形式给出,一切东西在某种程度上都表现为代数公式。

阿尔滕贝格发表的第一部作品,同时也是他当时所写的最长的东西之一,是题为《地方志》的小品。它就像一种无意识的艺术纲领,即《诗人与报刊简讯》。

> 他在咖啡馆读到了 11 月 21 日《副刊》上的这则简讯:
> (失踪的女孩)
> 上方照片中的小女孩为铁路公务员十五岁的女儿约

翰娜·H。上周日中午,这个女孩本应该去上钢琴课,但是并没有到课,自此杳无踪影。她发色为黄中带红,褐色的眼睛,身体纤细,不幸的父母云云。

他开始爱上了这个小女孩,全心全意地……她变成了"急急慌慌的小鹿",他注视着那"透着光的眼睛"。总的来说,她符合他的理想。因为,首先,她有着金红色的头发(他允许自己把黄中带红说成金红色),褐色的眼睛(当然,他让它就这样吧),一副纤细的身姿……

其次,关于她,人们所知道的仅仅如此,其他一无所知,除了说她有金红色的头发,褐色的眼睛,失踪,走了,消失了……!

因此,他的想象力能够……

不过,她真的惊为天人,难道不是吗?! 就像某某照片上的……

他开始爱上了她,全心全意地……

他可以对那位在"现实生活"中为他献身的女士说,"哎……你和你那……",或者说,"上帝,求求你,不要让我紧张……",或者说,"够了,安静,安安静静……瞧"。

不过,他会伏倒在这位失踪者的脚下,为她脱掉湿漉漉的鞋子、长筒袜,会把颤抖的她抱到他的床上,会把鸭绒被盖到她的脖颈那里,会把柴炉子烧得旺旺的,煮上茶,守着,一直守着……

或者,他会像个年轻牧师那样说道:"约翰娜……!"或者,他会……不,他不会那样!

有人在咖啡馆说道:"一个闲荡的人,瞧瞧,到处都是……"

他觉得,如果自己说情的话,会使得自己显得很可笑。

不过,这句话,这样的话令他很不舒服,他很想说:"先生!长着金红色头发的……?!"

是呵,爱情有这样的借口……

他始终想到的是诱拐者对她所说的第一句话,"小姐"。是呵,他一定说了这句话,"小姐……!"于是,一条性命就已经啪嚓被击碎,就像蝇拍下的飞虫。我不用再说他会继续怎么想,人们是知道的。不过,他这样想着:她缓缓地迈着自己修长的、纤细的双腿,她那金色潮水般的头发,扎成一股股辫子,童稚般的心灵里有着"生命的机理"。十二点整是钢琴课,一点整是另外什么课,两点整,七点整,九点整!突然,有个人阴森地打破了一切,说道:"小姐……"所有的钟点骤然崩塌,灵魂变成了一个有机体。这就是要说的一切。她开始呼吸,是一个自为的生命!

可是,这个下流的巫师知道什么?! 他想着:"她长得漂亮的双腿……我要把她带走。"

"现在,一点整……"而那位诱骗者说,"X 点的时候您一定到了!"

完全是一个新的时间划分,一个生命的学习计划……!

九点的时候,她在自己的小床上做梦:"有个人对我说:'小姐'。还有另外一些事情……"

有个人? 就是这个人,是个男子,十足的男性! 在这个"女人"的世界面前,"男人"的世界鞠着躬,致着意,脱下帽子放得很低……"男人"这个怪物吞掉了一个处女!

无论如何,她做梦了:"一点整……!"

哎呀,这个下流的巫师! 他是谁? 当然是个花花公子(Roué)。咖啡馆的青年已经全心全意地爱着她了,因此,他想:"一个花花公子……"这个词语之所以给他以好感,不仅是因为它是法语,而且,它也富有意味。不过他已经觉得自己是"救人于人性邪恶之深渊的拯救者",作为这样一个人,在他纯洁的面前……那么,他怎么能够既严肃又渴求地说:"约翰娜……!"比如当在某种情形下时,可是,那只不过是梦……可是,人们为什么不应该做梦?! 是呵,这一句"约翰娜!"一定会产生第二次巨大的变化,会调整时间划分,会将灵魂指向一种新事物,一种更为纯粹的事物,倘若她已经——唉,但是太早了——从"童稚的睡梦"中被摇醒……

不过,他并没有幼稚到想象出这些幻影,或者如现代人所说的,至多是处于意识的门槛。但在这个门槛之上,他如痴如醉地爱着她,并且进入了一个境界,就像曾几何时还是小男孩时对《小淑女》(蔷薇文库)中的小卡米耶的爱。当小卡米耶泪如雨下,说着:"噢,妈妈……",莱诺夫人边走边转过身来,马德莱娜喊着:"是我做的,噢,妈妈,噢,是的,当然是……"尽管马德莱娜什么都没做,却成为牺牲品,而他在自己幼小的心灵里只有一种甜蜜的、无法言喻的甜蜜感觉:"卡米耶不会受到惩罚……! 噢,马德莱娜,你牺牲自己吧!"

不过,卡米耶究竟是谁? 是塞居尔夫人(原姓罗斯托普钦)的杜撰,来自"蔷薇文库"。

现在,他如此地爱着《副刊》里的失踪女孩,深深地为她的命运感到惋惜。他感觉到:"十五岁呀……如此美妙的色彩,金黄色的,褐色的,更不用提那雪白的……"

不过,他想象着那雪白的颜色:"四肢如新落的白雪……"

他在内心歌唱起来:"一朵被折下的上帝之花,一朵被践踏的报春花!"

他买了那份《副刊》,即便咖啡馆里有七份打开着的。

他想:"噢,上帝,她那么柔弱……""脖子旁的十字架,惊恐的眼睛!"他审视着一切。

"您想要得一份悬赏金吗?!"打戳的人问,这个人有些多管闲事。

"不过,尸体必须完好无损……"另外一位说道。

大家大笑。

而他却走神了:"或许,她站在池塘边,站在灰蒙蒙的池塘边,用一只手撑着下巴,另外一只托着手肘,'小姐'这句话就像野鸭一样,在她面前振翅,然后飞进冰冷的雾霭……太阳呆呆地瞪着,血红血红,或者,天已经黑了,我感觉她很冷……

夜里,我出门,走到那里,走到都市与'郊野'的汇合处,它在那里结束,看到一个孩子……

我说:'约翰娜……!'

这句话,我说得那么自然。就像人们说,'请把那块面包递到桌上'或者'请把灯亮起来'。

她站起来,走到我身边。她多么美丽!我想到'他',那位仁慈的上帝,我温柔地把手放在她头上,说'约翰娜,约翰娜……',还说'约翰娜……'!

静谧。风拂过田野。

她说:'现在几点了?!'

我说:'约翰娜,我们一起来考虑这一切,你还是个好姑娘……?!'

她紧紧依偎在我身边。

我有力地说:'是啊,你善良、顺从,顺从的你呦……!'

那是神圣的告解。

我从告解中把它摘出……主和抹大拉……!

信了几乎已经是存在!当我信你的时候,你就存在!

就像她紧紧依偎在我身边……

'我相信,你善良、顺从,约翰娜……!'

风拂过田野,我带着她直到清晨!"

梦想家如此做着梦。

———

亲爱的读者,你一定认为,第二天报纸上登出来一则否定性的说明,它会改变你的看法,令你大失所望,纯粹的作家的把戏,玩弄矛盾,博眼球,比如,"事件最终的解决十分平淡,那个被惯坏的孩子……"或者,"当事人被送入一家强制感化所……"或者,"刚刚离世的……"

不,生活是没有心眼的,它会忽略任何巧妙的噱头……

约翰娜·H.依然失踪。

大都市的浪潮将她吞噬了……

可是无论如何,很少有人像她那样,在短短的一生里被人爱过!因为,从屈指可数的人那里我们了解到对于我们"美妙的想象"而言,除了她是十五岁,有金黄色的头发、褐色的眼睛,失踪,走了,消失了……,别无其他妨碍性的东西。

另外一篇小品题为《破产之前》。如人们将看到的,整个"情节"都包含在了题目里,即父亲面临破产。不过,从这份无论如何都十分具有戏剧性的构思——父亲破了产,然后带着这个可怕的消息来到对消息一无所知的家人中间——并没有发生任何——按照能干的法国人的方式——激动人心的做出来的戏(scène à faire)。什么都没有发生,任何事都没有,"破产之前"几个字只是作为威胁性的警句悬在人们头顶,他们说了几句有心无心的话,孕育着灾祸的琐事,古老的梧桐树仍然在沙沙作响,就好像一切如故。

母亲和两个女儿坐在音乐厅公园。

天很凉。梧桐树时不时沙沙作响,仿佛提高了嗓门。

喷泉四周是淡紫色的鸢尾花,像钟摆一样摇晃着。

女儿穿着短式的春季风衣,褐色的波纹丝面制成,戴着褐色的草编帽,帽子上有白色的毒参伞形花,法国的花饰。

母亲问:"你给裁缝写信了么,给钢琴教师写信了么——?!"

玛莉答:"我忘掉了——"

"忘记了——?!"

"是的,我忘记了——妈妈,你不管到哪里都操着心。我们现在在公园里。我把一切都丢在家里——"

"你——"

"是的,我。能够解脱是一门艺术!"

小妹妹温柔地把手放在了"艺术家"的手上,她说道:"也许可以作一首诗,题为《公园的鸢尾花》。"

父亲和儿子走了过来。

"没穿外套——?!"夫人问。

"你太大意了,爸爸,你难道还是个年轻人吗?!"

"我不知道外边冷——"他答道。

奥托朝着两位姑娘说:"你们多漂亮——!"

玛莉:"乐队这会儿演奏的是哪一首?"

奥托:"你不熟悉吗?丢脸!是《玛侬》。"

玛莉:"肤浅的音乐——"

片刻。

奥托:"百年前这个音乐厅公园就是如此了。他们始终在演着大杂烩。特蕾莎女王、弗朗茨皇帝——人们还将会演奏《玛尔塔》《洛恩格林》大杂烩,坐在那里的人也许会飞奔,或者是成千上万个打砖的人——"

"我不太喜欢——",玛莉回答。

另外一个女儿站起来坐在父亲身边——

"你冻坏了——",母亲对父亲说,"这么大意!至少把你的脚放在桌面上。"

小女儿意识到:"他在发抖,不是冷——"

另外一个女儿说:"人们怎么会痴迷马斯内?!他和布格罗一样虚情假意。奥托,你为什么不和我谈谈马斯内?!你认为我不配吗?"

"别惹他——"母亲说,"先生情绪不好,你难道没看到吗?!"

奥托脸色煞白。

天很凉。梧桐树时不时沙沙作响,仿佛提高了嗓门。

喷泉边淡紫色的鸢尾花像钟摆一样摇曳。玛莉深情地说:"你们这些公园里的鸢尾花呦——!"

"我们去晚餐吧——",母亲提议。

"我要吃有杏果的烤鸡",玛莉说。

"你呢?!"母亲问小女儿。

"我不知道——"

"你呢,爸爸?"

"我什么都不吃——"

奥托:"爸爸必须吃东西。他中午什么都没吃。完完全全——"

"我什么都不吃——"

"当然得吃,当发冷的时候——"母亲说。

小女儿说:"当发抖的时候——"

"那么,我们就回家吧,"母亲说,"路上买些火腿和肉冻。我让下人去德莫尔糕点店买些馅饼,然后,你也可以写你的两张卡片了,玛莉——"

"我们再听听这首曲子,"玛莉说,"是《唐豪瑟》序曲。"

乐队指挥是一位四十出头脸色苍白的人。

玛莉想着:"你想不想坐在宫廷剧院的转椅上,白面先生,并且找阿诺德讨红酒喝——?!"

序曲开始了。

沉醉于俗世的朝圣者们缓缓穿过昏暗的杉树林。

小提琴声升上了天空,仿佛以闪亮的、激情的螺旋式,越来越高,越来越高,直至永恒者的居所——

天很凉。梧桐树时不时沙沙作响,仿佛提高了嗓门。喷泉边淡紫色的鸢尾花像钟摆一样摇曳。

玛莉静静地听着。——小提琴声飞升到天空,以闪亮的、激情的螺旋式——

另一个女儿把手放在亲爱的父亲的手上——

这就是阿尔滕贝格的"类型"。从上面已经可以清楚看到,这是个不是任何类型的类型。我们完全无法把他的这些画像称为新奇小说,因为里面什么都没有讲述。也许可以把它称作散文诗。即便如此,也只是在一种极其含糊的意义上,因为,它们完全没有形式,甚至是故意和有意识的无形式。或者干脆称其为依次排列的生活观察,灵魂学研究?毫无疑问,它们的确是,可是,这个极其宽泛的概念几乎没有意义。阿尔滕贝格本人曾经说过,

P.A.先生关于P.A.先生的一句话:他的幸运在于,既不是抒情诗人,也不是小说家,也不是哲学家。因此,才有了一个人身上并不具备的三种才能的这种文学性的独特融合。

那么，这种无形式就是阿尔滕贝格独特的新的基本形式。它是他的形态学概要，示意图。他的诗作是无形式，或者说得更确切些，也许是结晶质的。无形式恰恰也是一种形式。

无疑，他是一位点彩派画家(Poitillist)。与此相关的是他对噱头(Pointe)的偏爱。然而，无法否认的是，对我们产生影响的只是一种强调性的(pointiert)艺术，我们只忍受一种强调性的艺术。我们需要这些更为强烈的刺激。人们愿意的话尽可以对此作出评价，但是我们某种程度上都已在生理学上适应了噱头。

反例：维德金德

然而，艺术家必须清楚，点彩法和强调在哪里才适合。舒尔茨-瑙姆堡(Schultze-Naumburg)在他关于身体文化的作品中引入了"举例"和"反例"的方法。他既展示了正常臀部的小女孩的插图，也在旁边展示了因穿着紧身胸衣而臀部变形的妇女的插图。那么，我们也在这里尝试一下这种反例。让我们观察一下维德金德(Frank Wedekind)的点彩法。

几乎没有人如维德金德那样，细致入微地记录下一切生活的缤纷多彩、多种多样、变化万千。尽管如此，我们总是无法获得真正生活的印象，因为所有生活的基本法则之一，即连续性,在他那里没有表现出来。现实生活也是非逻辑、非理性、格言式的,与在维德金德那里不同。一切事物中都贯穿着一条神秘的纽带。而这条纽带并不见于维德金德的戏剧中。笔者认为,写戏剧的人必须有一条很长的肠子,这是席勒曾说过的话。既然这样,维德金德的肠子就过于短了,非同寻常的短。他的思想飘忽,或者用戏剧家的语言来说,人物飘忽。他有时给人的印象是,他的想象力创造的画面是他自己无法足够敏锐和快速感知的。

他的人物上场、下场,让人根本无法理解,他们为什么来,为什么去,究竟为什么来到世上。他们不断地鸡同鸭讲,这总的来说是维德金德为人熟知的长处。他们用晦涩的话语争论着我们被排斥在外边的问题,以至于观众有时在想:"我在这里聆听,真是鲁莽,因为这些人很显然想要私下交谈,否则他们不会用这么秘密的语言谈话。"其间,人们永远不会知道,诗人到底是想写一部戏剧,还是想要给人看想象与自然主义参半的生活片段?他不置可否,不过,人们很清晰地注意到,并不是出于艺术的客观性或者哲学的断念,而是因为他本人应付不了。

维德金德是一位不知所措的自然诗人,而由于他具备巨大的自然禀赋,因此,他是个有意思的灵魂学奇人。不过,一个无偏见的人不应该对他谈得过多。他是曾几何时在德意志非常常见,而如今慢慢地开始绝种的那一类诗人的一分子。人们在当时称他们为"力量型天才",由此相当确切地表达了,他们是通过诗歌上的力量而近似于天才,不过,也只是通过这种东西。如今,由于这种东西是一种慢慢就要消亡的种类,对我们来说,维德金德一方面就显得过分地有意思,另一方面就过分地荒诞。他的本质所包含的所有悖论,很容易就可以通过这种半生不熟的特征得到解释。不足的脑力和教养,无法与他的想象力和塑造才能匹敌。——就人们所理解的有教养的艺术家是这样一个人而言,即他可以完全通观和掌握自己的个性。他的才能没有**得到平衡**。因而,他那里的一切都有些走样、非有机构成、强而为之。他的独创性发挥的效果不是**给人以激发**,而是**令人感到陌生**。他的现实主义常常用力太过,不过不是像一种真实的经验,而是像一场凌乱的梦。

艺术家肯定应该略过、闭口不谈许多东西。伏尔泰甚至曾说:"无聊的秘密就是把一切和盘托出。"诗人最为行之有效的手段之一就是人们在绘画中称作留白的东西。而在维德金德这里,空白的地方并不是明智的艺术性节约或者精湛的艺术手段,而是相当自然的裂隙和空隙,它们之所以存在在那里,是因为作者**创作得不严密**。他的戏剧格言般的、跳跃性的特点并不是节约的结果,相反,正是没有计划的浪费的结果,是漫无目的的载入了过多相互交叉、相互消解的细节的结果。

当阿尔滕贝格"没有关联地"、勾勒式地写作时,用一个比喻来说,他的做法就像是一股电动的交流电。即便这股交流电会持续地"间歇工作",但是正是由此而产生了一股延续的、持续增强的感应电流。而在维德金德这里,则是每五分钟产生一次短路。

残篇的价值

阿尔滕贝格的小品就像速记和紧急公函一样支离和碎片化,进一步说,是由于自然主义,因为,生活本来就使它如此。它们即使作为**整体**也是碎片,未完成的作品;这也是出于同样的理由。它们就像现实一样残缺不全。阿尔滕贝格曾让笔下的一位年轻妇人在日记本里写下:

> 当人们画一幅画,而完全想要达到一个确切的目标,那么,它就会什么都不是,肯定什么都不是。人永远不能强行企及一个特定的、过于确定的目标。企及不了任何事物。相反,人们恰恰会惊讶于它所成为的样子。这才是正确的事物。对于某个事物的发生,仿佛是针对我们的,人们必须能够直接感受到惊讶、目瞪口呆、惊呆!一只真正的哈尔茨金丝雀总是突然在最不可思议的叫声中

停下来,歪着头,自己惊讶地聆听着,它对自己的声响感到完全的惊奇,聆听着,仿佛来自远方的异国曲调!是的,人们必定能够对自己,对来自远方的异国曲调感到惊奇!

以上无疑是一种十分艺术性的认知,而恰恰是乍看时让人以为的粗野和业余的反面。就像我们之前提及的,原始状态和最高的发展常常以独特的方式相似。自然人是神秘主义者,而终极发达的文化人也是。位于二者之间的是理性主义者。来自民众中的人是质朴的,而天才也是如此。位于两者之间的是复杂的"才子"。艺术性的构思同样如此。极不艺术的人不构思,而极为艺术的人几乎同样不构思。

根本上来说,任何艺术作品,无论其"气质"如何,从其最内在的本质来看,都是残篇性的。语文学家对大诗人未完成的作品所表现出的巨大哀愁,在许多情形下恰恰没有理由。它们常常都是最美的,也许正是因为它们未完成。格里帕策最具魅力的戏剧是《以斯帖》。席勒最杰出的创作是《德米特里乌斯》。笔者甚至敢说,《浮士德初稿》作为戏剧看的话,是一部比完整的《浮士德》更为完善的艺术作品。克莱斯特所写的最伟大的戏剧,或许也是德意志文学之最伟大戏剧,是他的《吉斯卡特》。这种"残篇"存世的,是至善的莎士比亚。不过,笔者要否认他是一份残篇,他完美无瑕。

艺术家应该师法自然,后者也总是超逾自身,从来都不表示出完结。迄今为止的诗人是这样的人,他适当地纠正现实、适当地对现实撒谎,直至它产生美学效果。他将修正现实的"不足"视为自己的使命。但是,不足在于观察者自身。迄今为止的整个美学都是一种谬误。艺术作品不需用"和谐"。需要和谐的是人,是创作艺术作品的人。因此,情形几乎是这样的,即许多创作了非同寻常丰满、均衡、权衡过的作品的艺术家,似乎将他们全部的和谐资本都投入了作品,以至于就他们自己而言没有了和谐。

莫泊桑

阿尔滕贝格并不是一位小说家,他这样做是完全正确的。之所以正确,是因为他完全不具备属于每个叙事诗人本性的那种深刻的叙事兴致。要清楚这一点,我们只需要把他与一位真正的"小说家"(Romancier)做对比。我们的时代也产生了一位极其伟大的叙述人才,即莫泊桑。这位诗人用记叙事件过完了自己的一生,而且是以不知疲倦、充满激情的勤恳。这是他生存的激情和内涵。所有曾经发生过的事情,所有能够发生的事情,都被他累积在他的储藏室中。他以一个永不满足的人的狂热和近乎病态的占有欲，搜罗了所有能夺取来的，所有存在的事物，人、关系、面孔、激情、奇事、日常琐事、超世俗的事物、鄙俗的事物，不加"批判"和"选择"，只要是可以叙述的。对他来说，不存在什么有趣什么无趣，一切都属于他，一切，只要它可以被讲述！而他可以讲述一切。他代表了编故事者、讲述者（Raconteur）的永恒形象，这个形象贯穿着整个世界文学，自从荷马开始就有了，根本上是一种永恒的现象。它并不"摩登"，也不"过时"。莫泊桑永远不会老去——因为他从来没有新过。不过，阿尔滕贝格有朝一日肯定会老去。至于哪个更为有价值，我们悬置不论。

莫泊桑其实从来不与他的角色感同身受，在这方面他也是绝对的叙事诗人。也就是说，他与他们一同感受，不过是用神经，而不是用心，在某种程度上纯粹从外围去感受。他具备生活的残忍性，因此，读他的故事几乎始终令人伤感。真正的叙事诗人等同于自然，后者同样毫无悲悯地消灭着。他是一种神秘力量，漠然地高悬于生活之上，冷酷地描绘着它；是一面澄澈、光滑、光亮的镜子，捕捉着事物。而其他诗人则以最深刻的方式以他们自己造物的痛苦为痛苦。他的心不为所动，从来不偏向任何一方，这恰恰构成了他的天才。他不是自己诗歌幻象的牺牲品。至于哪个更为有价值，我们仍然悬置不论。

看得见的乌有

阿尔滕贝格也不是真正的抒情诗人,尽管他偶尔会看起来如此。因为,他的许多作品实际上看起来像小诗,而完全舍弃了诗行的手段,比如下面这篇,

一位在维也纳的姑娘的告别信
亲爱的彼得,
  我就要离开,你留在此地。
  我要给你说的就是这些。
  这就是一切。
  我就要离开,你留在此地——
  我想把这句话对你说千遍、万遍:"我就要离开,你留在此地!"

你的诺可

她告知即将到达维也纳
亲爱的彼得,
  直到现在,每个晚上我都不由自主,从村庄走到海

岸,歌唱,朝着你的方向。

很快就不用这样。

诺可

她发现他不再爱她,而是将水晶项链赠予她人
亲爱的彼得,

只是不要把这些打磨奇特的大黑宝石项链给她,那是你花钱买给我,而不是给整个村子里的其他任何人。只是不要把它给她!

诺可

最后一封信

亲爱的彼得,

你的新女友把你赠予她的水晶项链卖给了其他人。我只将你给我的项链馈赠给在非洲的母亲和妹妹。另一个被我在一个晚上扔进了池塘。为什么?! 有谁会关心?! 可是,我没有卖掉任何一条。

诺可

整体而言,我们可以说,使他具有抒情诗人特征的,主要只是他非凡的观察能力,更为详细地说,就是他对灵魂生理学细节的敏感。这总的来说也是所有现代艺术家最引人注目的独特之处。他们在某种程度上看到了**不存在的事物**,并且能够将它记录下来。一位天文学家曾经把最为遥远的星辰称作看得见的乌有(des riens visibles),它们的存在要等几个星期的曝光之后才显示在天体摄影机的底片上。它们不存在,在我们的生活中没有任何事物,任何外在的变化,任何如此微弱的感官印象,表明它们的存在。尽管如此,它们是看得见的,通过更为耐心的摄影底片这种媒介。现代诗人同样如此。正如照相干板某种程度上是更为持久的眼睛,现代诗人所具有的感官比常见的感官更为敏感,这些感官有着**耐性更持久**的禀赋。因此,在他的灵魂中所呈现的事物,在现实生活里其实几乎是不存在的。它们虽然不介入我们的生存,但是,他使它们变得可见。他所呈现的,是记录下来的乌有。

易卜生的视网膜影像

我们在这里不由自主地想到易卜生,因为,他也多次通过累积最为细微的细节获得了他的灵魂学效果。不过,恰恰在这种对比中,我们看到了阿尔滕贝格极其明显的抒情诗人特点。因为他的人物正是由于他们在言说着阿尔滕贝格而极其迥异于易卜生的人物。他的所有人物呢喃着同一种语言,他个人沙哑的诗人语言。当然,他们在某种程度上同样是有层次变化的,不过,这要根据诗人自己灵魂中印象的变化。他们并非脱离诗人而存在并过着自己的生活。而易卜生的人物给人们的印象是,他们其实是易卜生的访客,他们不知从外部的某处而来,出现在作品中,在作品中盘桓良久,随之又走了出去。在作品开始之前,他们已经在世上,而当作品结束,他们仍然继续生活。人们也有可能更紧密地塑造同他们的关系,倘若人们更频繁地和他们在一起,就像在现实生活中的人那里一样。谁要是把《野鸭》读了五遍,就会对作品中的人物有着不同于初次阅读时的更为熟悉的认识。他会逐渐注意到更多的细节和独特之处,比起一开始,他会对人物先前的生活和生活环境有着更多认识,因为,他们在开始时通常只是暗示性地处理这些事,从而使人们不能理解很多,就像人们第一次走进一个陌生人的圈子时那样。比如,笔者不认为,读者一开始就会立即坚定不移地相信,海特维格是老威利的女儿。随着时间的推移,人们通过大量的细节才能确定她是他的女儿。就在前不久,笔者在一则批评里读到这样的说法,他说海特维格是雅尔马的女儿,其悲剧性恰恰在这里。不过,这样的错误解读正合易卜生的意思,因为,他并不想要任何明晰性,他想的是生活,而生活几乎从来都不是一清二楚的。人们可以说,他对事物有着十分清晰和鲜艳的视网膜图像,**重新将它们映射出来**,映射到外部世界,它们可以实实在在地游荡。也就是说,就像我们在观看时那样。阿尔滕贝格也有非常清晰的视网膜图像,但是他并不将它们映射出来,只是内在地观看一切。因此,他的人物形象就有一些不立体、模糊性、梦幻性。他们是一个单个的人的幻象和想象,而这是抒情的。此外,抒情的还有他对重唱、对某种对称性的明显偏爱,偶尔还有古风化的质朴措辞,最后,还有他原则上的乐观主义。因为任何抒情诗人都是乐观主义者,即便他看起来像是其反面。因为,他是一个人,一个**最为聚精会神地生活**的人。正是这一点,而不是理论的世界观,造就了乐观主义者。

塑像技术

他总是深入细节,但是并不迷失在其中。我们在他身上仍能注意到对细节的喜爱,这种喜爱是八十年代人独特的品质,不过在他那里已经提炼为一种单纯。他在某种程度上是**用精炼的小事物**创作。他那通过任意一个别致的形容词或者不寻常的联想,很立体地在读者眼前变出一个人、一片美景、一间屋子的技艺,常常一鸣惊人。他是个天生的肖像画师。

我们可以以他对城市和乡村夏季的描述为例,即《纽斯基·罗瑟金剧团》(*Newsky Roussotine-Truppe*)小品的开头,

在首都的夏夜,人们感觉十分糟糕,就像受到歧视,就像不被注意。比如,我在晚上穿过普拉特大街!就好像我和行人在人生的考试中落败——,而好学生们却可以享受假期作为奖励。而我们只能梦想:"噢,古老木桩边的水沫,噢,散落四处的小湖,噢,长着稀疏草地和褐色沼泽地的林中空地,每一位庄园管事都会指着那里说:'瞧!每天晚上都会有鹿过来饮水。'噢,黑天牛、金属般的小虎甲、簇拥在一起的花金龟、浅褐色的山蝴蝶寄居的接骨木丛,就在匆匆划过嶙峋大石的溪水边!接骨木也为昆虫的世界提供了养料!噢,开放水池中水温22度的温泉,池中漂浮着椴树花,因为通往浴场的大道种满了椴树,处处都是椴树花!上过漆的游艇上的白色风帆!女士们都有了琥珀色的肤色。所有人都去掉了多余的脂肪。帆船竞赛中谁赢了?!莉萨,把你的手从跳板那边伸过来。中午有一万吨的阳光,就像战舰的重量,而晚上就像冷藏过的吉斯许布尔酒,夜里——你听到天鹅的喙一张一翕吗?!听,天鹅的喙又在一张一翕?!此外,静谧无声——"

而现在,我们穿行在首都的普拉特大街。晚上八点钟。街道两旁嘈杂的商店。腌制小鲱鱼,旁边是桃子,藤制品,去浴场时戴的帽子,黑萝卜。四处闪动着自行车灯光。就像香水厂混合了紫罗兰香气的油脂,空气闻起来似乎完全吸收了土豆沙拉的味道,花岗岩路面和散花般的精疲力竭之人之间的沥青的味道!仲夏夜里伴有萤火虫雄心的霓虹灯光也没有让情况更好些。被揭露出来的夏的贫瘠!请把它留在阴暗里,留在沉默不语的阴影里!可是霓虹灯光却在喊叫:"看吧!"它尖声喊出生活的事物,用它的白光泄露出一切!

他还以风景画师的身份表现了同样的技巧:

红得通透的莓果和黑得看不清的莓果挂在灌木丛中。叫不上名字的小鸟、黑顶林莺悄无声息地从树枝飞开,悄无声息地消失不见。秋水仙把草场点缀成了淡紫色。山毛榉树枝就像褐色的密网,铺罩着浅褐色的地面。褐色的枝叶就像疲惫得蜷缩起来的蝴蝶摇曳。胡桃树叶徐徐掉落,如落雨一般——

女士眺望着湖面。

五点钟的湖:波光粼粼就如决斗中明晃晃的托莱多

剑气。赫伦格山(Höllengebirge)如同透着光亮的透明体。

六点钟的湖:淡蓝色水塘和古铜色水中的丝带。赫伦格山变得如同蔷薇色玻璃。

六点半的湖:太阳切开的柠檬黄的湖面,一丝淡紫色,如同青色染料的雾气。赫伦格山变得像紫水晶。

七点钟的湖:棕色水中的紫铜色和深绿色丝带和水塘。赫伦格山变得苍白——

七点半的湖:湖面如铅色,浓缩起来了。赫伦格山变得苍白,如同晕厥的处女。

这是一种十分强烈的自然感觉,不过是大城市人的自然感觉。当诗人试图通过自然中的图画对文化生活现象加以说明时,就会反过来尝试用来自文化人想象世界中的比喻,来使读者走近自然。他会说,"翠绿、时髦色的苞谷地",会说"秋叶里的花如灰丝棉一般",天下着雨,"褐色的道路开始发出油灰一样的光泽","地里长出来的蔬菜就像自然切出来的丝条","山坡上的森林里尽是世间的五颜六色。小山毛榉甚至是巧克力色,老枫树的颜色和暗淡光泽则像英格兰狗皮手套"。

他极为经常地对声音进行细致的模仿。"桨儿唱着扑噜、扑噜、扑噜","小鸟啼叫着,嘻、嘻、嘻、嘻呀——","锃亮的黄铜水龙头上的水滴打在大理石盆上,扑啦、扑啦、扑啦","长腿秧鸡叫着,乌喇、乌喇、乌喇——"。

每次首先引人注目的,是一种彻底的印象主义。我们所理解的印象主义是一种对感官刺激的强化的敏感性,伴随着一种原则性的趋势,即只想呈现那种生理学印象。

也许,"乏味"和"无诗意"等词并不见于这位诗人的字典。他描述所看到的,不去做一种美学上的"选择"。他小品文中的许多段落既可以放在一篇展览报告里,也可以放在一位熟食商贩的价目表或者一篇时装杂志里,即便它们是那么单一的描述,平庸的描述。他有时还会下降到报刊广告的风格。

电流的语言

那么,他拥有那种在作家身上所谓的"语言"的东西吗?他像一位生活的机关速记员,跟着记下他刚刚在口授中听到的,也就是说其实不添加自己的个性。除非人们恰恰想要将这个称作他的个性。他的做法毫无顾虑。他对待语言的方式就好像它在此之前从未被别人使用过,而他是第一个把它作为一个工具搞到手的。外来词汇在他那里丛生,一部分是完全多余的。有时候他用法语或者英语写一整段,但是没有特别明显的理由。人们本以为,德语足够丰富和富有表现力。但是,他丝毫不是一位德语作家,就像他不是法语或者英语作家一样。他的语言是国际性的,就如电流的语言。

一段时间以来,外来词问题再次来到了语文学论争的中心位置。我们在这里并不想提那些出于爱国理由而希望将外来词从德语中净化掉的人。一门民族语言和一个民族国家的本质区别,对于他们来说完全是陌生的。其他的异议大多不能令人信服。倘若将德语中的外来词去掉,这将意味着一了百了地让德语变得贫乏,因为,这些词汇百分之九十都是无法转译的。说什么优美的德语词汇表达着与不美、含糊的外来词同样的意思,根本是假的。真相是,我们两者都需要。而且,所有卓越的德语文体家都懂得这一点,无论是莱辛、歌德,还是叔本华、尼采。或大或小的外语词汇量才会赋予一位作家的表达以个性色彩,倘若他有些过多地使用外来词,当然也是他的色彩。整个净化语言的闹剧根本上来自市侩性的趋势,它也意图使其他所有生活方式都整齐划一,而这个趋势的根源在于外行的误解,即一种好的风格必然是一种正确的风格。这种错误就如同要求人们去说不带方言的德语口语。一个说一口完全纯净的标准德语的人简直令人难以忍受。在人们希望用外来词使德语"走样"之前，固然必须先能够写正确的德语。因而，净化语言的意图在小学里完全是有道理的，不过也仅限于这里。英语的一半都来自外来词汇，每个曾试着从英语翻译的人都注意到，相较于其他语言，英语从中获得了怎样的优势。英国人对大多数概念都有两个词语，一个日耳曼语，一个罗曼语，但是它们从来不是相同的意思。

留声机德语

阿尔滕贝格与语言有着一种纯粹动态的关系。对他来说，语言是一个发泄淤积的灵魂能量的手段，而非其他。这有时甚至到了明显的烂德语的地步。而这也只不过是他纯粹的印象主义的一个标志。倘若只是他在记录的生活愿意如此，那么，德语就不得不是烂的。他对此无能为力。

他倍受指摘的过分使用问号、感叹号、破折号、留白性词语的深层理由也在这里。他之所以偏爱这种纯印刷体的手段，是因为它们给了他达到纯粹的*数量效果*的可能性。所有这些权宜之计只不过是要尝试赋予死的、印刷的字母着重表达的口语的生动性。即便他在写作，他也只是在说，或者至少是试图在说。人们本来必须大声地朗读他的文字，或者想象着它们是有人通过留声机喊出来的。人们无法设想，他曾润色、修饰过自己的文字,为它们寻找过一个合适的表达。他恰恰和书面文字没有任何关系。书面文字和口语的本质区别,即前者是一种净化的、纯净的、过滤的表达,某种程度上是对人类思想的雕琢,在他这里全然作废。他恰恰完完全全不是作家。

他没有风格。他的写作既不严肃,也不明快,既不庄重,也不轻浮,既不风格化,也不鄙俗。他是最为多变、最为复杂的灵魂观察者,与此同时,常常可以看到诙谐的儿童叙述者质朴嗓音发出的语句、可能是出自安徒生作品的措辞。

尤其《可怜的小丑》这首歌令人振奋。尽管它是一首独唱,但是男人们以合唱形式跟着唱。甚至年轻的英国人说着:"好吧——"这就是高潮了!

或者,

在摄影师那里有"摄影师"的味道。地毯是日式的,一切就像在一位富于创造的装饰师那里。

这些过载的空间大喊:"可是,我们是艺术的一部分,可是,可是——"它们恰恰不得不多放一件多余的东西,从而充满艺术品味。

机器激情

现代世界的一切声响都被捕捉到了他的语言里。有时他会陷入一种过热、过于仓促、哗哗作响的激情,这是我们在前一章所说的机器激情,早期诗人的激情与这种激情的关系就如同长号的吹奏声之于直流发电机铿锵的响声,或者之于机关枪、爆破筒、射击队等发出的暴击声。这是角落里射来的子弹,直击思想之链的中央。

他为聒噪的滔滔不绝发明了一种全新的挂毯风。就像每一种激情一样,这是一种无疑会在某一天过时的激情。即便它乍看上去给人以陌生感。所有的激情形式恰恰正是通过线条的简单与力量而理应得到雄伟与超凡脱俗,这些形式想要赋予自身一种永恒特征,恰恰因此最为迅速地遭到风蚀。很快,铜锈就爬上了这些浮雕,它也许提升了后者的艺术价值,但是降低了其生命价值。它们总归是完全的排面性作品。然而我们今天的伟大形式和线条不再是石块和青铜上的,而是只在于海报之上。因为他幸运的直觉,阿尔滕贝格的激情得自于时代,它具有海报风格、地毯风格。不过在这种聒噪和花哨的阿拉伯式花纹背后始终站着一个人。这也是为何席勒那用铁鼓、笛子、铜鼓演奏的喧闹军乐直至今天也没有丧失急切的活力的原因,而他的模仿者们却早已变得令人不堪忍受。赋予席勒对于每种品味的激情以某种绝对诗性的,是无法模仿的勃勃生气。他持续发挥影响的秘密,就是活在他体内的压倒性、浓缩起来的唯心主义意志。唯心主义,是**每一种诗性效果的奥秘**。

凸 镜

科学中的主宰是**革命**,艺术中则是**改革**。因为,倘若艺术也偶尔表现出如此革命的姿态,那么,每一种新的艺术潮流就只不过是对此前整个艺术发展的总结性表达。

如果有人试图去分析这位阿尔滕贝格,那么,他一定会经历可怕的场面。因为,阿尔滕贝格会暴着额头的青筋解释说,历史是无意义,是对人类的诅咒,一位有历史感的艺术家是一个不名一文的傻瓜。

尽管如此,未来的时代也许会发现,阿尔滕贝格是我们时代所产生的**最为历史性的**一个现象。只有当人们今天就已经在某种程度上把他视为历史性的,才可以正确评价他,即把他视为当今文化最为微妙、最为精辟、同时也是最为大胆、最为尖锐的表现。艺术家们把一切都呈现为浮雕,不仅仅是他们的人物,还包括他们自己。他们总的来说是立体的,一定程度上是他们时代一切错误和德性的夸张、夸大。他们时代的人所有具有的一切品质,在他们那里就像出现在一个巨大的凸镜中,被放大,如果人们愿意的话,被扭曲。他们的使命是雕琢出时代的性格特征,使它们进一步变得清晰可见,让没有闲暇意识到这些特征的常人也可以读明白。因此,他们通常不仅被同时代人高估,也被低估。人们仍然是在近旁观察他们,因而,还没有给他们找到一款合适的镜头。只有未来的某个时代,即从远处看事物,也就是说某种程度上通过缩小镜看事物的时代,才会拥有一种矫正镜片,才能适当地评价他们。

哈姆雷特式演员的使命,并且在拔高的程度上也是诗人的使命,在于"仿佛给自然照一面镜子,给德性看看它自己的样子,给丑陋看看它自己的形象,给世纪和时代的躯体看看它形体的印记"。——而他也实现了这个使命。

许多人都以这一"时代的印记"来创作,每个人都以自己的方式。我们看到易卜生这位从我们的时代环境中高耸出的高傲、冷峻的礁石,还看到尼采这位阴沉的思想家,他引起了神秘的地震,是我们时代真正的路西法,集魔鬼与光明使者于一身。我们看到了一些诗人,他们在我们生活的彩色布匹上创作,画出花哨、令人目眩的花色。另一些是冷静、沉着的诗人,是形式的大师,是当今和过去岁月的美景的明智仓库管理员。从这些诗人身边走过的是这位记录琐事的渺小诗人,欣喜若狂宣告了独特的哀婉之物的人,许多人眼里的傻瓜,另一些人眼里的玩物和幼稚偶像,对有些人而言则是纯属消遣。

关于他的总体人格已经开始流行最为冒险的猜测。"文人"把他看作"好享受的唯美主义者",不过,他和他那个时代为数不多的人一样,是自然性和自然的狂热信徒。市侩眼里的他是"现代派"——众所周知,在市侩嘴里,这是最要命的辱骂——的巅峰,他们因此称他为悖谬猎手和格言小丑。然而,他是充满激情地四处探路的寻求真理者。大批公众终究只知道说他代表了天才的大城市流浪艺人类型。然而,他是一个具有近乎宗教品质的伦理-改革人物,可以说是苏格拉底或者帕拉策尔苏斯(Paracelsus)那一类。

当今之人发展经历的那三个阶段,都在他身上得到了保留。他在自己的整个思想和感知范围里属于市民阶层,即便只是个尖刻的局外人。而他是彻头彻尾的自然主义者,其程度之深,以至于成功地将自然主义提升到一个新的更高的发展阶段,对此,我们甚至不得不另辟一章再谈。至于他是人们口中常说的"世纪末"的原型,所指的太过普遍和不加限制,以至于更容易被驳倒。最后,我们在看过这些之后不得不期望,他在所有这些形象的综合中也表现出了未来之人,或者不如说,不是表现,而只是先行预示了。说他是那类先行者,甚至是他最深刻、最本质性的东西,而且在批评性的附带意义上也是如此，即他也许太过冒进。某种伊卡洛斯式的东西无疑是他本性的一部分。可是，诗人身上这种伊卡洛斯的特征，恰恰始终是最为有趣的。

1900年前后的世界

他在自己涂上小点的微小图画中列了一个清单，即一幅当今社会的地形图，比起大部头的时代长篇小说，人们未来据此可以更为一目了然和精确地定位。他在某种程度上勾勒了一幅世纪之交的灵魂状态地图。有朝一日，人们可以从这个装满细微、最为精细的观察的千格仓库里，发现我们时代历史最有价值的文献材料。他所表现的不是宏大的生活，而只是日常生活所产生的不显眼的一圈圈波纹。当他没有特定计划，似乎不经意地，一会儿在这里，一会儿在那里发现一条偶然的线索，所有的线索逐渐自发地成长为一整幅画卷，突然间，我们几乎还没有意识到，它就完整地出现在我们眼前，即1900年前后的世界。如上所述，首先和尤其是市民阶级的世界，这是他所出身的地方。他一直在充满激情地与之斗争，把它作为凝滞的元素，作为我们鲜活当下中死去的昨日。尽管如此，从他向市民文化和道德抛掷的所有论战性册子中，产生出对他意图摧毁的这个世界的一种动人美化。因为，他是一个诗人。诗人不能论战,不能树敌。常常事与愿违的是,在他们的触碰下,一切都变得比它们先前的样子更美了。小家庭的环境——很明显是他自己的家庭——常常一再出现在他的小品中,这是他在不同文本中多次处理过的主题,仿佛是迥异的摄影照片,侧面、半侧面的、正面的,等等。它总是被想象成讽刺性的漫画。那里有老父亲,他什么都不懂,只想要自己的安宁,不想争吵,不想争论,只想舒舒服服地麻木地熬完一生。那里有母亲,她同样什么都不懂,但是生性愚蠢地咄咄逼人,碎嘴,虐待佣人。那里有温柔、沉默寡言的女儿,她竭力要从"家庭"的泥沼中脱身,但是太过懦弱和传统。那里还有女仆,她是"家中的受难者"。最后,还有满脑子没人懂的"现代观念"的儿子。不过,在这些素描——具有刻薄的痴儿西木漫画气质——之上的,是一首无法定义的诗,是一种温和、充满幽默的理解,无意间,滑稽的漫画变成了温情、平凡的田园风光。

他另一个钟爱的主题是"晚会",即忙碌、重要但又完全无用的你来我往的社交吹捧,调情,刺激但又毫无魅力的虚妄之事,沙龙生活的完整谐剧,无止境的"生存之剧院"。正如他自己描写过的:

> 所有人,所有人都活着,就好像不得不在一套有一千幕的无止境的戏剧里,一再、一再地演着苦情戏:"可爱

的"女儿","柔情的"妹妹,"感恩的"造物,"想入非非、神经质的"处女,戴着明晃晃新戒指的"安排妥当的"新娘,"忧心忡忡的"妻子,"陪伴着、在内心伴随着"丈夫,"圣洁的"孕妇,每个人都轻声轻气地问候:"一切都好吗?!""预防性的"父母,他们梦想着儿女的风光无限,不让他们吃身边人的亏,所有人,所有人!他们无止无息地演着各自命运角色的谐剧,直至他们一命呜呼,蹬了腿儿,精疲力竭地倒下,就像某个演了七十年"哈姆雷特"或者"塔索"的人,始终身着淡紫色的衬衫,一脸忧郁的样子,每一步都是一个灵魂性的启示,呸!

或者,避暑地的生活,这出谐剧在另外一种背景下在这里继续上演。对他来说,所有这些人都是被欺骗的欺骗者。他们并不懂得生存的意义。他们活出的永远不是自己,始终都只是任何一种先入之见,都是一种并不适合他们的条条框框。但是,这也再次是一种充满同情的理解,这种理解主宰着他。根本上有道理的只有他尤其喜欢描写的两个人,祖父和孙女儿。这两个人都游离于生活之外,老头子是因为他不再置身其中,小孩子是因为她还没有生活于其中。正因为如此,他们才是唯一活得真实的人。他们没有被卷进令人迷惑的漩涡,才能够做他们自己。

疑难杂症的发现者

之后,他再次俯身来到"洼地"。那里有妓女和皮条客,是夜间咖啡馆的世界,有"失足者"和他们的环境之间特别、一点儿也不简单的关系。在这里还有真正的出轨、吃醋等场景。当她与一个她"飞向"的人有固定的性爱关系时,出轨就发生了。随之而来的就是那些会在顶级社交圈中出现的纠葛、悲剧、哀婉或者残暴的场景。

或者还有佣人。他们的生活也是极其浪漫和复杂的。他们也有着灵魂冲突的世界。女仆的梦想就是,比如,想成为一位理发师。这就是她的理想!从一位客人到另一位客人,交换着信息和闲话,整个生活就像永恒的漩涡,激动人心的活动!而他们的生活却安静和舒适,但是单调地过着。他们目之所及只有庭院,人们在院子里刷洗着马车。可是院子外边是大世界呀!有朝一日,理发师不再出现在梦里。梦完全被磨灭了,她已经被生活碾碎。于是,曾经年轻的女仆再次心满意足地望向安宁的庭院,人们在那里刷洗着马车。

儿童的灵魂生活也同样错综复杂。在这些小小的头脑里盘旋着成千上万个愿望、猜想、担心。成人很省事,在任何情况下都说"你不懂"。但是,他们懂得,只不过是以他们的方式！而不懂的人恰恰是处于愚蠢的自大之中的成年人。

他有一整本书都在讨论来维也纳展览的阿散蒂(Aschanti)黑人。诗人对黑皮肤的女人和少女感到兴奋。不过这种兴奋并不是田园牧歌式的，不是愚蠢的卢梭式的风格。他所发现的他们不是原始的自然之子，不是我们文明人所丧失的纯真天堂中的造物，这类幼稚行为与他相去甚远。相反，他所发现的他们是极其复杂的灵魂，千差万别，有深渊，有背景。他对万事万物所采取的态度是一贯的。这里也有妓女，也有皮条客，野蛮的民众。他并不是以高高在上的姿态，作为冷酷、傲慢的道学家指出，这是怎样的道德败坏，怎样野蛮的粗鲁！也不是作为感伤的社会批判者，向上仰视着说，在这些洼地里还可以找到更为高尚的行为，这些野蛮人是更好的人！他并不采取任何立场，不提出任何理论，他要做的是某种更好的东西。他单单指出，这里的事物远比人们想象的更为复杂。你们只是简单地以为，一个八岁小女孩的生活只是围绕着玩偶和点心，一位阿散蒂黑人没有灵魂，一位失足女用一句"妓女"就可以解释，灵魂的悲剧总的来说是一种奢侈，只有上层的一万人看得起。而我则看到到处都是潜伏着的错综复杂。灵魂是一个普遍的机制。一切事物远比你们想象的更为深刻、更为深不可测、更为晦暗不明。熟悉生活的我懂得，它是一件难懂、难解、从上至下都成问题的事情。我用复眼观察事物,明白了我并不能理解它。

比如,除你们之外,还生活着奇怪的造物,他们不断地决定和伴随着你们的生存,尽管如此,他们对你们而言始终都是陌生和无法理解的。这就是女人。

弗劳恩洛布

女人处于阿尔滕贝格所写的和所要写的所有诗作的中心位置。其实他从来只对女性进行描述,男性只是苍白的素描。他们的存在只是为了让女性的灵魂在他们身上反映出来,也就是说,恰恰与其他诗人相反。关于他自己,他这样说:

> 在生活中,我认为有价值的只有女性的美,妇人的妩媚,这甜美的、儿童般的事物!我把每个人都看作一个可鄙的被欺骗者,他赋予人世间另外的事物任意一种价值。

这种女性崇拜使他成为上个世纪末那种颓废的典型,那种颓废相当短暂,如今只在他一个人身上继续存活。他比它们活得久,是因为他也许有着颓废的神经,而且必须有这样的神经,因为,如我们看到的,颓废的神经只不过是最有敏感性的神经。但是,他的心并不是一颗颓废的心。他从整个趋势中接受了女性主义,但是女性主义在他那里并不是软弱,而是强大,即一种高等的、此前未曾企及的体谅女性灵魂生活的能力。在这方面,他是一份不折不扣独特的文学史特产。在此之前,从来没有一位诗人在这方面胜过他。其他诗人对女性而言都是或多或少幸运的**解释者**。而阿尔滕贝格并不是女性的解释者,而是以最为完全的方式在自身之中体验女性,当他描述女性时,并不是在一个陌生的灵魂中,而是在自己的灵魂里去识读。他与迄今为止所有的女性灵魂学家的关系,就如同一位科学的自然探究者之于神话的自然解释者。后者处于人神同形论的影响之下,永远无法理解自然,因为他不是从自然出发,而是从自身出发去解释它。同样,迄今为止所有的女性灵魂学家也是在"雌雄同形论"的影响之下,他们是从男性出发来观察女性。因此,阿尔滕贝格是绝对的新事物。他拥有女性的想象和情感世界,但是用男性优越的智力对其加工处理。形象地说,他的脑筋从材质上来看是女性的,而从结构上看是男性的。

我们此前所说的代号意志因此决定把他视为"现代的弗劳恩洛布"。那好,他当然是个弗劳恩洛布,①不过是个现代的。可怜的弗劳恩洛布,要是他活在今天,他爱得依然发狂,

---

① [译注]"弗劳恩洛布"(Frauenlob)字面意思为"妇女颂扬",是中世纪德语诗人梅森的海因里希(Heinrich von Meißen, 1250—1318)的别称。

爱得依然不幸。即便如此,他也许会用不同的方式作诗,也就是说,比起以前,他也许懂得去言说完全不同、更为棘手、更为复杂、更为含蓄、更为暧昧的女性之事,他也许懂得去颂扬女性身上不同的、也许更深刻、更稀罕的东西。因为今天的女性不同以往了吗？或者,因为男性不同以往,如今,一道不同的、更多层次、更为多元、更为多彩的光芒,在这些光亮的镜子——人们称之为"女性"——上反射了过来？或者还因为,我们今天所理解的颂扬不同以往,也成了某种更为棘手、更为不确定、更难弯折的东西,也就是说,成了一种从正面看是批评,而从背面看则闪耀着赞颂的事物？的确一切都已经不同于以往。

阿尔滕贝格懂女人。这就是最好的妇女颂扬（Frauenlob）。诗人通过描画女性来赞颂她。这就是他的赞颂形式,而且总的来说,是赞颂的至高形式。

色情迷信的形式

我们真的消除了女巫和天使迷信吗？笔者认为并没有。它仍然存活在所谓的浪漫爱情中。这其实是现代世界里仅存的中世纪痕迹。女性是某种特别高贵和纯洁的事物,是上天给予男性在世俗的尘世生活中的仁慈施主,这种观念其实也属于这个范畴,如下观点同样如此,即上天是一片蓝色的穹顶,上面织就了星辰,以及存在魔法师和精灵。这是一种**神话学解释方式**。但是,它的魅力和生命力也许恰恰寓于其中。难道,诗人根本上不是当今生活中仅存的中世纪痕迹,而且是必要的? 而女性则是**缄默的诗人**。在如今**美国化的生活方式**里,她们在一定程度上构建了一块充满诗意的守旧的飞地。当今生活里依然葆有的嬉戏、风格、可爱的单纯,很大程度上都可以追溯到女性。此外,千百年来持续散布带有灵魂学与生理学**谬误**的色情关系,也提高了这种魅力。对真正事实完全的颠转,把女性作为无性的、被引诱的、更为温柔、更为敏感、更为贞洁的人,妇科错误概念造成的这种严重感染,这就是女性直觉的作品,诗人有意识的作品。

与此相对的是另外一派,它在女性身上看到的是恶的原则本身。我们只需想想斯特林堡(Strindberg),在他那里,这种基本趋势达到了病态。不过,作为恶魔的女性,这难道是一种不那么神话性的解释吗? 它也不过是一种假设的形式,某种程度上**向恶的理想化**。

在这两种之间还存在第三种观点,即作为儿童和次等生物的女性,以多种多样的变体形象出现。比如妇女作为感人的儿童,作为无教养的儿童,作为聪明的儿童,作为病态的儿童,作为小丑,作为另类,作为植物,等等,始终被视为一种更低的有机造物。

因此,人们就决不能说,阿尔滕贝格只代表了这三种立场中的某一个。他太了解女性,以至于不知道她们正是一切,而且能够是一切。但是由于他是一位诗人,他自然倾向于浪漫的解释方式。人们可以说,他的立场是魏宁格(Weininger)女性哲学的正相。他完全赞成魏宁格无疑恰当和正确的观察,但是,他对她们给予了积极评价。女性的错误和缺陷对他来说都成为了德性和魅力。因为,他是一位诗人,这意味着,他是一位对生活的颂扬者。正是由于他对女性的诸多**不现实**有正确的观察,并且懂得,她们天生就是非道德和非逻辑性的生物,因此,他也对她们在所有中间意识和潜意识事物上的巨大优势,对她们直觉的敏锐和确定性,有着确当的评价。她们在一些属人的品质上无法与男性能力完全相当,但是,她们因此而是无与伦比的更为完美的动物。

另一个反例

作为田园风光的爱情逐渐不再是一种诗性的主题,即在如下程度上,自我欺骗的能力在诗人那里正在令人欣喜地退化。如今,处于中心的是作为肃剧的爱情,或者毋宁说,是作为悲喜剧的爱情。维德金德最令人印象深刻地安排了色情悲喜剧的艺术形式。而他在这里仍然可以被视为一个反例,笔者之所以一再以他为例,是因为在笔者看来,他是伪现代性的范式,毫无疑问,他虽然也是现代派,然而,他的新意只是新奇,但没有生命力,它是连体婴儿和双头羊的那种新奇性。

他的女性灵魂学与现实的关系,就如"长筒皮袜"灵魂学与现实的关系。他戏剧中女性灵魂的画像,就类似于印第安人小说中美洲生活的画像。就像鲱鱼交配,一切都迷失在一片可怕的精液云雾中。只要人们读了维德金德的作品,那么,他们一定会以为,整个世界是一根独一无二的硕大阴茎。男人与女人只不过是两派敌对的白痴,相互厮杀。主宰着的是盲目的动物性的生命意志,是地魔。

也许现实的确如此,但是,对于诗人而言不应该如此。他最深刻的天职就是,一再地站出来并且告诉人们,情形不是如此。一切真正的诗歌都是教育性的(didaktisch)。它想要施教并给人以教诲。每个人在根本上都坚信,每个人都在做他必须做的事,我们只经历属于我们的事物,不存在偶然。但是在日常的来往中,我们生活的巨大整体运动分解为完全琐碎的成分,变得无法一目了然。因此,每个人都会面对反问自己的时刻,难道所有这些有关命运和必然性的思想,最后仅仅是意识形态的抽象吗?或者是自然诗歌时代的残余?又或者是被判承受永恒黑暗和永恒不确定的人类纯粹无奈的愿望?这时,诗人就会站出来。他走过来,用图像向人们展示这些法则的颠扑不破。这些图像过于热情,过于真实,以至于人们无法质疑。

诗人是伟大的有知者,唯一的有知者。他所知道的事物是其他人要么完全没有注意到,要么是不能理解地表示惊叹的。他作为知情者面对着极其复杂、令人眼花而且貌似没有逻辑的现象,也就是我们所说的"生活"。因此,他与其他人的关系就如同内行与外行。其他人要么是单纯的生活参与者,要么对生活这个对象丝毫不感兴趣。不过,诗人是专业之人,他施展了几下自然和简单的手法,人们此前丝毫没有看到或者认为无法进入的宫殿,一下子就豁然洞开。

然而,维德金德的戏剧不是人类的教科书,它们完全属于轰动一时的戏剧的领域。它们的布景毫无疑问光彩夺目、豪奢,在细腻和效果显著的灵魂绘画上也不惜工本。此外,这种戏剧还利用了现代灵魂学技巧的所有改进,旧体系的法国戏剧在他面前,就像洛可可的喷泉装置之于带有鼓形电枢、整流器以及一切最新技术手段的最新设计的西门子发电机。但是这丝毫不妨碍,人们将看到的一切都是一出精彩的马戏节目,就如维德金德在《地魔》序言中自我认识的时刻所呈现的那样。这是一位有才的流浪汉、吞火者、小丑的怪物幻想。这里一切都有,哲学与荒诞、最为古风的花边戏剧和最为摩登的灵魂学。

既照顾到了最挑剔的口味,也照顾到了最粗俗的。一些场景可能出自莎士比亚,一些则来自伯恩(F. Bonn)。这是一个漂亮、丰富多彩的博览会戏台。只有虚伪的人才会说,"我原则上反对!"因为,人们成功且以优雅的方式得到了消遣。

反转了的市侩学说

不过,另外一些人则说,"这里不止这些!因为维德金德的作品包含了一种进步的新世界观"。但是,当人们更进一步去观察这种世界观(只要它能够从一个个格言碎片凑出来),这种世界观会被证明是流行的性爱道德纯粹的背面。市侩宣布说,每个人都应该是"道德的",而他所理解的道德是,我们应该和我们所有的情人结婚。维德金德则宣布说,每个人应该都是"不道德的",他所理解的不道德是,我们丝毫不应该看重如处女、婚姻、忠诚之类的事物。不过,第二种立场只不过是更为惬意、更不常见的,但绝非更自由的。它只不过是对第一种立场独断的颠转。也就是说,一个人即使作为一个非道德主义者,也依然会是个市侩。每个认为对他而言好的法则也必然适用于其他人的人,就是市侩。相反,自由的真谛是每个人做他的个性规定他做的事,如果有人想要迫使笔者在性事上要自由些,而笔者的天性是把这种关系看作极其不自由和束缚性的,那么,他就**限制了**笔者的自由。倘若有人要求笔者在道德事务上不应该做市侩,尽管这符合笔者的天性,但是他以这种方式向笔者提了一个**市侩的**要求。正因为如此,维德金德的性爱哲学既不新潮也不进步。它只不过是**反转了的市侩学说**。此外,维德金德所代表的立场的方式,也几乎无法引起人们的信任。因为,对一切进行合唱的,总是诗人那张难为情、讥诮的脸,它似乎在说:"我倒是希望,有人会叫警察。"在他那里,救主的姿态不由自主地变成了虚荣狂的姿态。总的来说,他的整个艺术都带有某种高中学生气。他始终在用一种带着叛逆和忌恨的弦外之音在言说他的东西。他总是想激怒某个人,比如,市侩,或者审查部门,或者一位好朋友。这样的动机很幼稚。更糟糕的是,它们妨碍了任何真正的唯心主义和任何真正的艺术。因为,诗人是一个对于自己只认可唯一一件私事的人,那就是人类的事务。自然而然,他继而借助私密地参与和主观论争的手段等,去处理这个事务。而这些手段被其他人拿来服务于自己的个人目的。

维德金德的唯心主义是不清晰、不确定的,尤其是冷酷的。他的幽默不是幽默,他的悲惨不是悲惨。他的灵魂学是病理学。他在凹镜中给人们看世界,而且是一面碎掉的凹镜。他的诗作是儿童病,而且是有危险且感人的儿童病症。它们之所以危险,是因为它们具有传染性。它们之所以感人,是因为,目睹这位诗人如何用自己的精神器官与之斗争,是令人伤感和紧张的。新的观念和印象并不是作为新的滋补性同化材料进入这个器官,而是作为消耗性的传染。他也许最害怕的人是他自己。他始终走在自己身后,从来不去赶超。他从来无法企及自己的高潮。他之所以无法企及,是因为他苦于一种十分不完善的品质,即无法等待。他不断地用如下问题折磨自己的头脑,"现在怎么办?有什么新的花样?有哪些给人惊喜的新奇?"越来越花哨的底片必须放进他的幻灯机。这种对新奇的不惜代价的追取,是他最大的不幸。他想要用每个新的一击超过自己的力量,然而,他日渐以更为骇人的方式愈发不如从前。他所有的诗作有着同一个悲哀的主题:维德金德反(kontra)维德金德。

作为浪漫派的妇女

现在,让我们审视阿尔滕贝格的性爱哲学。它完全是唯心主义的。对他来说,女性是生存中浪漫主义的原则。儿童、处女、妓女、情人、人妻,她们统统作为不可救药的梦想家和理想主义者,作为被诅咒的童话公主,漫步在日常生活。她们是对生活大为失望的人。她们不断地望向浪漫的远方,它们与现实相去甚远。她们是不可挽救的多愁善感之人。她们感伤于自己的不完美、男性的不完美,以及整个世界的不完美。她们用永远无法实现的理想来衡量一切,生活、爱情、她们自己。在她们的目光中,有一种无法定义、深不可测的伤感和渴望,它似乎在说:那么,世界真是这样?

艺术家之家举办的重要艺术节上,我和五个女人坐在一张预订的桌子边。她们身穿别致的礼服,看起来像是来自更美好的神秘世界。其中一位身着玫瑰红的钟式套装,梳着很低的宜人的侧分头,耳朵边各梳有三个悬起来的波浪卷儿。她的眼神透着幽深的哀怨,翘起的鼻头富有魅力。另外一位穿着绿色的钟式裙子,有着孩子般的探寻着的眼睛,就像在拥挤的人群中找寻走丢了的保姆。第三位穿着中式旗袍,质地为白色刺绣丝绸,她有象牙白的肤色,她那眼神透露出,她已经放弃探索生活的奥秘。第四位穿着一身黑丝绒装,黑色的卷发中插着玫红色的"火鹤花"。她的眼睛似乎在说:"如果你们知道我所知道的——"不过,她们,她们都懂得,生活并非儿戏,而是全副武装者的事务。第五位一身绿色装扮,从脖子直到脚根。她金灰色的头发披散着,青灰色的眼睛呈现出自在自为的"忧郁",它有着成百上千个理由,却又没有哪怕一个,这是灵魂的错乱,是精神的真理,即我们离理想还远着呢! 即我们的缠斗将会是徒劳——

有的人以为:"这些引人注目、穿着奇特的女人真是可惜——她们并不来热闹热闹。"

不,她们才不会。她们温和地思考着:"姐妹们,噢,花枝招展的幸福的姐妹们,你们五个人可以从你们的生活中、从你们的记忆中忘记时光,熄灭时光,这是我们这些不聪明的人不会自己短暂聚集起来,在我们内心磨灭的东西——"

当我们离开活动,我们中间有人说:"可是,我们的女士们从这次活动所获不多——"我反驳说:"就像成年人从儿童舞会中的儿童身上无所获得那样吗?"

"我们理解不了,"男士们有些愠恼地说道,"在盛装舞会上,女人们需要迷人,就这样!"

女性在她一生沉默的抱怨中期待的,是一个英雄,一个深刻的生活之强者,一个温柔且智慧的绅士,一个完美的人。尽管如此,在她失望的眼神里出现的是——男人。

"漂泊的荷兰人"

(献给那些"漂泊的荷兰人")

如《漂泊的荷兰人》中的森塔,所有人都是女性灵魂。她们的门上画着《漂泊的荷兰人》的画,这是她们浪漫且童稚般的灵魂有机且无法摆脱的需要。

裹着一件宽大的深色大衣里,像装备了世界之翼,她们注视着他,有一双迷人的眼睛,还有永恒浪游者的命运。她们追求着这样一位浪游者,他不停下脚步,在女人身上寻找安宁!

这样一幅画贴在她们童稚般的卧室白门上,贴在她们沙龙里镶有金边的褐色门上,贴在她们乡间别墅的黄色门上,贴在她们一生昏暗的大门之上!

门永远不会打开。他永不出现。

可是,看呐!

对面站着一个人,有一天清晨,他穿着带有松紧带的白色亚麻长裤,把牙刷放在布特玛尔牌(Doctor Suin de Boutemard)牙膏中,漱口,在不同的领结中选择一条合适的,在衬衣上贴上金色纽扣——如此而已!

森塔在她宽大的床上坐直,靠在白色的枕头上,注视着。她在侧耳倾听什么呢?!

"要拯救我,你必须为我死去——"

"我准备好了,先生!"

"当然,梳理小胡子用的小燃烧机里面又没有乙醇了。玛丽,您——每次、每次——您究竟怎么想的?!"

三勺茶叶放入茶壶,相当多。再加半勺。就这样!

森塔倾听着——：

"我必须永远地浪游——"

于是,他去了办事处,小井大街7号,2楼,一直待到两点。

——

她们住所的所有门上贴着《漂泊的荷兰人》画像,卧室、厨房、沙龙的门上都是。当她们散步回来,楼梯道的油漆门上也是。夏日里凉爽的乡间寓所的门上也是。

裹着宽大的深色大衣站在那里,就像装备了世界之翼,有一双迷人的双眼,还有他那永恒浪游者的命运……

所有这些门开了又关上,开了又关上,一会儿大声,一会儿安静。

他永远不来——!

柏拉图式的爱

不过,身处漫无边际、太过偏激、歇斯底里但其实没有生命力的唯心主义中的女性,非常清楚她自己的不可亲近性。因此,她更为热切希望的是,男性对她进行完美地理想化,在她身上看到她所不是的样子,而且,他是一位浪漫主义者。因此,她是永恒潜在的柏拉图主义者。她希望只有当她通过献身男性而真正实现了他梦想的最终目标时,才会献身于男性。

新-浪漫主义

弗劳恩洛布、福格威德、赫尔提、荷尔德林,你们在哪里?!

你们的天鹅绒上衣难道被蛀虫咬碎了,风暴难道吹乱了你们的卷发?!

夜里,十七岁的我,站在这里,站在乡间别墅的阳台,敞开着睡衣,准备着将我的梳子丢下去,让你们把它放在唇边,内心充满歌曲,在幽暗的街头漫游——!

你们在哪里?! 梦想家们?! 梦到我们的人?!

先生们呀,今天下午,我曾在旧日伤感的公爵公园草地上起舞,用双手扶着我的裙子,起舞——

求您了,您今天夜里会梦到吗?! 我曾在旧日伤感的公爵公园草地上起舞,用双手扶着我的裙子。

今夜,都不愿梦到吗?!

请做梦,请梦到吧! 无梦的人!

先生们呐,请听! 我今天下午在旧日伤感的公爵公园草地上起舞,一丝不挂。我的双手里面没有裙子,因为,我一丝不挂,赤身裸体!

请梦到吧！无梦的人！

噢,卑鄙的人,请听！我坐在我的小屋里,演奏,吟唱格里格的歌曲。然后,年轻伯爵的大狗走来,爬到了钢琴下面,爬到了我的裙子下面,舔舐着我的膝盖——

请梦到吧！

可怜人,可怜人！你完完全全,完完全全地拥有了我——！

不过,请梦到吧！请梦到吧,我恳请你,至少在今天,在明天夜里梦到吧！

可是,他未曾梦到,而是死死地睡着,死死地,就像一头饱腹的兽——

人们已经习惯于把柏拉图式的爱情视作感性之爱的对立面。但是,这是错的,它只是**纯感性之爱**的对立面。至少柏拉图是这么认为的。柏拉图式的爱的本质在于,灵魂生活主宰着性关系。因此,它是真正的爱的唯一形式。柏拉图式的爱的标志是,它将人重塑为浪漫主义者和理想主义者。每个柏拉图式地爱着的人,都是诗人。而每个真正的诗人只能够柏拉图式地爱。

对于阿尔滕贝格而言,爱情首先是愿望、渴望。

> 我爱你吗？我不爱你吗？
> 我渴望着你！
> 在一起，是麻木、死气沉沉的幸福。
> 我唯一的渴望是鲜活的幸福！

对他来说，占有远比愿望少得多。的确，哪位诗人不曾有过这样的感受？只是，我们只能把我们所有的力量、思想、可能放到渴望里，只有从渴望中我们才能够成长为诗人。人们只有在愿望和希望中，才是本原的、独一无二的，才是他们自己。他们的**存在**会消失于占有、满足、**拥有**，他们在这里成为类、动物、机械、概念，他们就像其他所有东西，突然存在了。这根本上是诗人对**一切现实**的态度。现实令人失望，它其实是**不真实的**。第一个认识到这一点的人，是第一位诗人。

人们可以说，对于阿尔滕贝格来说，女性是生活中的形而上学原则，是无限性的使者。当人们审视阿尔滕贝格接近这些生物时的小心翼翼和敬畏之心，就会想到梅特林克的话：

> 最卑贱的女孩一旦恋爱了，她便会有一种我们永远也不会有的东西，因为，在她的想象里，爱情永远都是永恒的……人们可以说，灵魂于她而言始终触手可及。她日日夜夜都准备着向另一颗灵魂的至高要求倾诉，最可

怜的人的赎金与女王们的赎金并不两样……但是,当男人们看着她们走过时,她们又那么黯然失色!他们看到她们在小小闺房的怀抱中往来。这个微微领首,那个轻轻啜泣。这个歌唱,那个织衣——没人可以理解她们正在做什么!他们满腹狐疑地穷根究底,但是得不到答案,因为他们已经知道。于是,他们继续前行,耸耸肩膀,坚信她们不理解。始终都在理的诗人告诉我们答案说,可是,她们又需要理解什么呀,这些幸福的人儿,这些选择了最好的部分的人儿,她们需要去理解什么呢?……而那个感觉到她们感觉的他,感激她们的爱,尝试着通过自己的歌咏,将这份爱,这个黄金时代的种子,种在另外的时代、另外的世界。

在他看来,女性就像生活中诗人所创作的奥秘。她们也是诗人,但是是缄默的。她们需要诗人来发出声音。

因为,女性的唯心主义是无繁殖能力的。这是其不利的一面。她们不具备诗人的力量,诗人能够宣告自己的理想,能够把它们带到世上,使它们与尘世和解。同样,女性也不具备及时以明智的断念向现实妥协的力量。

　　我原谅男人的一切,

只是不原谅徒劳的斗争——

沉默地掩盖你的头颅,生活的恺撒,

当布鲁图斯,命运,向你致命地一刺!

徒劳地搏斗适合女性,这生活的奴隶——

悬挂在悬崖边上,她仍弯折手指去抓!

客观的妇科

于是,他获得了一种对女性客观且具有优势的观察。如果总结起来,可以说,女性对他来说是神秘的、尘世之外的,同时也是**人性之外的**。对他来说,女性是复杂的,像混沌一样复杂。他把她看作其余的人世中从一个更高、更远的星球降临的生物,这个星球运行在一种更纯净、更柔和的空气中,更温和、更诗意的光芒下。另一方面,这个星球也产生其他更为低级的有机物。

紧接着便是女性与漂泊的荷兰人。即便他们一生都在不断地寻找对方,却永远无法相聚,因为,他们是最为极端的两极,是最大的灵魂对立。漂泊的荷兰人,也就是**艺术家**,是永远的浪游者,永远得不到安宁,而女性则是惰性和不运动的。我们的诗人也认识到这一点,在一首引人注目的小诗里,这首诗读起来更有尼采的味道,而非弗劳恩洛布。

"普通"女人

不幸的你呦,你对女人的偏爱不加防备
并在爱火中焚烧自己!
当你感觉到时,你就是另一个人,
浪游者,你会沦为阶下囚!
而他人,孤寂,极目远眺的人,
坚定地追随着自己的星辰!
不幸的你呦,你对女人的偏爱不加防备,
如今耗尽在生活的"小小作为"!
你不应再为了大美而动情——
尤其是,你不应令自己受冷!
它会疗治你那狂妄的神圣内核,
赋予你量身定制的健康的喜悦!
它用吹起的风暴阻碍你的行程,
小心翼翼竖起你的衣领!
它试图令你远离深渊,
而让你驶向你的日常的深渊!
它让你的头脑远离忧郁和梦想,
懂得用多余的力量打扫亮堂!

它让你的灵魂远离飘忽动摇,
懂得将其固定在近旁的目标!
它吝啬地强迫你的身体得到保养,
因为它需要它旧的身体!!
不幸的你呦,你对女人的偏爱不加防备,
并在爱火中焚烧自己!
我们徒然的渴望是我们力量的布施者!
我们企及的目标是我们道路的终结者!
我们用眼泪与这个世界溶在一起,
它自己始终为理想而哭泣!
可是我们的胜利者的笑将会诅咒我们,
因为我们提前结为一体!
女人要将我们终结
并结束我们的角力!
你内心的神不容忍任何神,
更不用说任何尘世的下流胚!
阅读爱默生,演奏贝多芬
你可以获得不尽的气力!
而即便你最为神圣的女人
只不过是纠缠不清,一个无耻的人!

因此，人们就不能说，他只不过是一位对女性的妩媚着魔的诗人，受温柔的自然现象的引诱而拨动自己的瑶琴。当然是瑶琴，不过是 1900 年前后的，它的琴弦迥异于行吟诗人的琴弦。相反，他以**立体的**眼光注视着女性，从每一面去看她，将她视作一个圆润、立体的塑像。他不是一个浪漫的偏执狂。我们之前简单谈到的三种女性观都统一在他那里。因为，诗人做着统一、整合的工作。这是他完全不同于其他人的区别。其他人都有一种立场，而他没有立场，除了观察者的立场之外，也就是说，依据情形而定的立场。他丝毫不是前后一致的。他不向任何事物锁闭自己的眼光。他的眼睛易于接受一切光芒。他之所以前后不一致，是因为他是**客观的**。

生活的唐璜

不过，总的来说，这是艺术家对女性的态度。女性所爱的爱情，是她**被人爱**，但是男性，尤其是艺术家所爱的爱情恰恰是他**在爱人**。诗人从来都无法爱得"幸福"，没有任何现实能够满足他们。何况是"女人"这种可怜的非现实。她如何能令他们满足？尽管如此，诗人同样无法爱得"不幸福"，因为，他们在女人身上，无论是谁，他们爱的无非是他们更高的自我，他们自己的诗歌。诺瓦利斯爱着十三岁的索菲·冯·屈恩。

"历史研究"表明,她只是一个微不足道的小丫头。我们难道要从中总结说,诺瓦利斯搞错了对象,他在她身上看到的比她本身更多,他受骗了?不,我们必须说,诺瓦利斯所爱的女性不可能是一个无足轻重的小毛丫头,她永远都是一首绝妙的诗歌。我们"放进"事物里的东西,事物会忠实地送还给我们,这是一条朴素的自然法则。如果把女性看作是微不足道、平淡、乏味的造物,那么,她就是如此,而不会是其他。如果把她视作一个神秘的、更高的存在者,一个温柔的魔法人物,"你的生活的明星",那么,她对你而言就是这颗明星。她真实所是的,谁能够说得上来?也许什么都不是。

这也就是那句歌德名言的意义:"当我爱你的时候,与你何干?"他的爱会不会得到"回应",他是幸福的"被倾听者"抑或不幸的"被拒绝者",从来都不是一位诗人真正关心的。因为,他从未被倾听过,他所爱的女性永远不会献身于他,毕竟她根本不存在。另一方面,他始终被倾听着,因为他的爱情真正对象,他的想象、诗作、梦想,它们对他来说始终在场。他的爱情最终都得到了"回应",不过,只是被他自己内在富足的回音所回应。他就是这样穿梭于世人中间,作为永恒幸福但又不幸的倾慕者。

在所有诗人的爱情中,都蕴含着这种深刻的分裂,这根本上是诗人整个本质、他们对于世界原则的态度的分裂。他们是一切有生命的事物的热情美化者,因此,在他们看来,一切都显得可爱,尤其是一切他们有能力爱的至高对象——女性。此外,他们也是倔强的预言家、洞悉者、辨识者,他们从一切有生命的事物上撕掉美丽幻觉的面纱,是一群盲目、无知的儿童中间唯一清醒、成熟、有知的人。因此,他们其实只是自己爱情完美的参与者,陶醉和痴迷于自己欺骗自己扮演的幸福情郎的角色,不过,他们内心始终都知道,一切都是假象、虚幻、美丽的错误。他们同时处于事物**之内**但又在其**之上**,他们扮演着情郎的角色,但又比任何人都演得好。他们只**扮演**这个角色。他们爱情的理想伴侣,那些女性,只不过是幻象,是他们恩赐的造物,是梦想,是诗歌。而女人,只能够**无奈地梦想**,无法将想象浓缩为现实,因此,她们需要诗人,否则她们根本就没有存在过。

对于诗人来说,她们最终只不过是诸多美化并提升生活的手段之一。究竟他崇拜或咒骂女性,着迷地跪倒在她面前或者在嫉妒的苦恼中煎熬,究竟他无望地把蛹壳中的她视为儿童或者用自己的感性将其视为情人,她最后在他眼里都是相同的,是一剂补药。她的作用是使他更为富足,使他的灵魂更为活跃地震动,无论这样的震动是怎样的类型。诗人是伟大的**唐璜**。阿尔滕贝格就曾这样命名过自己的一部小品集。不过,这位唐璜迥异于他的原型,就像新的弗劳恩洛布不同于他的原型。他不会每天诱拐三个女人,不是所有人夫和爱慕者的心头怕。尽管如此,当我们进一步观察,也许他就是这一切,他诱拐她们——到自己的世界,诗人的世界,这个世界是一个更高、更温柔、更敏感的世界。他把她们诱拐到人与人之间更神秘、更内在的一种新关系中,在更高等的星辰上这种关系也许已经被嘲笑为返祖现象。而我们在我们的星球上则嘲笑它是疯狂。通过让好做梦的女性意识到平常的性关系是无意义、虚无、无灵魂的,他也许就成为了所有男性的心头怕,他们的日子突然就没有以前那么好过了。因为,真正的认识具有在模糊和无主见的灵魂里扎根的力量。每一位感觉到"自然创造我去爱,而我却被这样残忍地占有"的女性,都受孕于这位诗人,都被这位唐璜诱拐!它在她心中得以永生,这个真理原子,即女性要么太好,要么太坏,而无法被用作男性能量的发泄渠道。

对于诗人,即生活之伟大的唐璜而言,她只是他点燃用来迷醉和狂喜的偶然的火药。他是非常不忠的人。忠诚?他只忠诚于自己灵魂的财富。有美存在的地方,才有权利被他感知到。

作为这样不忠、深爱的唐璜,诗人过着自己的一生。他们是生活热情的使徒。他们爱一切,既爱最为伟大的,也爱最为渺小的。一切事物都向他们敞开,他们可以抵达事物的心灵,因为他们爱着它们。就像在梅特林克的《蓝鸟》中,通过魔法石神秘的力量就可以吸走万物的灵魂。于是灵魂显露了出来,猫的灵魂,狗的灵魂,甚至无生命的事物的灵魂,比如牛奶、面包、糖。

健忘的诗人

每个人都爱着,每个人都充满热情,每个人都是智慧的——不过只在极少、极罕见的时候。正如阿尔滕贝格总在观察的女性,每个人在自己的生活里至少已经见到过一次,即当他恋爱的时候。正如阿尔滕贝格察觉的自然,每一块草坪、每一根被雪覆盖的树桩、每一片郁金香花坛、每一座村落里的古桥,每个人也在某个时候已经察觉过草坪、树木、花朵、桥梁,不过只是一瞬间,一切随即再次归于沉寂,他立即便遗忘了一切。大多数人正是健忘的诗人。谁难道不曾智慧过,尤其常常当他至少认为自己智慧的时候?伐木工、铁匠、船夫、手工学徒等的对话,经常包含了令人惊讶的真理、深邃的洞察、最为敏锐的平实评价。每个精通某事的人,都能够对它做最为优秀的说明。但是,他并不知道。而且,他并不贮存,也就是说,他并不是自己智慧的存储器。

然而,诗人却总是其他人每五年才会成为一次的这种存储器。他与他们的区别就在这里。他与事物生活在**持续的隐花状态**。他始终是热情的,始终是热爱的,因而始终是智慧的。其他所有人,无论他们是什么或者被视作什么,都只是**赤字**。总的来说,只有通过诗人,精神能量才会来到世间。诗人是神秘的莱顿瓶,只有他才释放了其他人的电能,也就是说,他是一个电力的分离器,使其他人成为他们自己。

我们已经说过,这些诗人并不是完美的。他们自己也只是不安闪烁的寻觅的鬼火,是无奈的梦想家,是愿望与谬误的中间产物。不过,他们是真实的,是完整的,这一点被记载并登记在册了。某个诗人曾是完整的,某个诗人曾是真实的,宇宙将这些记录了下来。此外,他们是总发电站,虽然微小,微不足道,但总归是总发电站。能量在宇宙中守恒。这个电能原子,将生活在他们内部的事物**转化**为电能,它会存在,也许会是此世唯一一小块现实,而世间的一切都只是想象出来的并且有限的。它会留下来,会从一条银河跳往另一条银河。

第四章 先驱者的浪漫

三股主流

那么,我们知道,这种新的、合乎时宜的精萃形式,这种在描述时彻底的印象主义,这种奇特的机械激情,这种对于灵魂学集成部分的敏锐嗅觉,这种迄今为止尚未具备的对女性灵魂感同身受的能力,所有这些,都是稀奇和有代表性的特征。但是,我们始终不清楚,这位诗人属于什么位置。值得问,他在"体系"中的位置是怎样的?因为,不管怎样,他最终必须给自己"定义"。他是"浪漫主义者"还是"古典主义者",是"现实主义者"还是"唯心主义者"?流行的对立一定是这样说的。

这些普遍常见的术语贯穿着整个文学史。但是,这是对事实状况的人为简化,就像在一张地图上那样。根据这种分类,有三大文艺潮流,即**古典的**、**浪漫的**以及**现实主义的**,它们又分别由三个不同的民族所代表,**古代人、罗曼人、日耳曼人**。同样,这些分类也可以按照时代来分,古典文学属于**古代**,浪漫文学属于**中世纪**,现实主义文学属于**近现代**。地图上就是如此。可是,这些"主流"实际上在近处看是怎样的呢?

首先我们可以注意到,事物既不是根据时代,也不是根据种族运行的。比如,古希腊人是最典型的浪漫民族,他们的"古典"只是在他们的**雕塑**上。长着"太阳之眼"的希腊人事实上从来没有存在过,他始终只存在于雕塑里。古希腊人在他们的造型艺术中从未表现过现实生活,而全部都是神、英雄、超出凡人的理想形象,也就是说,是他们想要是但完全未曾是的样子。此外,传统也给他们的这种艺术设置了一定的限制。但是在这种强制消失了的文学中,他们恰恰处在文化的顶峰,那时是伯里克利时代,他们尤其产生了浪漫的创造力。而且他们的全部生活都基于浪漫的基础。比如,浪漫的是他们**传染性的欺骗**,一些例外之人始终徒劳地与之做着斗争。浪漫的是他们整个国家生活和宗教性,是伯罗奔尼撒战争,是雅典民主制,是厄琉息斯神话,是狄俄尼索斯节。这些纯粹是浪漫的现象。而罗马人,就他们不是古希腊人单纯的模仿者而言,始终都是显而易见的自然主义者,是最为实际、清醒、敏锐的现实之人。拉丁文句法、法典、罗马帝国,这三个最为根本的创造足够清晰地表明了这一点。政治、战略、农业、法学,这是他们的专业。而他们的艺术也带有这些特点。差别的根源在于他们的自然天性,古希腊人来自商贩和航海者,罗马人来自士兵和农民。但是,它们两者都不是"古典主义者"。

另一方面,人们在近代绝对无法让罗曼人种扮演浪漫主义者的角色,相反,以日耳曼人种的标准看,他们的艺术始终是古典的。人们可以比较意大利文艺复兴与英格兰文艺复兴,或者比较法国浪漫主义与德意志浪漫主义。这样的文字游戏可以没完没了,因为,它基于纯粹的咬文嚼字。不过,这些概念真正的、具体的含义是什么呢?

错误的概念"古典"

首先就"古典的"来说,我们可以注意到,这个概念如此多义,以至于没有任何意义。我们会说"一位古典作家",想要就此给予一种审查,而不会顾及作者所属的文学流派。比如,人们可以在最新版的《迈耶尔百科全书》中发现一张"德意志古典作家"肖像画,其中还包括了罗伊特(F. Reuter)。我们另外一些时候说"古典作家",只是想要由此表明,他生活在"*古代*"。我们说"古典派",指的是,这个流派在*慕古*。最后,我们所理解的古典主义者常常只是一位既非浪漫主义者也非自然主义者,而是倾向于风格化的"崇高的美之路线"的艺术家。

就让我们先立刻排除价值判断,因为,同样明确的是,它从来不意味着一种特别的特征。另外,让我们也排除历史性的称谓,因为我们想要看看,这个概念对于现代文学意味着什么。于是,剩下的就只有"风格"和"慕古"两个意思。进一步看的话,两个意思是一致的。也就是说,后世如何理解古代艺术,他们在古代艺术这件事上就始终想的是某种风格化的东西。这个观点也许是错的,但是,它是主流的,人们已经习惯于在提及所有风格化的流派时去想到古代,也因此把它们称为"古典"派。总之,对于美学术语所界定的"古典的"这个词唯一的意义,是"风格化"。

从这个意义来看,任何古典流派都可以归结到两个其他艺术流派之一上面。因此,它要么是升华了的自然主义,比如在晚年歌德那里,要么是僵化的浪漫主义,比如在卡尔德隆(Calderon)那里,要么单纯是某种生锈的、不合时宜的、化石般的东西,比如在所有的追随者艺术那里,因为一切不合时宜的都有风格化的作用。

我们也必须弄清,所有原则上风格性的艺术,恰恰当它最为完善时,其实存在于艺术史之外。一个时代接一个时代,不断出现伟大的艺术家,或者说伟大的天性,他们似乎短暂地向我们证明,艺术理想应该在严格的秩序、正直、和谐、无瑕的透明中去寻找。的确,有些"古典的"创造具有一种如此超自然、不现实的美,以至于我们一瞬间倾向于猜想,这是艺术的顶峰,其他一切只是或多或少不完善的、朝着顶峰摸索性的尝试。不过,这是幻觉。这些现象并不是规则的体现(如果人们怀疑它们是最符合规则的现象,人们可以相信什么)。相反,它们是有趣的偏离,是值得称赞的**魔鬼**。**不合规则**才是自然、生活、人的本质。"合规则"是人为的蒸馏物或者一个稀罕的偶然。自然所产生的最为规则的形象是水晶。然而,每个矿物学家都清楚,不存在一块完全规则的水晶。然而,即便一种纯粹的接近合规则性,也足以令水晶变成没生命的东西了。打磨得极好的山锥,辐射对称的动物,四季不变的气候,等等,人们偶尔可以看到这些东西,但是,他们某种程度上是自然的稀罕物。在艺术上也同样如此。我们会惊讶和崇敬地注视着完全均匀的创作,但是,它们缺乏生命的气息,我们无法真正地熟悉它们。艺术之所以不能是古典的,是因为自然并非如此。

浪漫的动物

于是,剩下了自然主义和浪漫主义。它们的对立在于,自然主义的艺术倾向于现实,浪漫主义的艺术倾向于虚构。

但是,所有艺术根本上都具有一种深刻的浪漫主义的趋势。诗歌与浪漫某种程度上是可以互换的概念。每个诗人生下来就是浪漫主义者,而最新的自然主义向我们表明,纯粹自然主义的艺术在理论上已经是不可能的。人类语言中蕴含的那块儿浪漫,没有人能够清除掉。而且,我们的感官,尤其是眼睛和耳朵,都是浪漫的器官。人是这个星球上**浪漫的动物**。

九十年代,人们认为,是人发明了自然主义。这在某种程度上是正确的,因为,此前还从未存在过这样一种自然主义。不过,作为这样一种自然主义,作为艺术流派、作为普遍基本倾向的自然主义则相当古老,也许和真正的艺术一样古老。人们甚至必须说,自然主义、观察的忠实是首要的,而"艺术"、选择、对现实的改动、对观察的元素的扭曲和省略,就已经设定了某种程度的艺术自由、塑造力以及独立性等前提条件。

如今,那老一套就像胡乱上了一层新色,又在四处粉墨登场了,这说明,九十年代的自然主义并不是伟大的艺术力量之一,因为,这些力量始终意味着品味最为内在的变迁。它的出现绝不像新流派的先驱者在当时所预言的那样,即整个文学史将会一分为二,一半为1890年以前,非自然地创作时期,另一半为1890年以后,终于转向了自然的时期。

当时,霍尔茨(A. Holz)提出一个观点:"艺术的趋势是再次(wieder)成为自然。"人们可以在至少同样大的程度上纠正说:"艺术的趋势是反对(wider)自然。"艺术只是单纯地重复自然,这一点在逻辑上和灵魂学上是不可能的,因为,始终都在增加某种非自然的东西,即人格。而艺术完全与自然无关,这也同样是不可能的,因为,那里始终有某种自然的东西,即人。即便最具欺骗性、最不自然的艺术作品也始终是一部分自然,因为,它那欺骗性、不自然的艺术家就是自然的一部分。而最为自然且最忠实于现实的艺术作品从来都不是纯粹的自然,因为,自然中从来都没有人的染指,而任何艺术作品中都有人的踪影。

那么,究竟什么是自然?究竟有没有纯粹的自然?摄影底片上的图像就是纯粹的自然吗?不。我们完全不知道,什么是自然。我们永远也不会知道。一切都是艺术,也就是说,是人穿行过的自然。研究者在实验室所获得的完全客观的感官印象,和最主观的艺术家最为冒险的想象,这些都只是同一事物的不同层面而已。眼睛是一位主观的艺术家,耳朵以及其他所有感官,包括大脑,都是如此。自然是一种持续变化的事物,只有自然这个词汇保持不变。自然对于任何人都意味着不一样的事物,对于任何时代同样如此。自然对于古人而言与对我们而言不是同一个事物,对于罗马人来说的自然又全然不同于他们古希腊邻人的自然,对于加图(Cato)而言的自然也不同于对恺撒而言的自然,对青年恺撒而言的自然也不同于对于老年恺撒而言的自然。

朗普莱希特说得非常贴切:"任何自然主义都有些类似于堕入深渊的库尔提乌斯(Curtius),他将自己奉献给一种被断定为必然的进步。"任何自然主义的历史使命都在于,确定新的现实,艺术地记录下来,在普遍意识中去灌输,这始终只是一项突破性的工作。它并非必要的,但是,一旦被做了,也就变得多余。任何时代都有过自然主义,它们只不过被人遗忘,因为,它们总是被向前拥挤的、真正创造性的潮流冲刷到一旁。人们甚至不能说,比起晚近的自然主义,早期的这些自然主义不那么自然主义。就人们所理解的自然主义是最为忠实地再现各自的现实而言,它们同样是自然主义的。但是,那些现实是不同的,那些现实也就不那么自然主义了。

自然主义是一项准备工作。它首先对既存的现实记了一份流水账,然后,新的艺术利用了这份流水账。但是,它只是利用了它,并没有将其复写下来。自然主义始终只是原材料、素材、预备艺术。自然主义的作品是首次付诸笔端,它们还未经整理、未经安排,同时也具有初次付诸笔端的原始性。

自然主义的浪漫

自从有了艺术和艺术家,浪漫主义和自然主义两大流派之间就相互斗争,有时前者、有时后者占主流,不过,两者始终都并存着,要么作为主流,要么作为暗流。我们在追问阿尔滕贝格的位置时,就必须认识到,他在这里恰恰是有创造力的,因为,他的诗作包含了一个新的艺术纲领。

阿尔滕贝格的艺术发现当然是既简单又有独创性。它那么简单,以至于许多人拒绝将它看作是独创的。然而,正是原创性与理所当然性的这种融合,才构成了每一种真正有价值的认识的本质。单纯的独创性还丝毫不是艺术,因为,人们只需要不理会理性和真理,就已经是独创的了。但是,天才的独创性在于,发现新的法则和关系,它们虽然之前不为人知,但是是世上最为自然的事物,因为,它们始终存在。它们甫一被发现,就有人说:"我早就知道了。"这句"我早就知道了"恰恰就是新事物生命力的试金石,市侩把这句话附加在任何新事物后面,这些新事物的不幸在于,同时也是真实的。

阿尔滕贝格最为简单的艺术认识就在于,生活是唯一真正童话般的童话,真正的诗歌和想象只可以在现实中找到。因而,他也将自己的一部小品集命名为《生活的童话》,不过,他所书写的始终是生活的童话,人们也可以给他其他的作品如此命名。简言之,他是第一位自然主义的浪漫主义者。

我们先前提到过,诗歌与浪漫在某种程度上是可以互换的概念。那么现在,自然与浪漫同样也是可以互换的概念,阿尔滕贝格的新艺术纲领就寓于这种三位一体的统一之中,即诗歌、自然、浪漫。

因而,我们在接近自然的时候,就是在接近诗歌,而我们在接近生活的时候,也正是在接近浪漫。这就是浪漫的自然主义的认识。老一辈浪漫主义者之所以对既存的世界不满,是因为世界在他们看来不包含任何诗意。故而,他们用所有不存在的事物和事件来填满它。相反,正统的自然主义者所表现的生活就是如其所是的样子,或者毋宁是似乎是的样子,他创作的时候,手里同时也拿着一把放大镜。不过,生活对于自然主义诗人,或者如人们给他们真正的称谓那样,唯物主义诗人,只有一半是存在的,因为,它充满了奇迹与神秘。"自然主义者"描述生活,但是,他忽视藏于生活中的童话。相反,"浪漫主义者"虽然表现了童话,但是却以生活为代价。因此,人们可以说,自然主义和浪漫主义这两者都是**同样主张非真实的艺术流派**。

于是,浪漫的自然主义者通过将二者统一起来,从而消解了这两个对立。对他来说,世界既不是一片虚构的魔法森林,也不是一块无诗意的细胞块状物,相反,他表明,那份已经研修完毕的有关骑士、小仙、魔法师、龙的参考书,在生活中是真实存在的,只不过更具有想象力、更为神秘、更富有诗意。他表明,那些所谓的老派"浪漫主义者",文学浪漫主义者,是可怜的业余爱好者,而且恰恰就是在浪漫这个事情上。

现实的童话

人类的想象历来致力于构想五花八门的奇迹故事。在每个民族自己的,而且一切又出奇相似的童话中,总有一个人以一双蝙蝠翅膀飞翔在空中,或者,他有一只可以唤来看不见的军队的银号子,或者,他被一只精灵或女巫迷住了。不过,如果我们看看现实,就会发现,它并不是那么可笑地创造着可信的、理性至上的东西,相反,其行为更为大胆、更为乌托邦、更没有逻辑。爱迪生从现实中唤出了完全不同的魔法机器,而不是几双可怜的蝙蝠翅膀,恺撒和拿破仑拥有的是完全不同的魔法号角,而不是那只普通的银号子。而当我们仔细观察美妇人的优雅所散发出的神秘吸引力,我们就不得不说,在现实中存在着远比格林兄弟(Grimm)和穆赛俄斯(Musäus)作品中更具影响的精灵、更加危险的女巫。甚至只要能够看一眼最平常的人的日常生活真正是怎样进行的,我们就必定会认识到,那些虚构的童话只不过是幼稚、缺乏想象力的故事,是每分钟到处都发生着的奇幻、更为不可信的童话的苍白且贫乏的拷贝。它们以为战胜了现实,而实际上远远逊色于现实。属人灵魂的生活是最深刻、最奇幻的童话。女巫、小仙、魔法师、龙实际上就存在着,只不过是未知的(incognito)。据说,睡美人(Dornröschen)只是一场梦幻。不过,她真的在睡觉,也许已经在最近的邻家屋里睡着,王子正走过角落。涡提孩(Undine)存在着,罗莉莱(Loreley)存在着,魔法师梅尔林(Merlin)也存在着,他们所有都存在。人们只是必须懂得去发现他们,于是,诗人就是为此而生。

比如,让我们看一下小品《美露莘》(*Melusine*)。浪漫主义者认为,曾经有一只林泉水妖,被雷蒙德(Raimund)伯爵当作老婆娶回了家,不过她必须时不时回到原来的泉水中,做一段时间林泉水妖,这样才能够再次充满元气地过正常的生活。不过,这在如今就不是真的。为什么是林泉水妖和童话伯爵?小甜品店的女售货员也同样浪漫。

> 也就是说,他首先得将她从环境中凸显出来,从环境中?! 无论如何都不存在任何秩序。他就在那里。而他在那里。而另一个他则在那里。而没有人在那里。她对任何事都不精通,怀有极大的善意,甜蜜的博爱心,对万

事万物都深为感动。这与我有什么干系?! 不是坏事。世界充满了可爱的事物。人们相互纠缠。另外一些人却要脱离开来。人们可能会进行决斗。可能会交谈。一个人会离场。一切人。不要。要。事情会变成怎样?! 要计算如此之多。可是人又太懒惰。就像暑气中的动物。噢,多好。振作起来。为什么?! 目的是什么?! 噢,S先生,美丽的紫罗兰吗?! 非常感谢。

这是她的生活。

而生活的严肃却绷着脸:"喂,小姐,覆盆子馅儿的巧克力多少钱?!"

"看您要多少。先生,十克十个十字币。"

这是她的生活。

而他将她凸显出来。

一会儿,她说:"喂,《潘神》中的这些画儿很奇怪,既漂亮又丑陋。上帝呦,我多么喜欢这个'工作室'册子。喂,这位默尼耶,这是那幅作品!这幅作品。这幅作品。整个作品!多好的作品!"

她丝毫不会窘迫,是在批判,就如人们在说:"它的结果是什么?! 好吧。它没有印行。对了,阿尔贝特很喜欢。"

是的。那是他所梦到的女人。

乏味的蹩脚作家会写道:"可是有的时候,罕有的时刻,她甜甜的脸蛋上出现一种——作者自己永远无法知道的——表情。"

不,作者无法知道的那种表情,永远不会出现在她的脸蛋上。她单纯地学,却不知道。就像胃消化食物,却不计算。她自发地在向一个既更为单纯又更为复杂的世界里生活。这个世界由奇妙的旅程组成。奇哉妙哉的世界。许多人用眼神对艺术作品表示感谢,他们在旅馆大厅也许会把它视作一文不值。她始终认为:"上帝呦,阿尔伯特多么仁慈。似乎生活中蕴藏了许许多多危险。但是,它们简直不敢靠近我。秩序赶走了它们。我的、我们的秩序。"

曾几何时,一位哲学家这么说她:"她的新陈代谢缓慢。一切都上好了油,进行了润滑,相互咬合。但是,发动机,运动脉冲的核心太过虚弱。请增加潜伏的张力!"

"我不懂,"阿尔伯特激动地说,"根本不懂,喂,您想表达什么?!"

"没有什么。她睡眠充足吗?"

"充足。"

"嗯,那么——一切都好?!"

"是的。"

曾几何时,一位哲学家这么说:"现在,战争不是人们所希望的。尽管如此,它令许多人着迷,在人群中搅起了混乱,冲走了挡在路上死气沉沉、沉重的事物。战争是对人类沉疴进行的玛丽亚温泉疗养。人们数着尸体,掉下眼泪。然而,其实为尸体落泪,是多么惬意的事。战争是好事。怯懦的灵魂,你们为什么要提前签订和平协议?!清理吧,死人吧——!你为什么凄凄惨惨地回望着被急流清理掉的尘土?!在另外一个地方,一株冷杉在动力的推动下正在迅速生长!"

"可怕的哲学家们,"阿尔伯特如是说,"他们并不了解细节,而且——"

不,我的朋友,要看本质!整个德意志都知道俾斯麦!这就够了!

"可是,我今天请教了 F 教授。您以为,人们在等着您?!"

不过,她丝毫不觉有何不妥。缓慢的新陈代谢!?上帝呦,人总不能一直在蹬车或者登山吧!?而且,就阿尔伯特而言——。世人及其流言蜚语对他是很无所谓的。安娜只需要蹬车并做她想做的事情。

曾几何时,哲学家说:"对于有机体的新陈代谢而言,充满爱意的一瞥远比 100 公里的骑行更有价值。而一次温柔的抚摩就已经远胜过穿行蒂罗尔、瑞士、法国、意大利的旅行!"

有人反驳说:"您明白了吧,这就是毒药!"

阿尔伯特夫人所理解的一切只不过是胡说八道。她说:"吵个不停?!滚,阿尔伯特,你被所有的事情骗了。"

一天晚上,卡波丝家的姑娘为晚餐带来了小糕点。阿尔伯特夫人和她交谈起来。这是个特别活泼的女孩子。于是,关于撒有菠萝糖层的榛子酱馅儿,她们展开了一场激烈的交锋。她那个时代还没有这样无趣的东西。倘若有人愿意,用草莓或者覆盆子覆盖还说得过去。但是,用菠萝吗?!这可真是单调。您知道吗,人们会把菠萝味当成什么?!当成软糖。不,您知道我最大的成就是什么吗?!是"维多利亚"。亲王总是捎话说:"要一公斤'维多利亚',让安娜小姐亲自带过来。"不过,安娜小姐从来没有亲自带去过。

"'维多利亚'吗?!我们也还有呢。"

"'维多利亚'吗?!小姐,您能想到我们的'维多利亚'是怎样的吗?软糯,十分软糯,但是还是成型的。B伯爵的确每个上午11点整,是11点整哦,会过来,我不用问,就给他打包好了。然后是'摄政王'!不过您可以想象到我一天可以卖掉多少个'摄政王'吗?!有一次,D

男爵夫人过来问:'亲爱的孩子,我今晚需要500块。'我回答说,男爵夫人,就算您给我1000块钱,我今晚7点之前只能给您提供100块。我们当时的情况就是这样!"

她们闲谈了很久。

于是,卡波丝家那位看起来特别活泼的姑娘由于对生意的衰败感到惭愧而悄悄溜走。

晚上在用餐的时候,阿尔伯特说:"那么,我的夫人今晚看起来的确很了不起。丝毫没有——。简直是返老还童了。"

哲学家认为:"所以说,安娜,你也?!请告诉我,谁是那个幸福的人?!你在谁的怀抱中找到了青春?!我绝不应该要求你鼓起勇气参加这样的剧烈的疗法!"

不过,阿尔伯特的夫人平和地坐在那里,缓缓打开一个小盒子,要看看里面有什么甜品。

想象的无价值

从前,有一位诗人是个另类,他身着宽大的丝绒短上衣,整洁的大胡子将他有教养的脸围裹起来。他坐在书桌边,"作诗",也就是说,他组合起各色可能和不可能的事物,发明种种场景和冲突,构思大量只会涌现在他头脑中的事件。但是,未来的诗人,根据阿尔滕贝格方法作诗的诗人,将根本不用"制作",比起其他一般人,他甚至制作得更少,但是,这恰恰使他成为诗人。

因为,曾经作为诗人特权、倍受赞颂的想象力究竟是什么?它只不过是糟糕的知识和艺术教养。它是某个个体有机物的主观性,它不得体地冒进并阻碍我们完全地领会自然和生活的诗歌。然而,自然和生活的诗歌以及想象力比最伟大的诗人要多上万倍。难道世界的诗歌存在于人的大脑,这个或多或少有害的计算机中?完全相反,恰恰在这里才最少。最为完善的诗人是最非个性的,是那个为自然与生活之诗构造一台尽可能完善的录放机的人,是给世界之诗尽可能少**阻力**的那个人。诗人是一个能够接受并传递诗歌的人,而绝不是一个制作诗歌的人。用一句话来说就是,他"对于世界之诗性的渗透性"的程度标志着他诗性能力的高度。

相反,**自动的**想象力是一种大脑疾病,就像其他所有病态现象那样有趣,但也同样无足轻重。此外,自动的想象力也是无聊的。唯一有趣的就是现实。主观性的诗歌因此恰恰是有害的。因为,它们将乏味的**自我**推到了有意思的**对象**之前。比如,人们可以对比人发明的游戏和动物的游戏。前者是无聊的大脑功能,后者则是生活的有机产物。当小狗或者其他任何动物嬉闹时,人们可以注视几个钟头,但是,要是能够围看一伙人打台球或打牌几个小时,那么这个人一定是被上帝抛弃的了。

想象力是某种属于孩子、女性以及原始人的东西。它无非是断断续续的生活观察、杂乱的思想、不充分的爱智慧的产物。摄影底片、显微镜、望远镜以及 X 光机都具有真正的想象力。这些设备完全不"具有创造力",但是,它们给我们想象生活带来新的联想资本,远多于整个世界文学的"想象创作"。为什么?单单因为我们有更优秀的**器官**,它们更敏锐、更微妙、更仔细、**更不具有想象力**。人的精神工作也是同样的。对于我们而言具有一台物理仪器般意义上的人,我们称之为有才能的人。天才不需要想象力,它只需要眼睛。天才的眼睛是全新的光学工具,具有此前闻所未闻的完善和精细化,它分解着、组合着,当然,只借助于**来自外部的客观**光源进行工作。天才是没有任何"与生俱来"的东西。一个人具有的"与生俱来"的东西,要么是伪装要么是自欺。

蓝花与矢车菊

阿尔滕贝格直接接续的是浪漫派,不过,他迈出了自然主义者超越浪漫派的一大步。他完全生活在浪漫派的理念和想象圈子中。对女性的尊重、发展论的唯心主义、艺术贵族主义、折衷主义等,这些都是浪漫主义的元素。不过,当它那些理想从天上来到人间,只是时不时半反抗地游荡在大地上,而阿尔滕贝格则让他的浪漫唯心主义从残酷、赤裸的现实中蓬勃而出。人们因而可以称他是一位**归纳的**浪漫主义者。旧浪漫主义者寻找蓝花而不得,这理所当然,因为,它只存在于他们的头脑中。而阿尔滕贝格,这位新浪漫主义者,则找到了它,对他来说,每一朵矢车菊就是浪漫的"蓝花",每一次最自然、最平凡的日常经历,就是最诗意、最具想象力的童话。

这便是阿尔滕贝格作品中蕴含的伟大艺术发展的可能性。"生活童话"一词也许有一天会成为一句伟大的诗人口号,就如他那个时代的"蓝花"。一位艺术家拍摄的孤独、覆盖着积雪的树,也许有一天远比描画的最奇幻的静谧生活更有价值。一个男童在圣诞节前的愿望清单,一份晨报上干巴巴的法庭笔记,一位学者对观察到的自然奇迹的客观报道,一个黄毛丫头幼稚的日记,一名女仆未署名的书信,这样以及类似的事物,倘若被一位诗人记录下来,也许有一天将会被视为唯一真正的诗作。如果有人批评说,根据这种观点,诗人就完全成为多余的了,因为,所有这些事物都已经现成地存在于那里。我们可以回应他:完全相反!比起以往,诗人会变得愈发紧俏和重要,因为作为这些事物的**发现者**,只有他们才具有洞察这些事物的眼睛、耳朵、神经。不过,是作为发现者,而非发明者。他们会把可怜的"发明"留给癔症患者、女才子以及蹩脚诗人们。

从诗人到改革家

阿尔滕贝格没有而且不可能有所发展，就像一颗水晶那样，根源在于他的精神结构。水晶的形式就是他的形式。他至多可以像水晶那样生长，即通过添加，也就是说，他仅仅在增多，但是保持不变。他起步虽然晚，但是他一开始就以相对的完美性，即从人们也许期待的那些东西起步。或许他会以另一种方式去做，或者，他完全不会去做，但是确定无疑的是，他绝不会把它们做得更好，因为，它们本身是绝对完美的，没有纠正和改善的可能。他给每部新的集子都添加了大量新的这类不可更改的不完美事物，它们完全类似于以前的，不过又不类似，就像同一件事物的不同方面是同一件事但又永远不是同一件事。不过，根据自然发展是不可能的。

不过，有一天他的确有了一种发展。

这种发展是每个有天赋的生物身上某种程度上预先形成的，即从诗人发展为思想者，从经验主义者发展为唯心主义者，从生活的改造者发展为生活的教师。

诗人偶尔看似真的拥有优先于其他生物的特权，即他们不必服务于任何显而易见的目的。许多人认为他们是奢侈的宠儿,作用仅仅在于增加世上的色彩资本并给人提供乐子。有些人甚至认为,倘若他们宣称,这一定是某个超凡之美好事物崇高的影像,就是在向一件艺术作品表示敬意。实际上,他们恰恰由此将至高的人类活动降格为发梦的儿童的嬉闹。

诚然在大多数时候,艺术家自己一开始就身处一种谬误中。观察事物的禀赋在他身上发展得那么异乎寻常地丰富和强烈,他很轻易地以为,这个禀赋就是目的本身,以至于搜集印象的冲动很长一段时间在他那里占据上风并且几乎成为一种怪癖,就像每个搜集者的活动那样。但是,有一天出现了一个时刻,这时他问自己,这一切的目的是什么?我们难道真的只是傻子和装场面的吗?我们难道只不过是裱糊匠、宫廷丑角以及人类消遣的筹备者?一切事物都有目的。而恰恰我们——这些相对优渥地得到装备的思想和感知仪器——却没有?

诗人在这个瞬间意识到,他代表着一种理念,而且从一开始就无意识地代表着这种理念,即他是某种自然思想、某种世界观的体现。于是,经验主义者就变成了唯心主义者,改造者变成了教师和改革者。诗人也是一种目的论现象,他在自然整全的经济活动中也有自己合乎目的的位置。总的来说,由此出发,他的整个唯能论才可以得到理解,这里才可以找到他本质的中心，他生命的策源地，从这里出发，一切都被保存在温暖和运动之中。如果有人想说，这是他的自然的一"部分"，是他的禀赋的一"面"，那么，这是最大的误解了。这毋宁是他最为内在的自然本身，他真正的秘密，一切禀赋的源泉。诺瓦利斯曾说，"哲人与诗人的分离是一种疾病和病态体质的标志"。这两种功能之所以不能分离，是因为，他们是同一种生物的功能。倘若他们分离了，那么，这个生物就会是病态的，就像肺和心脏的功能在人体内相互独立地工作。

观察的禀赋和交流所观察到事物的需求，是两种活动的根源，即改造性的和改革性的活动，它们共同构成诗人。他观察着各色事物，既有对他而言似乎是本质性的、但此前未曾充分重视的事物，也有似乎被他错误重视的事物，还有在他看来完全错误的事物。只有他才知道找出这一切，只有他才懂得将这些发现传达出来。人们称此为作诗。他是否有时传达出新的美或者有时传达出新的真，只具有相当表面的差别。

缄默的诅咒

我们在前面说过，所有人都是诗人，但是他们都只不过是在极罕见的瞬间才是，这些瞬间倏忽之间便逃离了他们的回忆。同样，每个人也都是思想者、教师、改革者，不过，同样也极罕见并且记忆力衰退。世界充满了这类健忘的人类改善者。不过,他们缺乏精神上的持久性、逻辑上的顽强性,尤其是勇气。大多数人羞于进行原创性的观察,他们认为这是一种对道德的犯罪。几乎每个人都可以让其他人受益,比如通过发现任何只有他认识到的新事实,纠正任何一个只有他看透了的谬误,解决任何一个只有他懂得的谜团。可是,他出于错误的羞怯和偏狭的谨慎,将这些事物埋藏在沉默中。他认为这些事物是不应搅扰未参与者的私事。但是,不存在任何私事。没有哪个真理是私事,没有人有权使之成为私事。没有哪个属人关联应该被窒息在沉默中,当它可以深潜到属人灵魂阴暗、隐蔽的深渊时,这时,它恰恰最值得被呈现出来,被大家观察、研究、理解、澄清。人们总是抱怨,灵魂的生活是多么不清晰、纠缠不清、无人能懂的事情,不过,倘若抱怨的人恰恰不愿意在如此胆怯和乏味的谨小慎微中得过且过,那么,它早就是一件清楚、简单、每个人都懂得的事情了。谨小慎微的意思是,阻碍真理的发展,阴险地消除每个在世者都有权去认识的巨大的普遍现实的部分。市侩总是良心败坏。仅仅这一点就是他身上的坏。难道整个世界上还有什么坏东西吗?当人们在谈及坏、真诚地谈及坏的瞬间,坏几乎已经是好的了,坏就从一个可鄙的错误变成了其他人可以从中学习的有价值的生活真理。

只有诗人不懂这种错误的顾虑。他无所顾忌地言说他的所有观察和发现，而不会不安地思前想后，这样做是否会令其他人和他自己感到尴尬和不舒服。他在揭露着。没有任何羞耻感。朝着左右，朝着所有方向，给自己看，也给周围人看，给他所遇到的死的和活的事物看。他解答人们常常永远都不会去说的问题，比如当他们缔结了某种不可告人的契约时，他们是永远不会谈及这些事情的。但是他打破了这种契约，纠缠每一个人，发表没人向他要求的喧闹且激昂的演讲。

没有哪个真正的诗人想要成为一个单纯的布景人，为生活装上一些或多或少多余的帷幔，以便对其进行"美化"。他丝毫不想美化生活，只想让它变得更有意义、更高尚、更深刻，这样，它自动就变得更美了。他是人类的室内建筑师，像一位优秀的室内建筑师那样，他首先并不关注最为显眼、最为耀眼的事物，不关注只是排面性的事物，而是关注有用和实用。他想要让我们向内的生存变得更为舒适。这只有唯一一条路可以走，那就是，丰富和完善我们的知识。他想令我们更为明智、更为成熟、武装得更好、生活上更为勤勉，他尝试了任何可以想到的方法。而在这里没有什么对他来说是无足轻重或者太没有诗意的。他今天探究属人灵魂最为神秘的基底和尘世命运最为深刻的纠缠，但是明天他也许会问，"一支好的羽毛笔必须具备哪些特征？宽、软，或者窄、硬？哪种鞋袜是最佳的?在牛奶里还是在滚水里煮咖啡更好?哪种通便方法是最值得推荐的?"

才能即广博

读者如今最忍受不了的就是这样的"离题话"。我们今时今日来到世上时,头脑仿佛已经分成了格子状。我们无法想象,一个人可以会不止一件事情。我们给每个人贴上某种标签,倘若他不遵守这些标签的话,我们便会惊讶、怀疑、感到受辱。

这实在是对真正的事实情况的完全颠倒。人们可以适度夸张地说,一个人要么可以会一切,要么什么都不会。所谓的特殊才能是一种假象,它的出现是由于每个勤奋的人实际上大多数专心于一件特别的活动,但是他之所以这样做,并不是因为他无法同样好地掌握其他活动,而是因为,同时很好地开展许多不同工作,是不可能的。因此,我们十分贴切地称一个只是草草、顺带、"出于乐趣"而做一件事的人为业余爱好者。但是,他身上的业余性并不是缺乏任意一种才能,而是缺乏彻底的认识和准备,缺乏研究和严肃。业余爱好者就不是一位真正为一项任务而工作的人。

不过,我们并不是因此就说,任何一件事都需要毕生的研究。因而，我们可以注意到，在真正文明的时代，所有有才的人都多才多艺。他们什么都做，也什么都会。在古希腊，一个想要被视为卓越的人不得不在几乎所有事情上脱颖而出，无论是作为音乐家和演说家，还是作为将军和角斗士都同样出色。希腊人恰恰会鄙视专才，这样的人会被看作"没文化"（Banause）。在整个文艺复兴时期，才能、德能（virtù）完全是与多才多艺一样的事情。当时，一位有才之人几乎掌握了力所能及的全部领域。只有在堕落的文化中，才会出现专家（Spezialist）。

然而，最为荒谬的是，要求作家专业化，因为，这种职业最为内在的本质在于，作家应尽力拓展自己。大约一百年前，在德意志文学的"全盛时期"也曾是这样的。不仅仅歌德和席勒，而且浪漫主义者和几乎所有当时有名的作家，都是涉猎最广的人物。他们就是一切。他们是戏剧家、学者，此外还是报道者、大学讲师、译者、导演，总之，他们掌握了与艺术和科学有关的一切。他们写关于哲学、史学、语文学、神学主题的论文，其间，他们还会解剖，研究植物，或者研究考古发现。接下来的一天，他们又写了一首抒情诗，或者导演了一出戏，倘若必要的话，他们自己也一起表演。接下来，他们又出版了一份报纸或者进行政治演讲。文人在当时是一个真正囊括了人们常常称之为"文学"的那个完整的巨大领域，几乎所有人类精神活动的事物都包含在其中。今天,文人是一个艰辛地在某一件事上训练自己头脑的人,比如,在抒情诗、新奇小说、散文、严肃内容的戏剧、内容轻松的戏剧上,文人是一个把全部时间只花在这种活动上,而不去关心其余生活的人。今天,当两位作家见面,他们一定先会聊他们专业最为密切相关的问题。然而,当歌德和席勒初次接触时,他们谈论的不是戏剧,而是"原始植物"。

因此,毫无疑问,作家的意义恰恰就在于其多才多艺和理解一切事物的能力。作家的巨大使命是建立联系和进行调和,他需要在艺术与科学、哲学与宗教、国外与国内、理论与实践之间建起桥梁,要能够做到这些,他必须与所有这些事物取得一种个人的关联。总而言之,他的巨大使命就在于,为公众解释生活,他是生活与公众之间的伟大代理人。代理人必须是一个消息灵通、老练、适应力强的人。

根本上来看,他的才能只有唯一一个,但这一个包含了其他所有在内,即理解。不存在什么特别的理解。人们要么因为自己具有优势的头脑、更敏锐的眼睛、更为精准地运行的大脑、更为灵活的联想能力,而对万物都具有理解力,要么他就完全不具备这种品质,于是,他就理解不了任何东西。一位作家的能力并不迥异于一位医生、法官、神职人员或者外交官所需要的能力。没有什么可以妨碍一位作家成为一名出色的侦探或者教师,只有一个事实,那就是所有这些职业对他来说都太过狭隘。因为,他需要满足一切,他是全人类的医生、侦探、教师、外交官。

《先驱》

但是由于人们绝对不习惯作家广涉一切这个事实,所以,当阿尔滕贝格冒天下之大不韪出版一本名为《先驱》(*Prodromos*)的书时,批评声铺天盖地而来——这本书的内容几乎不包括任何"小品",都是对生活艺术、卫生学、饮食学等方面独特的理论和实践说明。人们刚刚慢慢开始习惯他的诗歌作品的不足和古怪气质,他突然冲进哲学和医学领域而再次一鸣惊人,很明显,他在这个领域并不比他在诗艺王国中具有更多的居民权。人们最终无奈地接受了他是诗人这个事实,不过是带引号的诗人,但是他如今还想在这些事情上发表看法,就太过分了。即便他的尊崇者也深感失望。

诚然,必须承认的是,这本书具有的品质并不适于令广大的圈子获得享受。首先,其音调并不是对于每个人来说都中听。它是演讲的修饰中某种夸张的庄重,是某种持续的嘶叫、抬高、广而告之。阿尔滕贝格本人认识到了这一点。他曾以那种自我讽刺——这是他最为可爱的特点之一——的语气说:"阿尔滕贝格那故作正经的调调,经常妨碍我享受他那一丁点儿真理。"

不过,这最终是所有热烈情感在其中表现自身的形式。母爱、爱国主义、宗教性、性欲,总之,所有的爱在其表现中都是夸张、夸大、庄重的。人们可以说,所有真正鲜活的情感才具有超凡的伟大。这本书是由爱口授的,由对某种认知的爱,这是诗人一再不断激动地喊出来的,并且想要朝着每一位母亲、每一位医生、每一位路人的耳朵大喊的。由对人类的爱,他想以自己的方式带领他们前进并使之拥有更为幸福的生活条件。总的来说,这种热情的唯心主义正是为阿尔滕贝格所有作品赋予更为深刻的意义的东西。说他是一位有趣和有原创性的作家,也许是人们给他的最不恰当的称赞。他也许的确会成为这样的作家,但是我们丝毫不想追问这个,因为,他的优秀超出了这样的问题。才能无法独力造就一位作家,这个观点似乎终于逐渐开始得到认可。如今,几乎所有进行公共写作的人都有才能,只是有的人稍微多些,有的人稍微少些。不过,重要的并不是这个,而仅仅是,一个人是否言之有物,是否**不得不说**,他心中是否承载着某种强势地向外突破的东西。这样的人不适合客观且平实地言说,他们必须把事情做到极端,并且只能够大喊出他们要说的内容。

不过,这本书的阅读也因为某些形式上的障碍而变得困难。它编排得有缺陷，或者说，它丝毫没有编排。它是格言、寓言、箴言诗、定理等不加分类的集合，是相互之间毫无有机关联的各色思想的乱炖，甚至不是同质性的乱炖，因为，在大量教育性的观察中又可以看到小的轶事和肖像零星散布着，或者某个句子突然出现感叹，而在中间却是一个平平无奇的商业街道名。此外，他还把恩培多克勒(Empedokles)的原则——美好事物要说两三次(dis kai tris to kalon)——做了更进一步的发挥，因为许多内容出现了四次、五次甚至六次，而且在文字上没有任何变动。整部书读起来就像一份编得糟糕的遗作。无疑，它在外在形式上是阿尔滕贝格最冗弱的一本书。不过，有时也会出现这样的情形，对于某位艺术家来说，内容过于重要，以至于他会忘掉任何形式，或者其中的某个内容过于厚重，以至于破坏了任何形式。最后，帕斯卡尔的《思想录》、沃韦纳格的《反思》、黑贝尔的《日记》、诺瓦利斯的《残篇》，所有这些作品也都没有编排，但是它们包含着一种完整的世界观。还有，我们可以想象李希滕贝格这样的作家的作品是安排有序的吗？他曾经说过，"倘若我可以将我总起来思考的一切按照我自己的方式，而不是分离开来去言说，那么，一定会获得世人的掌声。要是我能够在我的头脑里拉起管道来促进思想储备之间的内在交易该多好!"但是，他恰恰不能，他只能"按照自己的方式"去言说一切，因此，他恰恰不能不加分离地去感知分离开的事物,不能在并非天然地联系在一起的思想之间建立人工管道。他只能按照事物在他头脑中的样子那样去思考它们。他太过真诚而无法成为有体系的人。他无法理解为任何体系构成奠定基础的安排和打磨工作。于是,一个无限的头脑与一个无限的自然对立起来,他满足于让自然大量地涌入自己的思想。因此,阿尔滕贝格可以引证这位十分有名的前辈,当他说,"把认识转化为体系,意味着想要将为数不多有生命力的真理淹死在谎言的死海里!"

尽管如此,我们仍然必须尝试,虽然不是将这些思想变为体系,但是要稍稍直观地为其进行归类并检验它们的关联性。

自然的奇迹

在《先驱》一书中间的某个地方有个句子,我们可以将其作为整部书的题词。这个句子是:"我的书,是一种生理学浪漫主义的初次尝试。"根本上来看,这不是其他,而是浪漫自然主义的原则的哲学化表达。人们可以把哲学自然主义一般地理解为一种趋势,它试图从纯粹自然的原则和关系中来说明世界及其现象,在这一方面,它以相同的程度与经验主义以及理性主义相类似。似乎如今也不存在自然主义与浪漫主义体系之间的桥梁,事实上,我们几乎始终都可以看到两个流派处于敌对之中。在上世纪下半叶,这种对立达到尖锐的程度,以至于有远见的人一定会注意到将两者进行统一的可能性。恰恰精确的自然研究所取得的巨大进步必定有利于这样一种和解。人们在彻底和严格科学的自然认识上的进步越多,就越需要再次接近唯心主义。因为,**解释**自然意味着发现它的**奇幻**。任何进入深处的解释都是对一种奇迹的发现。人们几乎可以说,一个时代的文化可以用它所能精确证实的奇迹的数量来衡量。

唯物主义曾表示,所有所谓的奇迹都可以得到机械化的解释,或者运用到人身上说,一切奇迹行为都可以得到生理学的解释。阿尔滕贝格颠转了这个定理,他说,一切生理学的事物只能被解释为奇迹,人类生物的神秘成就是有史以来最大的奇迹。

人们可以由此得到一个重要结论。如果所有自然性的事物都是奇幻和神秘的,那么,它也是精神性的。那么,"自然"和"精神"就只不过是两个错误的词语,是两个对第三种事物含糊且不贴切的表述,而这个事物是无法言说、无法理解、但是是唯一真实的事物。我们在这里处于一种认识的门槛,同时也处在它的边界。这才是正确的地方。因为,认知无非就是**极限值**。这里的边界概念就是奇迹。因此,我们现在能够安心地说,只有当一种认知是神秘的,才是认知。

然而,这样一种观点总是受到怀疑,原因在于一种假神秘主义。真正的神秘主义并不是逻辑学的对立,它甚至是逻辑学的胜利,因为,它无非是一种包含了低等逻辑学的高等逻辑学。就像微积分与日常低等、普通数学的关系,神秘主义与日常低等、普通的逻辑学之间也是如此。

诺瓦利斯与泛魔力主义

想到大约一百年前,另外一位"先驱"已经以同样不完美的方式做过这样的尝试,这的确有些奇特。这就是诺瓦利斯和他的"魔力唯心主义"(magischer Idealismus)。这个名称是在费希特独到的术语影响之下形成的,这样的术语在当时很常见,不过我们也许可以更为简单地将这种世界观表述为**泛魔力主义**(Panmagismus),这种叫法类似于人们称黑格尔的体系为泛逻辑主义。因为,这种哲学在周遭看到的都是奇迹,并且想要知道对万事万物奇特的解释,诺瓦利斯在这里所理解的奇迹和魔力当然不同于魔术师,后者曾在那个时代引起多么热烈的轰动。沉睡的奇迹,倘若利用得当,它的力量无所不能,对于诺瓦利斯来说,奇迹就是精神,无论它在哪里、以怎样的形式出现。精神究其本质而言是无限的,因此,其力量的可能性也不存在特定的界限。如果说,我们今天能够借助精神来指挥某些肢体，那么，我们是否有一天也能够任意地驱动身体的所有部分甚至整个世界，只取决于我们自身，这就是魔力唯心主义的基本观点之一。在十九世纪划时代的成就——这被"自然科学世界观"的代表人物引证为他们学说的主要支撑——中，诺瓦利斯也许看到了他的世界观最为有效和最为重要的证据。人们能够从深处和表面看到同一件事情。用电报、电话、蒸汽机对地球的征服，用摄影、留声机、摄影机对人的记录，化学和医学中取得的进步，普鲁士政治和战略的成就，这一切都是寓于魔力唯心主义思潮中的事实。奇迹和神秘主义的时代还没有过去，它们才刚刚开始。诺瓦利斯所理解的神秘主义可以用他的残篇里一句隽语来说明："一切被拣选的都与神秘主义有关。如果所有人都是一对对相爱的人，那么，神秘主义与非神秘主义的区别就会消失不见。"

出于精明的无私

阿尔滕贝格将自己的生活哲学建立在一切生理学的事物都具有灵性这个基本原则上。只有当一切自然性的事物能够转化为灵魂性的事物，那么，它才会促进生活，因此，身体最佳的卫生措施是对一切感受的精神化。比如对性欲：

"'没有爱'我也可以享受,"蠢货如是说。

六十岁的他得了严重的胃病。

"他活太久了——,"人们这样说。

我认为,活太少了!

"我再也无法忍受自己的灵魂活动",生活的弱者如是说,然后钻进窑子去减少它的活动——

对一个人的教育,意味着能够把他的性事转变为灵魂事务!然后,反向转变将会自动发生。

成为自己的世界银行!

成为自己生命力的范德比尔特(Vanderbilt)。

尤其是:要等待那些你能够为之日日夜夜极其操心的人,就像一位母亲对她柔弱的婴儿那样操心。无尽的力量只会来自你的灵魂活动。来自渴望的内在活动和深情的忧心!

"无爱地"竭尽精力的人多么可怜!他所施予的力量不会有任何回馈!

他给自己培植了未来的新陈代谢病,可怕的报复呦!

性事只应该是"对大量聚集起来的灵魂生命活力最终不可避免的释放"。因为,一切卫生学最本质的原则是"生命能量的蓄积"。一种聪明的机制必须能够在自身存储巨量的动力力量,但不用打开保护阀。"贝多芬只能在交响曲中得到释放!他所能支配的手段别无其他!"

最佳的灵魂饮食学却是无私。

> 我的狗已经吃过了吗?
> 我的金丝雀换过新沙子了吗?
> 我的玫瑰晒过太阳、换过水了吗?
> 我太忙了,谢天谢地!而且是忙于爱——
> 女士,您也应该为自己着想——
> 我也为自己着想。恰恰因此,我才从不想我自己——

阿尔滕贝格称这种正面理解的自私自利为"无私的生意"。

> 比起对自私的满足,他给予了自己的无私的意识更多生命力!不过,这可不是"祈祷来的宗教",而只是一门人们"与自己做的"生意,而且是基于自己的"生活的钱夹子"。这是最赚钱、最保险的!是唯一的!不要让人踩死金龟子!比起面临死亡的它,你由此可以获得的生命力要更多!拯救它,意味着拯救你自己!

"我同时既播种了也丰收了",一个男人这么想,当他在街上给一个穷孩子买了一个机械铁皮傀儡。"只用了一个半克朗,我几乎得到了暴利!"

实际上,难道这其中没有包含一种伦理的高等发展以及基督教与现代现实感之和解的唯一可能性?无法反驳的是,始终只有通过唯心主义,全人类和单个人的进步才能得到重要的促进;不被其他任何低等的目的观念所败坏的热情,是取得一切伟大事物的唯一有效工具。出于精明的无私精神,出于自私的唯心主义,这也许是一种未来伦理学的表达。有朝一日,人们也许将明白,耶稣才是有史以来最精明的人。只有当人们懂得钦佩他高尚、新颖、独特的精明时,才会理解作为榜样的他。"跟从我"于是就意味着,像我这样精明,像我这样有知,要做到不实际那么实际,要做到不自利那么自利,要做到无私那么自私,要做到看轻生命那么具有生命力,要做到还能给予别人那样富于力量。根本上来看,尼采所表达的与耶稣如出一辙。"我在教你们要爱邻人(Nächstenliebe)吗?我在教你们爱远人(Fernstenliebe)。"人们应认为,这并不是对无私的反驳,而是一种提高和扩展。

我们今天也已经不再说比如性情野蛮或者残酷等品质,说它们是邪恶的,而是说它们是丑的。这种说法似乎并不深刻,但是实际上,它是一种更为深重的控诉,因为,美好是比道德更为普遍的生活需求。不过,倘若人们称最大的"恶棍"——他远离社会评价,甚至还会引以为荣——是丑的,他总会受到伤害。说得再明白些,"邪恶"是**自然的拙劣作品**。

不过,无私、唯心主义、忘我等,当然不是多愁善感和情绪的问题,而是大脑和知识的问题。阿尔滕贝格也十分清晰地理解了这一点。如果人们想要把他视为"性情"、恍惚游荡的善、软心肠的感伤的捍卫者,那么,人们就大错特错了。对于这些田园式的情感,他曾说过十分尖锐的话:

> 我诅咒那些称赞儿童、少年诗歌的人。这是对人心中"白痴话"的赞颂!只有"有知者"才可以是幸福的,即成人、"观察者"!只有上帝才会是幸福的,因为他是"全知的",是一切杂乱的清理者,漂浮在黄昏中的万物之上!女人永远不会是幸福的,因为她们并不掌握自己命运。因此,她们一生都是悲剧的人物。
>
> 噢,美妙的童年时光,如果你不只是那么愚昧的话!噢,美妙的童年时光,如果你不只是那么不安全的话!你总是会把颠茄(Tollkirsche)当成樱桃(Kirsche)——
>
> "但是,这恰恰是感人和诗意的地方啊",一位女士用她深情的眼神反驳说。

"我并不这么认为",我干巴巴地回答说。

每个人都应该是"自己'生命能量'部队的毛奇"。"'我爱你'这句话应该用'我懂你'这句话替代。"那个"多愁善感的傻瓜"说,"一切智慧寓于善之中"。那位"高度发达的人"说,"一切善寓于智慧之中"。只有有知者才会是善良的。

人必须始终都武装着,对一切做好准备,始终保持着警惕。在一切可能出现之前,他必须已经有所估计。因此,一种智慧生活的条件甚至还包括了某种被迫害的妄想。因为,审慎的人始终最先注意到的尤其是不利的可能事件。它们不能给他带来震惊,他必须早已在内心预料到它们。当阿尔滕贝格谈到"乐观主义杀手"时,所指的就这个意思。"做好准备才是一切"这句话,或许是有史以来一位诗人所讲的最阳刚的话,也会出自他之口,尽管许多人把他视作是阴柔艺术家的类型。

街头思想家

阿尔滕贝格的生活智慧的罕见和独特特征,恰恰来自这种智慧是明确以生理学为导向的。提供生活智慧的格言,或多或少是每位思考的作家的天性使然。但是,阿尔滕贝格首先丝毫并不关心这个,他想要给予直接的实践性建议,《先驱》就像一种写给现代人的处方书,关于吃饭、喝水、睡觉、走路、呼吸、消化、衣着、护理。阿尔滕贝格在其中显得像一位街头思想家,就像他在小品文中看起来是一位街头诗人那样。1900年前后的人应该如何做饭、咀嚼、吸收和分解、吸气和洗浴、运动和休息?这本书想要回答的就是这些问题。

对此,没必要大惊小怪。人们只需要去想想,几乎所有宗教都是基于生理学的基础,即便绝大多数的哲学之根基也都可以追溯到一定的生理学机制。因为,做哲学的绝不仅仅是头脑、洞察力、逻辑认识,而是整个有机体,血液循环、视力、听力、消化系统、社会和经济地位,以及其他种种一般被认为世俗、次要和鄙俗的东西。最后,任何哲学无非是把某种个体有机体系转化为某种个体思想体系。

此外,人们最后还应该学会,认识到轻视所谓的肤浅的生活事物,是多么肤浅。尼采曾说,"由于在厨房中理性的完全不足,人的发展受到最长久的遏制,最糟糕的损害。直至今日没有丝毫好转"。

在这种情形下,专业医生立即就会搬来"门外汉""业余"等词,并且以为什么都得到了解决,而自己则被豁免了继续学习的职责。我们已经有过多次机会稍微修正了"业余"概念,但是,结果表明,这个概念大多数时候意味着被偏狭和对某些落后因素的不满而引起愤怒的谩骂。无论在科学还是在艺术中,这都适用。整个科学的历史是为业余主义价值树立的一个持续的例子。我们要将能量守恒定律归功于一位名为焦耳(Joule)的酿造师。每个孩子都知道蒸汽机是如何被发明的,人们不得不承认,那是一种不那么科学的方法。弗劳恩霍夫(Fraunhofer)曾是磨镜片的,法拉第(Faraday)曾是装订工人。歌德发现了颚间骨,门德尔(Mendel)牧师发现了他那基础性的杂交法。迈宁根(Meiningen)公爵是艺术上的业余的王公,创造了一种新的戏剧风格,普利斯尼茨(Prießnitz)是科学上业余的农民,发明了一种新的治疗方法。这些都仅仅是十九世纪的例子,而且无疑只是冰山一角。

十分值得怀疑,一位具备最为必要的知识的诗人是否就不能比一位最有经验和受过训练、但缺乏直觉的专业医师,就卫生学谈得更恰切和更深刻。那么,总的来看,什么才是诗人的主要能力?对他人的痛苦感同身受的能力,在自身感受其他生物的整个生存的能力。他比其他人都更能理解同类的灵魂,那么,他为什么就不应该更能理解他们的身体?倘若他的研究带来的结果无非是通过自我观察来护理机体,那么,这样的研究就已经是有价值的了。每个人在生理学上也是一个极其独特的个体,实践医学在最为罕见的情形下已经足够注意到这个事实。不过,每个人都可以通过尝试成为自己的诊断者,并探究所谓每个人的"个性新陈代谢平衡",从而毫无困难地为自己获得这样的认识。

空气与睡眠

阿尔滕贝格对所有卫生学和饮食学的原则性要求是,尽可能地爱护我们器官的力量资本,并且尽可能地提高它们的效能。因此,比如,他只赞成人们穿最为必要的衣着,因为衣着意味着对活动自由的压抑。

> 身着任何长袍时,人们必然能够以极为迅速的速度做向前和向后的深度体前屈,深度的跪膝,脚后跟触臀,前踢腿或者侧踢腿,向上和向侧边的手位动作(Port-de-bras),向下、向上、向侧边、向前的冲臂动作!任何一件长袍也天然地是一件训练、舞蹈衣!是对灵活性和自由性的保护!是对你活力的温和、小心的蔽护!"它是一件训练衣?!我去皇家剧院看戏时穿的正是同样的衣服!"

所有与之相对的,令人滋补的、提高的、给人启发的,都是健康的。根本上只有这些:"自由锻炼得可以在巨型机械琴上演奏出美式进行曲的巨大音量,空前精确、迅疾地演奏,类似于一场运动战役"和电子震动按摩。同样也好的是"爱人的手温柔、轻快的抚摸,悄悄地,在桌子下面,晚餐期间"。然而,人最为重要的复原机制就是空气和睡眠。

只要你说,"嗯,我承认,这间屋子的空气臭氧不是很足,森林的空气则不同——",只要你还具有调笑和讽刺的特点,那么,你还不成熟,是不可救药的。只有当你把自己不得不在其中呼吸的任何一个屋子里贫氧的空气,感受为对你的机体致命的损害,对它的犯罪,对自己的残害,你才走在了成熟的道路上!认识也是不强制的。只有绝望才是强迫性的!

关着窗子睡觉并以这种方式再次吸入机体作为废气排出的空气,"意味着做一个愚蠢的自我欺骗者"。阿尔滕贝格在他颂扬透彻、新鲜、富含氧气的空气上走得那么远,以至于甚至推荐了过堂风。不过,乍看上去,这丝毫不那么荒谬,因为,人们很轻易就可以注意到,那些最小心地避免过堂风的人,常常是最受其害的人,他们因此而害怕过堂风。值得一提,古希腊文中没有一个表示过堂风的词,也许是因为他们完全没有认识到这个可怕的危险吧。

阿尔滕贝格在热情地赞颂睡眠上最为不知疲倦。"使人们认识到充分、睡到自然醒的睡眠的价值,是一个远比世上任何戏剧和诗歌都更为有价值的行为。"睡眠对他来说是治疗一切神经系统损伤的万能药,是"所有在日间战斗中流失的力量的补偿"。在这里没有传统的计时。甚至安眠药也是允许的。"请以人为方式入睡,以便自然地清醒。"

餐饮规则

位于整个健康学说中心的是正确饮食的理论。它虽然遭到最多的异议,但是,也包含了最多的启发。阿尔滕贝格在这里的立场仍然是,机体必须以任何可靠的方式减少工作。因此,他尝试将消化活动降到最低。所有被运用到摄入营养物消化过程的能量,在他看来都是力的浪费。故而,只摄入最容易消化的膳食,即便是那种已经是最接近糊状、半流体形式的膳食,应该被人们当作不容更改的原则。熏肉是该谴责的。饭菜所有结实的剩余部分都会被人排出去。人们要支持整个过程,倘若必要,要通过泻药。而且在数量上也要限制在最为必要的数量。只有当有了最无法克制的需求时,才可以去吃。人们所吃的只能是其为了保存机体所需要的那么多。"我们要成为一个高贵神秘的化学蒸馏管,而不是碎石机。""吃一顿对机体而言并非绝对必要、同时也不是最易消化的饭菜,将被谴责为对道德的犯罪。"思考着的人必须从每餐饭的力量中扣除用来消化的必要力量。故而,他主要应该吃某种程度上已经被提前消化过的糊状物。在吃饱之前就应该停下来。完全饱的状态就已经是吃过头了。

> 榨干每一顿饭菜的力量、灵魂,避免任何剩余。吃轻简的粥时借助牙齿和唾液可以利用起来的,就都吞下去。其他的,就不要吞下去!
>
> "当您吐出豆皮的时候,让我觉得恶心",一位女青年这么给我说。我回答说:"当您吞下这种无法消化的东西时,让我觉得作呕。"

顺道说一句,如今在美国已经有一种与弗莱切(Fletcher)的名字联系起来的运动,它以不同的形式所要达到的目标却与阿尔滕贝格的饮食学是一致的。弗莱切要求他的门徒,要长时间地咀嚼食物,并用唾液将其湿透,直到它们完全淡然无味。无法被处理为粥状的剩余物必须被吐出来。甚至如牛奶、汤、葡萄酒等流体也都应该被吃透味道。也就是说,弗莱切比阿尔滕贝格还要进一步,因为他不仅仅想要给胃带来一种粥状,即经过机械消化过的食物,而且甚至是一种几乎完全被提前消化过的,因为,在口中将饭食完全加工至无味,也意味着一种十分充分的化学消化。根据一些长时间"弗莱切化"的人们的说法，通过这种进食方法，吃饭的需要就会自动降低到一个极小的量。此外，一流学者基于统计学研究得出，身体和精神效率经过弗莱切的方式都得到了提高。

作为生活艺术的清教主义

如果总体上观察所有这些生活规则，我们随处都可以发现作为基本原则的彻底的清教主义。实际上，看起来这似乎总的来说要成为未来精神生活的标志。根本上来看，所有主要的现代思想家都是清教主义者。这里并不方便进一步展开，因此，给出暗示就已足够，不仅易卜生和托尔斯泰都有清教徒倾向，这是为人们普遍承认的，而且尼采哲学最深刻的意义和萧伯纳戏剧最内在的意图，都是极为显著的清教主义。此外，现代艺术清楚的简单化、简约化趋势中也蕴藏着清教主义的特点。机器无疑也是最为清教主义的事物，我们在这个东西身上看到的是现代人的伦理和自然榜样。

这种清教主义决不应该混淆于苦行式的对世俗的藐视，相反，它是一种对生活进行肯定的形式，是生活艺术的要素。其实，伊壁鸠鲁就已经发现了它，一种哲学错误地与他的名字联系在了一起。这种哲学意欲成为清教主义的对立面，它教导人们,欲望之所以是有害的,是因为欲望烦扰灵魂和身体的平衡,口腹之欲是享乐和真正幸福的敌人。

现在看看针对阿尔滕贝格饮食学的一些非议。首先,针对尽可能少地进食没有什么可以异议的。我们所有人吃得过多,完全是个事实。中欧温和的气候丝毫不能为其大量的脂肪消耗辩解,就如当今文明人过少的身体运动之于其大量摄入糖类食物。即便我们的平均蛋白质含量也过高。即使节制的人在这些事情上也始终都是忧心忡忡。众所周知的是科尔纳罗(Luigi Cornaro)的例子,他每天只吃一颗鸡蛋并喝一些葡萄酒,以完全健康的状态活到了百余岁高龄。拿破仑无疑是个具有极其活跃的新陈代谢和能量消耗的机体,他曾说:"即便人们摄入很少的食物,仍然吃得太多。吃太多会生病,但是吃太少则永远不会。自然赋予我两个宝贵的能力,一个是任何时候、任何地点都可以睡觉,另一个是吃饭与饮酒时从不会过量。"事实上,每个人每天都可以在自己身上观察到,消化过程在某种程度上会阻碍精神和灵魂活动,可以用于其他更高目的的能量将会被占用。燃料被低的方面消耗掉,高的方面自然就不足。如果饮食中的节制为大多数人带来不适,那么人们不应该忘记,人的机体是令人赞叹的有弹性和有适应力,它既可以轻松习惯于过多和最大量,也同样可以习惯过少和最小量。因此,从富足向不足的食物摄取过渡,总会伴随有一定的难受,不过,这仅仅是很快就会消失的去瘾现象。服用砒霜的人也会觉得不舒服,倘若砒霜的计量被限制了。不过,没有人会说,从中可以看到砒霜消耗过少具有害处的证据。因而,阿尔滕贝格对饭菜量的规定,不难得到辩护。

饭菜应该容易消化,这一点也不会有争议。这不仅是一个卫生学的问题,也是一般文化的问题。如果更进一步观察,人们会发现,随着愈发提升的文明,饮食也变得愈发简单和随意,以至于可以制定出一种烹饪的等级制,它自下而上逐渐简单化、去脂肪化、去糖化、去面粉化。也就是说,它从对于我们的理解而言几乎无法下咽的东方和匈牙利过多调料、过多糖分、过多油脂的烹调开始,然后经由奥地利和南德意志,再经北德意志和法国,最后来到其餐谱几乎只是用煎肉、蔬菜、蛋类以及奶酪做成的英格兰。

虚脱的大肠

不过,人们只应食用粥类饭食,则令人起疑。因为,这样的话,肠子会出现什么情况?毕竟肠子不只是一个"神秘的化学蒸馏管",而恰恰也是一台"碎石机",消化只有一半是化学过程,还有另一半是机械过程。与其他肌肉一样,肠肌肉也是肌肉。众所周知，每一种肌肉都具有的特性是，会因静止而退化，也就是说，会"虚脱"。想要拥有强健二头肌的人就得锻炼，也就是说，他给自己的二头肌在可承受的范围内"施压"。习惯性地食用糊状物的后果将会是大肠松弛。

阿尔滕贝格曾让笔下的"蠢人"说，"嚼得烂一些就好了！"随之回答说，"那么，吃皮带吧，在碎肉机里磨碎成粥，也就是说，嚼得更烂！"不过，其他人——倘若恰恰不是蠢人的话——可以立即反驳："纤维素作为我们日常食物重要的组成部分，像皮带一样，同样难以消化。"有不少生理学家恰恰推荐纤维食物，正是作为肠肌蠕动的刺激手段。邦格（Bunge）曾尝试用无纤维的食物喂养兔子，这导致大肠活动堵塞，这些动物无一例外大肠发炎而身亡。只用牛奶喂养的老鼠会死于大肠缠绕。人类的大肠固然不像食草动物的肠子那么长，因此不会因食用无纤维食物而有性命之虞。尽管如此，从这个实验可以足够清楚地看到，纤维和类似"难消化的"物质作为机械刺激手段也会对我们具有巨大意义。于是，我们可以得出结论说，完全食用粥类要么是一种单纯的病人饮食，是一种对于那些已经虚弱到无法满足食物对消化部分所提的正常要求的机体而言的应急饮食，要么隐藏着如下危险，即会系统地导致我们身体的器官系统功能下降，甚至退化。

疾病的价值

不过,人们在这里也可以反问,为什么不呢?由于人的发展明显越发地精神化,人的发展为什么不应该寓于消化工具的退化?随着这些服务于最为动物性的身体功能逐渐退化,难道随之而来的没有可能是一种人类的精致化和超凡脱俗?

我们在本书第二章已经试图表明,颓废很难被视为一个逆向发展的症候。被我们称作疾病的东西,常常只不过是一种精神化的形式,即便在真正疾病的情形下,人们经常已经注意到,精神的效率不仅没有降低,反而增加了。疾病之价值问题因此受到一些最为深刻的现代思想家最为严肃的关注。黑贝尔在其日记中说,"比起所谓的健康状态,疾病状态其实更接近于真正(持续-永恒的)状态"。诺瓦利斯的说明相当断然,疾病可能是"我们沉思和活动最为有趣的刺激和材料",因为对于如何利用它们的技艺,我们知道的还非常不完善。他总结说:"疾病难道不会是一种更高的综合的手段?无论哪里,最优秀的事物难道不是从疾病开始?"尼采这位现代颓废的最激烈的斗争者,最经常地强调疾病对于精神的自我约束,以及对于尤其是具有艺术气质的人的灵魂发展可能具有的意义。

病态的新身体

我们曾说,新的理性总是先产生可笑的效果。那么,新的身体也总是先产生病态的效果。一切逻辑最先作为非逻辑而出现,一切健康则作为非健康。那么,怎么会发生年轻一代总被老的一代说成是颓废、扭曲、劣质的呢?倘若我们翻看历史,曾经是否有老年一代说过"我们承认,如今的年轻人比我们更为进步、更有效率、更有处世能力、更有洞察力"?如果我们的时代被认为是退化的,足以令它慰藉的是,每个时代都曾被认为是退化的。我们单单在过去一个半世纪德意志的精神没落中都经历了什么呦!"狂飙突进"是发狂的、野性的、放纵的,没有理性和道德。《维特》是怯懦的弱者的福音,《强盗》是犯罪者的简明手册。浪漫主义者打破了礼俗和道德的一切法则,钟情于惹人憎恶的无意义、无关联的荒唐古怪。"青年德意志"动摇了国家和社会的根基。自然主义将丑陋举为旗帜,易卜生是愚蠢和癔症的使徒,尼采教导了粗野、玩世不恭的自私自利。值得惊奇的是,人类竟然克服了这永无止境的持续的一系列退化,而没有早早就崩溃掉。

在某些方面,我们的确愈发地颓废了。这完全不可避免。乘坐火车的人必然要比骑马出行的人更为神经质,电气时代的人又必然要比单纯"滚轮"时代的人更为神经质。

因此,我们就放心地让未来的人颓废吧。也许他的确会拥有更为虚弱的肠子,一条病态的肠子,甚至没有肠子——不过也许会有其他替代物。

作家的霸权

我们已经习惯于将一位诗人看作这样一个人,他在外在于现实生活、完全处于其边缘的某个地方,居于斗室,搜集着素材,沉思着、书写着,停下来,抹去,再次沉思、再次书写,组合,改写,倘若最终用许多智慧或者美妙的东西填满了许多纸张,他会出版一本纸质书。简言之,是这样一个人,他生存的一半是阅读,另一半是书写,而生命的象征则是那本书。

这种看法对于我们来说如此理所当然,以至于我们无法想象人们对此有过其他的看法。尽管如此,对诗人的这种理解是相对比较晚近的,是十八世纪的新收获。当时,文学在整个欧洲占据了优势。在我们今天看来几乎是文化酵母的那种人类精神活动,直至当时才取得其统治地位。在英格兰产生了写作性学者的类型,他书写着,不停地写,不仅仅是为了促进自己的研究,而且也为了向其他人施教。从此,英格兰给整个欧洲大陆提供了详细、可教、可学的科学,即作为文学产物的科学。同时，人们在法国构设出了时评家的形象，他懂得以娴熟、时新、有趣的形式对待一切，无论是生活和艺术，还是信仰与国家。处于领导地位的是伏尔泰这位有史以来最为卓越的报导者。这两股潮流于是汇合到我们通常所称的"启蒙运动"。一切事物一下子都成为了文学的对象，无论是政治、社会，还是宗教。人们不再像中世纪时期那样身处阴森的寺院高墙背后，在炙热的狂热中寻找上帝，不再像宗教改革时期那样手持长矛或者镰刀为上帝大打出手，不再像文艺复兴时期那样在艺术作品中颂扬上帝，相反，上帝来到书籍、小册子、宣传单、教诲性的小说和哲学对话中，成为了一件文学性的事情。此外，在新颖便宜的木浆纸、印刷机、更快捷的交通工具等的促进下，出版业得以扩张，使得整个发展得以完满。我们今天总的称为"精神生活"的事物，四分之三基于书写作品。

然而，情形并不是始终如此。古希腊人也有过大诗人、大哲人，但是，却没有过职业作家。像修昔底德、色诺芬或者柏拉图等如此优秀的作者，某种程度上总是在兼职写作，他们的文学活动只是他们现实生活的一个注脚和眉批。直至随着古希腊文化的衰落，随着亚历山大城的建立，才兴起了图书馆、博学(Polyhistorie)以及大量的书写。荷马原本并不是为古希腊人而写作，因为，他的诗作只是通过口传而得以流传，他持续的影响并不在于人们阅读他，而在于人们吟诵他。

在接下来的时代,在中世纪,根本谈不上什么公共写作,而且有一个极其不幸的原因,因为大多数人没有阅读能力。此外,许多诗人也无法书写。

随后在文艺复兴时期,人们脑袋里装着完全不同的事物。一开始,大部分能量被公共生活所消耗。每个人不得不为自己的性命负责,人们生活在一种有性命之虞的持续压力下,整个意大利都是一种有组织的无序状态。生活处于持续的动荡中,人们几乎难有悠闲地坐在屋子里的可能。不过,人们也完全不愿意。这会迫使每个人去加入政治生涯的赌博游戏,成为大公或者主教的大好前程其实对于每个有能力、实干的人都是存在的。最后,人的雄心和创造力关注的是造型艺术。能够制作美妙柱形立像或者绘画的人才是伟大的人。切利尼(B. Cellini)是整个意大利最受欢迎的人之一,不过,他只是一位普通的金匠。一部像《浮士德》或者《扎拉图斯特拉如是说》这样的作品在今天拥有的颠覆性巨大影响,在当时是一组大理石群雕或者大型绘画所具有的。当然,人们在当时所理解的造型艺术家也不同于今天。那时,人们对他的要求不仅是特别忠实、特别独特地再现现实,还要有思想,有一种完整的世界观,他那具有一切高度和深刻性的精神个性,他的整个上帝观、生活观、人类观,都必须包含在作品中。人们因此可以说,权威的画家和雕刻家对于那个时代的意义,和一位权威作家对于我们这个时代的意义是同样的。人们在当时只是以不同的材料作诗。

后来不久开始繁荣的英格兰,主要产生出戏剧、诗歌以及论说文。不过,它们在当时主要并不是创作性的东西,而是一种特定的、变动的生活的表现和痕迹。它们只是现实投射的光影,而这个现实就是影子所围绕着的东西。莎士比亚绝对不是作家,他是个戏剧行家。可以说,他制作一些戏剧,顺手把它们写下来,出于一个完全机械的原因,不然的话,演员无法背诵下来。也许莎士比亚从来没有想过制作一部大戏而不去考虑它的上演,就像歌德不止一次这样做。直至十八世纪,人们才将莎士比亚变成了文学上的事。即使在英格兰,人们也并不把他视为作家,他的戏剧是作为台本流传下来的。有人责备英格兰人,说他们不懂得尊重他们的莎士比亚,否则就不会让他的书如此败坏下去。不过,这个责备是没有道理的。不加注意的根源是那个时代的精神,人们在当时对成文的戏剧并不重视,没人会想到这些剧会在现实的舞台之外,被包装在纸质书中,还会再次获得生命。作家在当时还没有被发明出来。

如今,他则处于他的发展和影响的顶峰。他是人类的精神代表。他几乎吸收了一切可以想象到的职业。政治的喉舌不再是演说者的讲台,而出版才是。贸易的喉舌不再是市集,而是人们在其中写字的事务所。

今天想要创立一个宗教的人,必须写书。某些方面,尼采的作品至少有这样的目的。如今,科学课程最为有效的接受来自书本。1840年,卡莱尔(Carlyle)就说过,"如今真正的大学是一些书本"。今时今日,由于几乎每个想要在精神上产生影响的人,都被指向了写作,我们就不必惊怪于,比其他任何人都更接近于写作活动的诗人,在今天是作家了,而且只是作家。

诗艺是返祖现象

表面看起来,似乎整个发展正要超越其高潮。文学从今往后将一劳永逸地成为最为重要的精神表达手段,并不是确定无疑的。首先是由于一个外在的理由。以前,作家无法占据主导地位,是因为交通技术发展得不完善。当时没有有组织的邮政,没有廉价的运输工具,没有国际货物安保。成文的话语并不在本质上胜过口头的。不过,如今极有可能的是,未来恰恰会发生完全相反的事,作家将退出,因为技术发展得过于完善。人们又将能够返回到个人的影响。首先,距离变得越来越小,一个人能够多迅速和轻易地取得进展,只是实践问题,是能力问题,理论上没有任何限制。此外,电话、留声机、摄影机等设备刚刚处在发展的开端,还具有不可限量的可完善性。极有可能的是,电视机的发明指日可待。那么,倘若人们在精神上提前预计到所有这些东西,就可以说,完全有可能的是,一百年之后,将会有一种传播上的效力,它在渗透性、多元性以及灵活性上都远胜于写作,就像书本和日报胜过布道者和漫游传道者。

此外,还有一个更为本质的内在理由。我们先前说过,想象力是一种返祖现象。由于作诗主要是想象力的一种功能,那么,诗艺总的来说也会逐渐消解,自然主义浪漫派"无想象力的"形式就纯粹是对这个过程的推延。文化与诗艺是对立的因素,即便这听起来充满悖论。所有作诗都是一种非文明化。诗人的"奔放"始终是以某种缺乏自制、缺乏精神的自律、缺乏羞耻心为前提的。此外,每个诗人都在某种程度上不诚实。他应该产生一种经过修饰、自成一体的创作,而这从来无法不带一些掩饰和布置。他必须先在头脑中为这些事物好好地编谎,使它们产生"美学"效果。他必须把它们谎编成一个艺术统一体,使它们有机地相互交错。最后,所有作诗过程中都伴随着一大部分**无教养**。粗略的清晰、不计代价的直观、专注于个体情形,这些都是在诗艺中可以辨识出的人类精神的初步活动。人们还可以注意到,无教养直接为诗歌的多产提供了支持,而教养则会阻碍。原始民族作诗比文明人更轻松,儿童比成人更轻松,女性比男性更轻松,大众比学者更轻松。

曾经有过一个人人都作诗的时代,那是人类的原始时期。伴随着日益增长的文化,想象力和与之相伴的诗艺都降低了。《伊利亚特》中的想象力就已经少于《一千零一夜》。很有可能,诗艺会随着时间完全消失。

生活的诗人

不过,这绝不是说,**诗人**也将会消失。相反,倘若诗艺结束了,将会有**更多**的诗人,**更伟大**的诗人。我们迄今为止所见到的所有诗人,都把自己可支配的诗意和浪漫散落到诗歌或者蒸馏到小说中了。于是,对于生活就没有剩下什么。而且人们说起戏剧滑稽演员,会说他们在生活中大多是十足的讨厌鬼。此外,"作品"必然是作诗的一部分,这一点并不是已然确定下来的。甚至,是否那种表现在一个人日常即兴的生活表达中的创造力也许更高,仍然是个问题。"作品"展现给我们的始终只是**预备好的**创造力,是长时间权衡、练习、尝试的结果。也许,最伟大的艺术家是这样一个人,他会说:

> 我创作的唯一艺术作品是我的**生平**。在其他人那里,创造力都流向了钢笔或者画笔,然而,我不会把我的天才耗费在这些事情上,我不需要这些工具。我甚至不

会去使用它们,它们对我来说太过笨拙。

这样一位诗人也许比但丁和荷马更为伟大,更为不朽。

更为不朽。因为,《奥德赛》和《神曲》是完成了的,终结了的,因此,一定程度上也是死的东西。可是,通过持续不断在后人眼睛里变迁,一个人的人生会延续下去。比如,歌德创作的一部诗作远比《浮士德》《塔索》以及他的其他杰作更为高深、篇幅更长、更为深刻,这就是"歌德生平:1749—1832"。

诚然,歌德的生平和歌德的诗作是精确地联系在一起的,不过是以独特的方式。也就是说,没有这样一个生平,他也许永远不会写下这些诗作,但是,他会过这样一种生活,却不写下一行文字。他是唯一一个能够写下《浮士德》的人,这是独特的歌德特色。而他写下了《浮士德》,只是个偶然。艺术,始终只是一件副产品。"职业诗人"这样的词是胡扯。诗人的职业也是每个其他人的职业,生活、吸收、被吸收、积累能量、发泄能量、构成世界运动的百万分之一个零件。在此之外,时不时会结出某些抒情诗或者戏剧。真正的诗人**分泌**诗作。

耶稣与左拉

伟大诗人绝对不是一直都分泌这样的分泌物。比如,苏格拉底遗留下来的唯一诗作就是柏拉图对话。但是,一位没有留下书本的最佳诗人典范是耶稣。耶稣是一位远比莎士比亚伟大的诗人。之所以如此,是因为,他的材料更为卓越。莎士比亚是利用一些人物在作诗,而耶稣是利用整个人类在作诗,或者不如说,他带领整个人类与他一起作诗,如今他已经这样做了几乎两千年之久。奥瑟罗仍然是奥瑟罗,伊阿古依然是伊阿古,然而,耶稣将自己置身于千万种诗作中,一个世纪一个世纪地从一位诗人之手跳转到另一位诗人之手。

人们如今经常听说,基督教死了。但是,今天死掉的这个基督教与基督的整个位格的关系,就如《浮士德》的一页同歌德的关系。倘若基督教能够在一千九百年的琐碎中尽情发展,也许基督教永远不会成为世界宗教。甚至相反,我们似乎今天才开始从来自拿撒勒的诗人的生平和学说中得出一些微不足道的结论。因为,他尤其想要在一个例子中展示给人们的正是,过美好的生活是可能的,换句话说,用生活来作诗是可能的。本来就存在不同类型的诗人。人们迄今所见过的两位最伟大诗人是耶稣和左拉。耶稣之所以伟大,是因为他把自己全部的诗性力量都运用在自己的生存上,并打造了一个美好的生活。左拉之所以伟大,是因为他把自己全部的诗性力量运用到以写作的方式展现人类,并制作了丑陋的书。不过,这是两个罕见的极端。常见的类型都寓于二者之间。

最后，每个人都是一位诗人。但是，大的差别在于，一个人用什么作诗，以及他停留在哪个阶段。是否停留在他的"人性"上，并局限在仅仅使用这类材料。这是**第一阶段**，**丑陋生活的诗人**，人类的大多数。其次，是否有能力从他的人性逃往谎言的世界，也就是说逃向书本。这是**第二阶段**，**美好书本的诗人**，也就是说，是人们通常所说的那些诗人。此外，是否有更大的能力为书本的世界带来生活的法则，即真理的法则。这是**第三阶段**，**丑陋书本的诗人**，即**自然主义者**。最后，是否有最大的力量惩罚生活谎言的丑陋并使之变得美好。当叔本华谈到"圣徒"，而尼采提出超人理想时，想到的也许是这类诗人。另外，自然主义的世界史意义表现于这个阶段。与一些老先生所说的不同，自然主义相当明确不是艺术的退步。但是，它只有一个特别*消极的*意义。它就像一种制动钩。因为，倘若愿意的话，人们可以去思考这整个艺术流派的美学价值，有一点是确定的，我们再也回不去了。诗作永远不会成为它曾经所是的样子，也就是说，现实生活之外、之边缘上的第二个世界，尘世*之上*的天国。我们父辈已经满足的生活与诗作的二元论，终于不再可能，这是自然主义的巨大贡献。从此开始，我们必须进步到一元论，为此，我们需要诗人。当耶稣说"地上的天国"时，指的就是这种生活与诗作的一元论，或者当诺瓦利斯说"世界不是梦，但是，它应该并且也许将成为一个梦",或者当爱默生说"诗人应该成为立法者"。无疑,到达这个目标之前,还有很长一段路,不过,我们至少暂时拥有*真理*,而这已经很多了。有品味的人如今已经不再能忍受美好的书本了。只有当它们能够直接从生活中创作出来时,人们才会再次忍受得了。不过,那时人们也许就不再需要它们了。

身后的类型

在如今已经——即便还不完善地——代表了这类生活诗人类型的诗人中间,阿尔滕贝格属于第一梯队。当我们观察他的书的时候,不得不强调,很少有一位诗人在其书中几乎与人们通常理解的诗人不相符。他没有自己的语言,没有自己的结构,没有自己的特征。不过,我们来看看事情的反面。在生活中像他这样是一位诗人的,或许更为罕见。他见书的诗作就像是他生活诗作的一种中断,它们某种程度上只是偶然地散落到了他断断续续塑造的伟大诗歌中来。他的书信、他的演说、他日常的活动,与他所写的小品文没有任何差别。我们无法赞赏他身上任何珍贵的、耀眼的品质,这是所有时代艺术令人神往的品质,因为他不是一个美学、艺术科学问题,而是一个生物学、自然科学问题。他所书写的东西里,只隐藏了他创造性力量的很小一部分。他身上最为引人注目的,并不是他记录下来的,而是他这个人,是这些创作背后这个独特、新颖、合乎时宜的感知形式。

不过,我们**不再**而且**仍未**在生活中容忍诗人。如果人们看到一个那么幸福、根本上与世无争的天性(就像阿尔滕贝格这样的人),而能够指出一丝悲哀的特征,那么,这个特征在这里就可以找到。他在当今世界的位置是错的。他的整个艺术结构让人想到过去所有可能的社会类型和一些未来的社会类型,但是,奇怪的是,他身上几乎没有什么让人想到作家。比如,他非常类似于某些古代哲人,比如犬儒派(Cyniker)、库瑞涅派(Cyrenaiker)或者毕达哥拉斯派的成员。第欧根尼的原则——中庸地做一切事——也是他的原则,因为,他在集市上作诗、做哲学、生活。他那热情的、常常过分的尊重女性,又让人想到中世纪宫廷抒情诗人,因为,这种尊重既是抒情诗一般的,又是非文学性的。他试图让每个人都皈依、而自己又不那么严格遵守的饮食学和卫生学改革目标,使得他某种程度上类似于人文主义者的时代曾经繁荣的浪游、走江湖的自然哲人。他经常也有些类似于狂热信仰的布道者。或者,人也可以把他与那些中世纪宫廷傻子(Hofnarr)做比较,他们以诙谐和自我嘲讽的方式宣扬哲学和生活常识。因为,对几乎所有与他有个人交往的人来说,他都被看作是人人可以取笑的滑稽形象。不过,也许这恰恰就是诗人天性中最大的优点,即没有人严肃对待他们,每个人都毫无顾虑地和他们做随心所欲的事,因为,每个人都只把他们看作能激起最严肃的人内心的游戏本能的奇特怪胎。偶尔出现这样的人是我们的幸运,他们提醒我们,整个生活是琐碎的,所有事物,包括至高和至深刻的,都紧邻着欢笑栖居。而诗人几乎无法引起重视,这对他们来说也是幸运。因为,这样一来,他们就可以达到以下目的:在面对他们的时候,人们是以自己所是的样子,灵魂便可以被读取。

简言之,阿尔滕贝格也许在其他任何时代都可以碰到一个更佳的精神表现形式,相比于我们的时代,除了能够给他提供一页纸、一台打字机之外,无法提供任何帮助。他在其他环境里可能一行字也不用写,但会因此而声名鹊起,整个世人都会书写他,把他的本质保存在编年史、对话、逸事、格言中。

"维也纳文化"

众所周知,这位诗人的"环境"是维也纳。人们已经习惯于把这城市与"旧文化"的概念联系起来,并想象着,它在我们的现代世界构成了许多人都怀恋的逝去的生活之美的飞地。对此,首先可以反驳的是,即便承认,维也纳处于一个美学上更高的阶段,那里的人生活得更自由、更轻盈、更优雅、"更像希腊人",那里的美在生存的一般经济活动中占据了更大的空间,那么,维也纳因此就具有了更高的文化吗?笔者认为,当人们只是简单强调,有更多外在美的地方就有更多文化,这样只是把事情简单化。光是"美"还远远不够。当它生于我们的时代时,它才是更高文化的一个标志。过往时代的美可能在今天仍然是美的,但是,它永远不会成为我们现代生活中的一个要素。如果人们只是梦想比如"雅典""佛罗伦萨"或者"魏玛"等历史幻影,完全就是浪费时间。这些文化之所以伟大,是因为,它们都诞生于时代最为直接的当下。它们今天已经死去,至多属于博物馆。我们可以指望的只有唯一一种文化,那就是1910年前后的文化。其他的都是自欺。我们只需反问,我们今天是否已经拥有一种符合我们时代的文化,这种文化与汽车、鱼雷艇、弧光灯、地铁没有矛盾?有还是没有?任何其他提问都是懦弱和不诚实的。

让我们回答"没有"!什么原因呢?我们还没有文化。但是我们情愿没有,而不是拥有一个不是我们自己创造出来的文化。我们要"旧文化"做什么?它们是并非为我们裁剪的裹尸布。"旧文化"对于命题作文是好的,但是在鲜活的生活中,它们的目的只不过是压制萌芽。没有什么比没完没了地哀怨欧洲的美国化更有害、更阻碍发展的了。美国主义是现代艺术的危机,就像自然主义曾是现代艺术的危机一样。但是,人们必须挺过危机。未来的文化必将克服美国主义，一定会。不过是基于美国主义，从美国主义内部突破。我们必须先成为美国人，然后才可以再次考虑成为"十足的欧洲人"。但是，让时钟倒转，梦想不再存在的过往，单纯地逃避时代的要求，文化可不是以这么轻松的方式造出来的。

因此，柏林之所以值得被致以最高的赞美，是因为它正确地领会到自己作为德意志帝国首都的使命，即作为现代文明中心的使命。柏林，是一座奇妙的现代机器大厅，是一台巨大的电动机，用难以置信的精确、速度以及能量产生着大量复杂的机械效能。的确，这台机器暂时还没有灵魂。柏林的生活是一座电影院的生活，是一个以不凡手法构建的机器人（homme-machine）的生活。不过，这暂时足够了。柏林还处在一个未来文化的少年时期，我们还不了解这样的文化，它还需进一步生发出来。柏林的无品味至少是现代的无品味，但是至少总好过最没有品味的非现代性，因为，在它们身上蕴藏着发展的可能性。

如果在维也纳的确有着比柏林更多的艺术感和美学感觉，人们仍然始终可以反驳上面说的一切。但是，这个前提完全是错误的。维也纳人究竟是否曾具有过艺术感，历史学家可以下论断。但是如今无论如何已经感觉不到一丝一毫了。人们可以去浏览这座城市，仔细看晚近产生的纪念碑，可以观察维也纳人坐着的家具,他们住的新房,他们逛的饭店和咖啡馆,人们可以承认,(现代大城市里也许无法避免的)无品味的活动在维也纳只不过比在柏林更少、更小。人们可以看一遍维也纳的舞台戏单,就会发现在维也纳根本没有剧院,而只是些小戏台,要么是给华而不实的戏剧,要么是给色情文艺。把维也纳人吸引到剧院的,总的来说始终只是演员。而演员之所以对表演艺术有热情,是因为这种艺术至少还可以不受惩罚地远离生活。作为吞火者、丑角、歪曲生活者的演员,这是他们的理想。他们对不真实的直觉吸引着维也纳人走进剧院。

病态的大城市

不过,真正的艺术家在维也纳从来没有被理解过。贝多芬和格里帕策在维也纳的生活如何,巴尔(H. Bahr)在一部关于维也纳的专著中已经详细描述过了,这部书未来很长时间都会是定论。瓦格纳在维也纳的经历,可以在张伯伦(Chamberlain)那部书里读到。一个有抱负、有能力的人在维也纳的遭际始终都是一样的。即便阿尔滕贝格也如此。他的友人们说,"他写的东西很有趣"。他的敌人们说,"他是个江湖骗子"。维也纳人总是懂得用这句"他写的东西很有趣"来摆脱他们的教育者,并将任何想表达、充满任何严肃激情的人贬低为闲聊者、小丑、丑角。倘若某个人因其对真理的热爱而令维也纳人不舒服,他们就会怀疑这个人是危言耸听和装腔作势,或者带着更为低级的责备转身离开。对于具有广博知识、深度、激情、客观性、思维的敏锐的人,他们都会嫉恨。因为所有这些品质对于维也纳人来说差不多意味着侮辱。他们想要每个人都折腰。他们用自己整体的无教养争取着他们的教育者,直至这些人变得不再是教育者。这座城市在极少数坚守的人身上,比如巴尔,制造出改革性的仇恨力量。

维也纳人就是这样度过一生,始终都准备好在任何热情背后发现一位说谎者,在任何理想的抱负背后发现个人的目的,倘若他没有任何其他借口的话,至少会在任何精神志向中发现"愚蠢"。因此,这就导致了维也纳的整个生活具有某种奇特的扭曲性。维也纳是一座有着丑陋人群的美丽城市。维也纳的诗意存在于石块与木头中。而穿行于石块与木头间的人则染上了一种恶意的、扭曲性的疾病,这种病在几个世纪中将自己腐蚀殆尽,它叫做理想主义缺乏症。维也纳因为染上了一种最致命的疫情而逐渐毁灭。没有人能够指出它在哪里,因为它无处不在。没有人能够疗治它,因为它的根子在维也纳人血液的成分里。

现实的变革者

那么,我们的诗人与他出生的、几乎从未离开过的这个环境的关系是怎样的?还是像一位诗人那样,他眼里的一切只是美好,或者说,他洞穿一切。他没有注意到任何他周围深刻的落后性、欺骗性以及思考能力的欠缺。甚至于似乎那些人在与他交往时,的确明显变得更好了。当他与他们交谈,他们就发生了改变,当然,只是在他在场的短暂瞬间。不过,尽管如此,他迫使他们表现出,每个人身上都藏着某种神性的东西,或者我们用不那么有神学色彩的话来说,用表达同样意思的话说,即某种诗意的东西。

爱默生曾说,"完全不存在卑鄙的人!"他也许是对的,对他来说,整个世界也许的确没有存在过。对于阿尔滕贝格来说也不存在。没有人可以在他身边卑贱地思考。不存在妓女和皮条客,不存在仆人和奴才,不存在小偷、流氓以及骗子。至少只要阿尔滕贝格与他们交谈时不存在。

甚至在人类社会的渣滓——所谓的"中产阶级"——中,他也熟悉情况,会立即诗意地给它作出安排。他在附庸风雅、被宠坏的、好说谎的小市民女人身上发现了对真正的美、高雅、对生存的拔高等渴望。他在平庸的花花公子身上发现了浪漫的爱欲者,在愚蠢的市侩身上发现了不幸的个性。他发现了万物、一切人类活动的灵魂。因为,他可以与任何人讲话,而任何人都不会拒绝他。他像苏格拉底那样,和每一个人谈论他们的活计、兴趣。和牛奶贩子谈论牛奶,和烘焙师谈论蛋糕,和乡村女孩谈论集市。如果他走进一家维也纳夜店,它们一般都是无聊和无品味的中心,他立刻会变身,年轻的舞者会变成童话女王,愚蠢的"骑士"会变成复杂的小说人物。

他如果回到乡间,整个村庄就会充满梅特林克的人物,如果来到沙龙,当值人肤浅、虚假的谈话就会变成易卜生的对话。而这些都不是他主观的诗化解读,而是对于那个瞬间,这些事物的确不仅对他,而且对每个人来说都是如此。认为诗人依赖于现实的想法是个错误。相反,现实是诗人的一部作品。就如同我们眼里的事物,它们就是它们的所是。诗人也具备迫使其他每个人眼里看到的事物就像它们所是的样子的才能。他们是一种为生活增添的凝固剂。他们刚一接触生活,生活一下子就开始分开、变清、沉淀、消融、"分解"、变得清晰。人们一下子就可以把它展现出来并且洞悉它。在他们清醒的狂喜中,生活展露出自己所有的伟大和虚无。它突然就变得可以理解。一切阴沉、不纯粹的事物都重重地垂落到地面。

伪装的诗人

这些人极其古怪。他们怏怏不乐、不知所措地晃荡,寻找着艺术,寻找着诗人。他们想要看到他们得到拔高的生活,想要知道得到说明的眼下的意义,想要看到美。他们翻看着旧日的书本,然而,它们说话的对象是早已成为骨架的人。他们不安、焦虑地张望着,天际是否会出现一道新的曙光。没有出现这道曙光。因为天边——不,那里是找不到的。相反,这道曙光一定位于他们中间,在他们身边,在他们自己内心——它一定在那里发着光亮。然而,他们永远不在这里寻找。他们认为,一位诗人一定是像远方耀眼的壮丽太阳那样升起,有着血红、华丽的色彩。但是,不存在"华丽的诗人"。

人们在所有事情上都是这样做的。他们总是期待着某种"特别的事物"。然而,特别的事物就是他们永远不会重视的向内流淌的时刻。他们长途跋涉,观察奇特的植物、陌生的动物、有异国风情的城市、不同肤色与不同想法的人。可是,这些事物跟他们没有任何关系。唯一与他们有关的,是他们装着千万重琐碎和无价值的东西的小屋,而这些东西是属于他们的。属于他们的是这些,而不是其他。他们在整个星球寻找诗歌,但是一小段也找不到。这时候,诗歌就坐在他们的房间里,等待着,无尽且徒劳地等待着。

同样,他们的诗人也在徒劳地等待着。他们隐去身份游荡在民众中间,就像奇闻轶事中的国王们。他们与民众交谈,民众几乎不应答,眼睁睁看着他们走过。后来,走来一个人,告诉人们那个人是谁。但是,这时伪装的国王早已没有了踪迹。莎士比亚死后两百年,来了一些人,他们说:"你们难道不知道,这个无名气的演员和流动剧团经理是谁?他的时代没有留下任何关于他的东西,除了他有一次因为偷猎而受到审讯。他就是莎士比亚!"所有人都大为惊讶,但是,莎士比亚早已没有了踪影。

一位诗人"留下来的"东西,即他那些贫乏、艰辛的记载,这些是他的个性最没有价值的部分。这些只不过是一些微弱的光芒和余热,而不是光源、热源本身。诚然,光芒和余热也继续发着光、散着热,即便业已冷却下来。而原因只在于,他们的光芒那么缓慢地射向我们。

六个综合

如果再次回顾一切,我们会发现,当人们心以为阿尔滕贝格只是解散了一切,某种程度上将一切碎裂为最终的原子,那么,这样的想法是个错误。乍看上去固然显得是如此,他把灵魂生活分解为纯粹的微小成分,他把史诗般的表现炸碎为完全微小的片刻画面,他把语言瓦解为完全短促的小品词和感叹词。不过,从这些微小的分析中产生出了各种伟大的综合。或者更为正确的表达是,产生了综合的构思,产生了某些综合之可能性的证据。

我们所了解的最为基础性的两个就是生理学的唯灵论和自然主义的浪漫主义。我们可以将第二个概念表达得稍微广泛些,它意味着诗歌与散文的一致性。不存在只是诗意的东西,一切事物,包括至高者,都植根于朴素和世俗的现实。同样,也不存在只是散文性的东西,即便最为日常的事物也能够变成最为神圣和最为悲剧性的事物,倘若人们从正确的角度去看的话。哲人懂得,任何事物都不是完全重要、完全严肃的,因此,他能够不理会一切,能够笑对一切。不过,他同样懂得,任何事物都不是完全不重要和完全可笑的,因此,他其实又严肃地对待一切,对一切都加以理会。对他而言,不存在什么可以忽略不计的量。我们可以称之为思想家综合。

另外一个综合是阿尔滕贝格的神秘理性主义。我们可以说,这是诗人综合。因为这实际上是每个诗人有意识或者无意识地评论生活的方式。比起其他人,诗人更为明智、更有知、更有洞察力。正因为如此,他在更高程度上必定是纯粹的理性器官、坚决的逻辑学家、冷静清晰的理性主义者。在其他人看到无望纠缠的地方,他看到的是轻而易举的解决方案。而另一方面,他很快就在每一种解决方案背后看到了新的纠葛。他比任何人都更好地理解生活,但恰恰因此,他也理解终极意义上的生活是无法理解的,而这又使他成为了神秘主义者。

《我如何看》一书标题所表达的另外一个综合,我们可以称之为艺术家综合。每一位艺术家都是一个线条最为清晰的自我,是一个单数的感知形式。他看待事物的方式不同于任何人。但是,他的这些面相并不是幻觉和感官错觉,而是迄今未被发现的现实。他的观察是**主观性的真理**,之所以说是主观性的,是因为它们出自于单个的个体,之所以说是真理,是因为他们涉及现实。这是调和艺术和科学的一种尝试。艺术是"自我",科学是"观看"。阿尔滕贝格的灵魂学其实也是将实验科学性的原则运用到艺术性的描写灵魂的尝试。他的方法是一种灵魂的化学。他在某些试剂上检测灵魂现象,尝试着一步步获得对这些现象的认识。因此,他也追求对医生和诗人的融合。实际上,这里并不存在本质区别。每一位诗人都是一位灵魂医生,而每位好医生必定是一位诗人,否则他无法在陌生机体中窥察。

所有这些综合在最为广泛的综合中才得以完成,即作诗与生活的综合。阿尔滕贝格诗作所体现的那种浪漫自然主义,只是意味着一种妥协,而不是对问题最终的解决,它至多是两种诗歌形式的结合,尽管这种结合取得了非常卓越的成功。整体仍然是一个文学问题,即使被驱赶到了书本中。还必须迈出最极端的一步,对浪漫与现实生存进行调和。我们的生活必须成为浪漫的,这就是最终和至高的综合。

侦察兵

然而,他并没有完成和实现这一切,只是开了个头,扫清了道路。这是我们必须一再提醒人们注意的。他是一位纯粹的马前卒,是一次小范围冒险性进攻的完成者,是一位兴奋和未加深思的先锋,他的使命是先锋者的使命,即被奔涌而来的运动所吞噬,没有足够措施、没有任何装备的他,只是对未来的可能性充满一种模糊的信念,先于这个运动,走在先头,走在他自己也不熟悉的道路上。恰恰这一点迫使我们将他视为一位诗人。因为,所有诗人都是这些被派往陌生、危险领域孤独的密使。他们接受了现存最艰难、最危险的事业:*启蒙*。

附录

《瞧,这个诗人》或思考现代处境中的艺术家
——弗里德尔与尼采的独特亲密性
莱施可(R. Reschke)

一

任何在尼采之后出生的作家……都不可避免地全然处于他的影响之下。

——弗里德尔,《现代文化史》

弗里德尔在其《现代文化史》中突出的"被魔鬼抓走"一章,①以他特有的充满活力的反讽,和一种——如克劳斯(K. Kraus)所说的——精辟的冗长,②在已经持续受到侵蚀的对哲人和艺术家的现代理解的边缘,勾勒了尼采的剪影。通过明显赞同尼采在《瞧,这个人》中著名的自画像,以及魏德曼(J. V. Widmann)在《同盟》(*Bund*, 1886)里的《善恶的彼岸》书评,③弗里德尔将哲人尼采作为"一位赫拉克勒斯式的爆破

---

① Egon Friedell, *Kulturgeschichte der Neuzeit*, München 1987(= KGN).

② 克劳斯如此描述弗里德尔的写作方式,参 Egon Friedell, *Der verkleidete Dichter*, mit einemVorwort von Heinz Knobloch, Berlin 1983, 10。

③ "在建造圣哥达铁路时已经使用过的火药储备库使用的是提示有生命危险的黑色警示旗帜。我们完全只是在这个意义上来谈这本书。我们在这个称谓里没有附加任何对作者及其作品的指责,就像黑旗帜丝毫不会指责那种炸药一样……精神炸药,与物质性的炸药一样,对于一部十分有用的作品来说是有利的……好的做法是,清晰地指出这样的炸药在那里存放着:这里有火药。"见 *Der Bund* vom 16./17. 9. 1886,转引自 *Nietzsche und die deutsche Literatur*, Bd. 1, hg. von Bruno Hillebrand, Tübingen 1978, 58。

手和纵火者可怕的影子"置于近代欧洲文化中。尼采对他来说,是一种烈性"炸药","基础性的自然力量与战无不克的技术"在他身上结合为"剧烈的影响"。他开拓了新的道路和远景,是一位破坏者,是一位"大胆的马前卒,是对陌生领域进行猛烈进攻的完成者,走在先头,遥遥领先",侦察兵无法避免的命运也降临在他身上,"看不到胜利而阵亡"(KGN, 1402)。弗里德尔用"地球上的大事"一词提高了上述比喻,尼采就是这个事件,他通过持久的地震动摇并令地球、整个文化感到不安(同上)。

紧接着这些强调性的、在表达的那个时代(1927—1931)出人意料的用语,是批判性的反思,比如指出尼采生平和思想的悲剧性时刻("他寻找将他吞噬的深渊,而且深知自己将被吞噬",同上),指出对这种思想固有的警告和提醒的意识,以及将他的《全集》定义为欧洲现代性中心的前奏和终曲。对于弗里德尔而言,最强大的吸引力莫过于尼采因为自己的哲学而毁灭。他并不是用这一点指责尼采哲学,而是将它视为最高的证据(同上,1402)。哲人尼采成为了现代人的范式,确切地说,成为了现代天才的范式,或者更为确切地说,成为了现代艺术家、典型的文人的范式。

他属于"火山式天性"的一员,就像赫尔德和卢梭,"在几次强烈爆发中耗尽自身,看不到秋天"(同上,293)。尼采像一台压力表指向了一百的蒸汽机,利用比如《敌基督者》一书穷尽了自己最后、最高的可能,无论在哲学还是文学上,他都充满着一种内在的加速度,"以正常时间的一半"全神贯注于生命和创造力的"整条赛道"(同上,761)。这使他跻身伟大天性之人的行列,从拉斐尔到克莱斯特、歌德、贝多芬,从伟大的亚历山大到罗马皇帝,使他位列文艺复兴时期卓越的政治和艺术博学人士的先辈长廊,"某些人在我们看来比其他人更为巨大、更为公允、更有生命,那是因为他们反映了世界的更大一部分,也就是说,拥有更大的吨位"(同上,1422)。借用弗里德尔的表述来说,凭借这种力量的他们,是"一种为生活增添的凝固剂"(同上,1270)。他们本质上的影响是净化性的,"他们刚一接触生活,生活一下子就开始分开、变清、沉淀、消融、'分解'、变得清晰。在他们清醒的狂喜中,生活去掉了自己的面纱。一切阴沉的事物都重重地垂落到地面"(同上)。他们是倍数之人,他们将自己内在的对立保持在一种魔幻的平衡中,"这种平衡促进并提高着他们"(同上,1100),以这种方式承载着生存、现实、文化的矛盾和冲突。每个时代都需要这种伟大的天性,这类天性之人集时代的反派和主人公于一身。一个无法从自身产生或者容忍他们的时代,其核心已经受到了威胁。

然而,这类天性之人自身也持续受到威胁。他们达到生存界限的高度创造力使他们经不起任何事物,甚至他们自身的干扰,他们会极限运转。在一封致柯泽利茨(H. Köselitz)的书信中,尼采把自己描述为,他属于"可能爆炸的机器"(同上,1405),① 弗里德尔把尼采这个自画像视作伟大天性之人心理状态的症候。他们始终处于一种危机状态,这种状态可能意味着上升和坠落。对他来说,尼采属于那类终究错估了自身力量的人。不过,这也在他的限定框架之内。这种"天才与世界之间发生的神秘错误估计",在他那里显现为内在力量和冲突的升华,表现为向艺术性的爆发。历史上的例子就是明证,并且刻画了一种完整的美学:

> 所有的艺术家和雕塑家,无论但丁和米开朗基罗,斯特林堡和爱伦·坡,还是尼采和陀思妥耶夫斯基,他们除了是被拯救到艺术中的食人者还是什么?还有,世界史中的怪物,无论是卡里古拉和提比略,丹东和罗伯斯庇尔,或者博尔贾和托尔克马达,他们除了是被赶入现实的艺术家还是什么?(同上,81)

---

① Brief an Heinrich Köselitz vom 14.8.1881 aus Sils Maria (KSB VI 112).

在刻画施陶芬家族的弗里德里希二世性格的上下文里，弗里德尔在尼采的自由精神中发现有某种"卓越的肆无忌惮，一种古代的声名狼藉，如阿尔喀比亚德和拉山德等形象"所体现的(同上,151)。他还具有德能(virtù)，那种介于勇敢、勤劳以及强势之间的全能能力，这种能力尤其存在于文艺复兴时期，作为个体对一切局限和力量缩减的坚决对抗，"只有在堕落的文化中才会出现专家"(同上,195),①这句话可能出自尼采。

艺术家应该具有德能，"从而可以理解一切，一切印象对他敞开，拥有对所有生存形式的理解"(同上,194)。这听起来像是对尼采及其优势的定义，而且也可以根据弗里德尔的意思如此评价。哲人尼采对他来说，与其说是哲人，不如说是艺术家。他将尼采视为世界文学史中最为悲剧的形象之一(同上,1402)，尼采与莱辛、帕斯卡尔、蒙田、李希滕贝格以及叔本华一道，"更多的是艺术家"而不是哲人(同上,1019)。类似于雨果、瓦格纳、卡莱尔，作为伟大艺术家的他被赋予激情的权

---

① 弗里德尔在尼采这里可以读到对专家的批评："我看见，也曾看见更加糟糕的事，以及种种丑恶，令我不愿一一缕述，但有些事却难以缄默：就是说，有些人某物过剩，其余则全缺——只剩一只大眼，或一张大嘴，或一个大肚皮，或其他大的东西——我把这类人称为反向的残疾人。"(《扎拉图斯特拉如是说》IV 178)[译按]中译参尼采，《扎拉图斯特拉如是说》，黄明嘉、娄林译，华东师范大学出版社，2007，页239。

利(同上,42),"尼采应该被算作诗人还是哲人"的问题,"如今依然令教授们大为尴尬"(EP,68)。① 弗里德尔预先证实了后现代论争依然关注的问题。艺术家-哲人等于艺术家哲人,这个简单的等式仍然始终很难解开。伪现代片面化的视野远远落后于、远远处于弗里德尔之下。尼采自己挑起了问题。艺术家哲人和"艺术家形而上学"(《悲剧的诞生》I,17)等词,撬动了传统的思想、造型以及反思领域之间的界限。弗里德尔接受了后果严重的视角转变,即"在艺术家的镜头下观察科学,在生活的镜头下观察艺术",并且用尼采做起了检测试验。结论是突破界限和"中间领域"的绝对选择(EP,68),即不同艺术之间,哲学与哲学之间,哲学与艺术之间。哲人不再单单栖息在理性认识的附属领域,他不再栖息在概念的体系中,他像艺术家那样,也围绕着同一个太阳,围绕着"艺术的太阳"(IEB,20)。②

　　印象主义是这一转变之后对于这一转变的文化表达形式,混合是其最为引人注目的现象。弗里德尔用"多彩的听觉"(EP,67)一词描述了这个渗透过程,在他看来,对于这个过程

---

①　Egon Friedell, *Ecce Poeta*, photomechanischer Nachdruck der 1912 im S. Fischer Verlag Berlin erschienenen Originalausgabe (mit einem Vorwort von Wolfgang Lorenz), Zürich 1992 (= EP).

②　Egon Friedell, *Ist die Erde bewohnbar? Gesammelte Essays 1913—1931*, hg. und mit einem Nachwort *Der ganze Friedell?* von Heribert Illig, Zürich 1985 (= IEB).

来说,尼采将最为本质的批判性思想前驱及其主人公集于一身。这同时也是*典型的*颓废。因此,合乎逻辑的是,弗里德尔接受了尼采的另一个自我定位,即*颓废*处在与否定颓废的矛盾性统一中。对弗里德尔而言,尼采是"那个时代唯一的颓废者"(KGN,1407),他对此有清醒的意识,并且从中发展出自己的哲学。他具有一切矛盾,具有一切病态特征,幻想至少在反思中战胜它,并来到它神秘的影响力背后。只有自身是它的一部分的人,才能够确定必要的和为反思范围所特有的距离。哲人尼采显著的、在概念上一贯支撑性的灵魂学的、后来还有生理学的思想基础("直至尼采哲学以降,人们才知道,什么是复杂的灵魂学。他将福楼拜的立体镜、龚古尔的显微镜、陀思妥耶夫斯基的潜望镜运用到纯粹思想的领域",同上,1406及以下),其伟大的灵魂学散文,都显露出现代及其特性在某些方面的病态和无度的多产。尼采并非偶然地将其思想集中于因疾病而获得的革新之核心,那是精神和身体的疾病。弗里德尔也并非偶然地在这里追随了哲人尼采。"一生都在患病的他,创造了一种哲学,它是对强劲活力的一首颂歌。"(IEB,102)隆布罗索的《天才与疯狂》被拿来引用,以强调并阐明差异,差异决定了两者,这种既充满悖论又合理的差异奠定了它们内在的相似性。无论弗里德尔在这个语境下提到的自古代以来的所有历史形象多么令人印象深刻,该主题天然地属于对现代文化以及对它作出定义的思维形象的考量。坚持高度的刺激性,作为对巨大的过度刺激和灵魂压力的反应,既敏感又有生命力,既神经衰弱又高产。作为时代的灵魂学讨论中心的神经衰弱,是每个天才人物的特点,"因此,天赋除了是有机的神经质、疯狂的一种智性形式之外,不是其他"(KGN,80)。弗里德尔的思想脉络——尼采,不仅在这里因为前者能够毫不费力地在后者身上偿清证明的举证责任,而且也因为弗里德尔自己独到地使用尼采式的思维策略,而具有了传染性。天才依靠过量而活,他们行走在狄俄尼索斯属性和阿波罗属性艰难的刀锋之上(同上)。只要他们能够保持平衡,只要狄俄尼索斯属性可以升华为阿波罗属性,只要两方面不会骗走相互间的必要性,只要现实与虚幻之间的差异没有被消解,那么,天赋就会获得文明的现代的美学、艺术维度,就会成为其范式和标志。借助对《悲剧的诞生》思维形象的化用,借助将其意义转递到1900年前后的文化语境,弗里德尔为它们开启了一个讨论空间,它们在其中成为一种进攻性美学的手段,这种美学意识到现代个体、现代艺术以及现代艺术家极端化的冲突处境,并试图将它们描述出来。针对尼采刺激性的结论说的是,"人们至少处处都可以察觉,他内心充满了狂妄,也就是说,他认为自己是弗里德里希·尼采"(同上,1411)。这个结论远不止对哲人尼采众所周知的自我谴责——自视为狄俄尼索斯或者被钉十字架的人或自视为二者——极富思想的颠转,它毋宁是上溯到现代艺术家本质的现象性,上溯到如下情形,只有在他身上,在他的自我意识中,浓缩的时代公式才会变得清晰,即"他那整个时代都被他所传染"(同上,30)。他"就像所有人应该是的样子:……他实现了自己的使命"(同上,29),他就像有着敏感琴弦的乐器,他的声响能够表达时代内在的核心。这种声响被清晰地确定为时代精神,就如在黑格尔那里,双倍的狡黠。而弗里德尔以反问的方式予以制止,即通过独特揭示性伪装予以揭露,"为什么有朝一日不会出现在一位平和的德意志教授身上?"(同上,1409)

尼采作为一种范式,是现代天才、身处现代的艺术家的同义词。弗里德尔呼召他的人格和作品为现代艺术家自我理解、为接近现代作家及其理念和形象可能之无限性的类型设定主题。尼采也是必然失败的见证者。对于现代文化地形学,对于一种"1900年后的人之自然史"(EP,113),弗里德尔的尼采形象成为它们基础性进程的催化剂。在尼采形象的建构和杜撰中,现代以其本质特点反映出来,它之所以能够反映出来,是因为尼采被看作、被看穿既是现代的促进者也是其最为敏锐的批判者。现代的内在张力的光谱集中于哲人尼采独特的形象中,如同在凸镜下,这幅形象将现代艺术、现代个体及文化的所有冲突领域集中起来,并以一种非凡的强度将它们统一为一幅万花筒般的整体全景。其程度如此强烈,以至于可以矛盾地说,每一部现代的艺术家历史、诗人历史、文化史其实真正只能够写出一个名字,那就是尼采的大名。在这个意义上,弗里德尔于1910年至1912年受费舍尔出版社委托撰写的关于奥地利文学家阿尔滕贝格的研究,就透露出尼采及其思想的广泛的在场性,这部研究可以被视为和解读为一次直接的检测试验的尝试,可以被看作弗里德尔与尼采思想独特的接近。

二

天才——这个词语,我要求不要带任何神话和宗教意味地去理解它。

(尼采,《人性的,太人性的》[上])

与出版社的不快是可以预料到的,这在于人物肖像的目标。① 为维也纳现代派的诗人和友人树立一座纪念碑,这没有问题,但不是按照出版社所期望的老生常谈来写,相反,弗

---

① "出版人费舍尔(Samuel Fischer)约了一部关于阿尔滕贝格的小书的稿子,后者虽然不是其出版社有利可图的,但却属于异国风情的作家。他所期待的可能是阿尔滕贝格非同寻常、强烈的市民生活作风中的八卦和趣闻、闲话和笑话,这个捣乱分子的一部宣传册。"(EP,前言,I)

里德尔递交了一部篇幅颇大而且很成问题的"20世纪初人的灵魂和精神状态评述"(同上,III)。根据他的基本前提,即诗人是他们时代的代表,弗里德尔从对诗人生活环境、经验空间、诗歌语言、形式变化、常规模式以及惊人的平庸的素描和分析,作出他的诊断。在他看来,阿尔滕贝格的人格、生平以及作品对于现代人的灵魂状态恰恰具有症候意义,就像维也纳世纪末对于整个现代而言那样。这部伟大散文的题目和题词都是别出心裁之举,可以说是关于精神亲缘的暗示和挑衅:《瞧,这个诗人》,与尼采自传性的自画像的关联显而易见。与尼采的自画像类似,阿尔滕贝格的画像也应该成为一种批判性的时代研究,应该澄清作者所面对的以及作为作品出发点的危险和危害,同时转化为现代的一种标志。如同在尼采那里,这个极富传统的语词应该勾勒种种纠葛,无论是精神和宗教的,还是心灵和艺术的,这些纠葛至晚自新约的确立才扭转了他的文化视野。首先,这个选定的题目不包含任何讽刺。如果有的话,只是拉开历史距离来看才产生,表达式的力量对被描述者的矮化远大于遗忘所能够做到的。题词是爱默生的一句话,"行路人是下个时代的预言"(同上,11),这句题词证明了与尼采一致的、有时也有些夸张的对美国哲人与文学家的亲合("爱默生对教条和传统评价不高,他说,他永远也不想确定一件事情究竟是对还是错,相反,他不愿确定任何事情,而是要移走一切",KGN,1198)。弗里德尔也想要转变视角,在表现形式上将现代矫正到可以辨识。题词将关于阿尔滕贝格的作品定义为朝向未来的一种独特考古学。因为,当下的人不再拥有当下,"他是由完成式和将来式组成的混合体"(EP,97),因此,现代文化的图式始终也是从这种混合体中解构出一个当下的尝试,这样的当下会持续不断地延续至未来。历史以及当下总是已经知晓了它们未来的毁灭。因此,对文化心理状态的分析不仅减轻过去的压力,而且也减轻不断反思的时代错误,"如果人们只是梦想比如'雅典'、'佛罗伦萨'或者'魏玛'等历史幻影,完全就是浪费时间……它们今天已经死去,至多属于博物馆"。这样的分析更多关切的是这样的问题:我们是否"在今天(拥有)符合我们时代的一种文化"。要回答这个问题,就需要对当下作出批判性的审视,"我们可以指望的只有唯一一种文化,那就是1910年前后的文化。其他的都是自欺"(同上,259)。答案是由单个元素组成的一种拼接画,是一种"概括地并以粗略和临时草稿的形式"的现代文化鉴定(同上,13)。弗里德尔以阿尔滕贝格为例进行了展开。

对这位艺术家、这位文人的观察,落在了他最为古怪、最不容反驳的一个定义上,即落到了天才与诗人明确的关联上,这一关联是自从启蒙运动、唯心主义美学、浪漫派以来直至二者互相划等号的理论反思都认可的,它令弗里德尔追问这些自信的理由及其身处现代和为了现代的见证。他与尼采一样,都怀疑可以用以理性为核心的潜力作为测量标准,来衡量这些人的非凡性以及他们的独特性,尼采曾在《朝霞》中说:

> 呜呼,那些"天才"的名声多么没有价值!他们的王位来得多么容易!对于他们的崇拜多么迅速就成了一种惯例!……我们依然在力量面前屈膝,然而,一种力是否可敬和可敬到什么程度,取决于它所包含的理性的程度。(《朝霞》III,318及以下;中译本参田立年译,华东师范大学出版社,2007,页419)

他的另一种视线也是同一种看法。对本质有决定性影响的方面,关键是"天才不是将力用于作品,而是用于他自身,把他自身当作一件作品,控制他自己,纯化他自己的想象力,安排和选择他的任务和印象"(同上)。在弗里德尔这里,这种天才理解在谈及伟大人物的例子时再次出现,比如保罗、奥古斯丁、路德、米拉波、尼采、马克思、拉萨尔,当这些人据说有一种创造性痛恨——针对自己、针对其出身、针对其生活环境,即一种"与自身永恒的斗争"(KGN,276),经受住这种斗争标志着他们的伟大。在极端性和普遍性之间的巨大张力中,伟大天性之人的生存轮廓得以勾勒出来。天才"是由纯粹的对立所组成,在这些对立的接触和爆发的游戏中,他的多产性得以发挥出来"(KGG,51)。① 于是,天才就是"整个人类的一面镜子和萃取物,以至于人们可以稍微夸张地说,一个具有全部品质的人是有天才的"(同上)。天才完全活在自己的现实中,他们可以看到这些现实的根底,并让人们看清万物和事件的核心,他们从自己全部的天资出发生活,他们将这些天资耗尽,直至高潮,直至没落。他们就像两头同时燃烧(尽)的蜡烛。

就此而言,在弗里德尔看来,阿尔滕贝格属于天才。作为"人们通常称为世纪末的事物的原型",他也独具一种对最深刻、最本质事物的偏爱,一种大胆和某种明显"伊卡洛斯式的东西"(EP,170)。他是一位(身处)现代的天才。在他身上人们可以看到,阿基米德的支点,天才的中心,一种与传统天才纲领突出的不一致,绝不可能是专注于自己,相反,"天才性最大的对立是主观性"(同上,136)。主观性阻碍着天才性,阻滞着它高产的潜力,"一个人越是主观地看世界,就越不可能是天才,也就是说世界的眼睛"(同上)。对天才和艺术家相互关系进行定义的,正是非个性的因素。他越是能够从自身退回

---

① Egon Friedell, *Kulturgeschichte Griechenlands*, München 1987(= KGG).

去,"就越是艺术家"(同上)。这是一种难以置信但非常现代的观察方式,它之所以前无古人,是因为迄今没有这样的必要。这是一种理解艺术家的范式转变,是基于对转变了的现代艺术家生存细致入微的观察。将天才性、将天才的艺术家限制在"摄影底片"的功能性上,限制在作为媒介的利他性上,这开启了艺术家天才性另外的、非同寻常的、现代的维度:

> 诗人并不想描摹任何特别的、个性的东西,甚至自己,而只想描摹事物。并不是他如何看,而是他如何看这些事物。书中所包含的不是其他,而是现实的视网膜图像,当然,是某个人、某双眼睛的视网膜图像,因此是客观、普遍的事物,其现实性就如任何一种其他的生理现象。所记录的是这些现实的视觉印象,别无其他。

身处现代的天才艺术家工作方式是:

> 纯粹机械化的,就像一台电报机的打字手柄,它仅仅记下来某个神秘电流传送给它的东西。(同上,136及以下)

这就是技术时代,在一种高度技术化的文化交流条件下的天才形象,如果说尼采仍未敢于从文化的新前提得出结论,并且只能或者只想首先让人们注意威胁价值的、向虚无偏移的改变,那么,弗里德尔就转向了另一个方向,就从不同镜头中观察。也就是说,他从文化描画自身的建构性潜能视角出发反思新的文化处境,即从对于现代天才、现代艺术家、现代艺术而言的变革推动的视角,带有一种明显的批判性同情和对它们会有新的可能性的信心。不同于对于尼采,在弗里德尔看来,技术化对于文化的威胁并不是进行高度反思的抗议和哲学性的没落的哀伤的明确理由,相反,在世纪之交过后,对于基础性的文化批判美学的视角转变来说,是一种已经变得理所当然的原始经验。

对文艺复兴时期文化领域——并非没有布克哈特理想化的勾画——的类似眼光使这个耀眼的时代成为对于伟大天性之人、对于有思想之人和实干之人而言,几乎不竭的榜样储备,而且也强制性地指明了他们的矛盾。他们的活力和单纯,他们的犯罪,"天才和堕落、最细腻的品味和最狡猾的卑劣并存"的相安无事,"最完美的精神教养与最完美的卑鄙无耻"的竞赛(同上,117),决定了十六世纪生存的整个经济结构。最坏的形象同时也是最伟大的,他们构成了那类制造和书写文化与历史的对立之人。弗里德尔在这里与尼采的判断完全一脉相承。当他将例外之人、颠倒乾坤之人、没有光辉和活性的时代环境之间的鸿沟视为对于十八世纪而言具有划时代意义,当他将拿破仑说成是"天才的参赛者",后者作为僵化的环境及其文化的解释和解救者"发挥了出色的影响力"(同上,129),这时,他仍然与尼采的判断一脉相承。创造力是超越时代、将所有人联系起来的标志。当弗里德尔仅仅以文艺复兴时期和成为征服者和皇帝之前,为他的祖国带来革命的科西嘉少尉为例子,将创造性处理为天才者的维度,该维度始终是艺术家和美学家独具的一个因素,这就显得像是叔本华式的学者共和国和尼采用来对付时代的平庸、对付现代大众庸俗的形象时让人们了解的伟大思想家对话的奇特余响。不过,这并不是毫无逻辑。创造力、总是着眼活动、行动的创造性,具有一种暴力和征服潜能,比起从艺术提炼,这种潜能从上述例子可以得到更容易理解的呈现。他们作为"人类的巨型雕塑"居住在文化的万神庙,

> 像但丁或莎士比亚一般作诗,像米开朗基罗或达芬奇一般塑造,像亚历山大或恺撒一般征服,像柏拉图或尼采一般思考,像佛陀或耶稣一般生活。(同上,37及以下)

这使他们脱颖而出,并形成他们的可比性。作诗、塑造、征服、思考以及生活,都是属人的生存方式,同时,从伟大天性

之人的做法来看,也是向超人性的转变,

> 仿佛自然力量在这里呼啸奔腾,然后超出自身……时至今日,我们仍然无法理解,曾几何时,他们存在过。(同上,38)

但是,他们存在过,而且会一直存在。当然,他们生存的必然性是无法弄清和给出理由的,

> 所有这些人既可以在任何时代也无法在任何时代生存。(同上)

每一种对天才的迷信都是危险的。弗里德尔从尼采身上知道多层次的危险。他远离了批判性的激情,也就是说,他在奇迹符号下谈论天才这个主题,他接受了一种探测性分析的可能,并用神秘的面纱将它包围起来。这个神秘化的行为对尼采来说是时代错乱和误导性的:

> 天才所为无它,也只是学着先奠基再建房,不断地寻找并改造材料。不仅是天才的活动,人的活动全都复杂得令人惊奇,但两者都不是什么"奇迹"。(MA-I II 152;

中译参《人性的,太人性的》,魏育青等译,华东师范大学出版社,2008,页155)

还可以读到的是,天才崇拜的倾向极有可能考虑到,始终只可以看到的是结果、是完成的艺术作品,而不是过程,人们不被允许进入天才的作坊,不允许看到用功时的辛劳。这促使弗里德尔细致地考察了艺术活动、艺术手段以及艺术动机。他自己不愿遭受作品完善性带来的专横,他与这种专横对立着思考,为人们提供了创造力和生产力机制和结构背后反思性的视野。而这也是为了保护天才性,保障创造性。因为天才对于崇拜缺乏抵抗力,对于所有方面都是破坏性的,对他的顶礼膜拜是扼杀天才。市侩文化、介于吹捧和诅咒之间暗暗滋长的野蛮,就是这样一种威胁文化的现代实在的标志,

> 如果突然产生了对自己的敬畏感,无论是著名的凯撒式敬畏,还是在此讨论的天才敬畏;如果理应献给一位上帝独享的袅袅香烟却飘进了天才的头脑,熏得他飘飘然地开始自诩超人……这是一个危险的征兆。(同上,154;中译页158)

持续性的后果就是创造力的丧失,

那种迷信开始侵蚀他力量的根基,也许在力量离他远去之后,还会使他堕落为一个伪君子。(同上,155;中译页158)

对于弗里德尔来说,阿尔滕贝格就成为了反例的典范。阿尔滕贝格通过吸收现代的平庸性而得以幸免。弗里德尔把这一点看作是使他成为**典型的**现代人的非同寻常之处。他因此固执地走在尼采的批判道路上。尼采将日益增长的颓废进程、急速的价值败坏、文化的平庸化视作自成一体的消极与积极事物。作为消极一面,他将意志薄弱归罪于那些本能够开创文化革新的人,归罪于"中间类型"、"艺术家"、那种特别的文化植物,它将作为"天才"的自己打扮成情感的传令官,"利用情感让大众兴奋",无望地讨好着群氓。积极方面,在针对极端者而必须设置对未来有保障性的新中心的地方,平庸取得了重要性。群氓和离奇之人的反对者发现,"平庸也是光芒",古老的理想于是赢得了一种新的赞成者,"平庸获得了精神、才智、天才,它变得富有娱乐性,诱惑人"(NF[残篇]XIII,366及以下)。这个地方就是尼采和弗里德尔之间一个巨大的亲近点和巨大的差异点。亲近是针对平庸事物的全能(Omnivalenz),在现代条件下,平庸事物会上升为天才事物。差异是针对现代文化和艺术本身的评价。弗里德尔不愿跟随尼采并最终将这一过程评价为文化的退步。日常性的价值在他那里获得了一种基础性的、积极的文化意义。尼采在方法和内涵上只愿承认给伟大天性之人的,是从三则逸事即可刻画出他们最终的形象,弗里德尔则有意地进行了平移,对他来说,这一点更加适用于一般天才的日常性:

> 伟大之人恰恰在他们最为人性的时刻才最为伟大。他们身上最美、最不朽的将永远是一些日常的逸事。(KGÄO, 77)[1]

这适用于所有人。正如伟大之人依靠他们的日常而活并且活在日常里,日常之人也在自己生平的诸多细小插曲中找到自己的伟大。弗里德尔将阿尔滕贝格的故事和生平书写为本质上的奇闻轶事,这位艺术家生平的残篇性质,他的多层次的侧面凝结为利用现代手段对现代进行的分析。

三

对诗人的一般性类型特点的追问,不得不成为贯穿研究

---

[1] Egon Friedell, *Kulturgeschichte Ägyptens und des Alten Orients*, München 1986 (= KGÄO).

的主题。

(弗里德尔,《瞧,这个诗人》)

弗里德尔与尼采都认为,哲学的使命在于照亮人类的**阴暗部分**。他认为现代的**丑闻**在于其与日俱增的混乱性,在于这种混乱性持续的难以理解,在于严重的文化后果。弗里德尔认为文化史最主要的使命就在于面对它,以图批判地对它进行反思。《瞧,这个诗人》在此意义上是一部现代的文化史,是对灵魂和文化心理状态的分析,是对个体的困境和需求及其满足的方式的审视,是借助一根探条深入现代的深层结构的尝试,以便探清它标志性的特征并为其命名。这根探条就是作为"人类范式"的现代诗人,他的同时代人就是根据他来塑造的(IEB,101),因为他是"人类的室内设计师"(EP,220)和唯一真正的现代人。而阿尔滕贝格对于这位细心的文化史家而言,是现代诗人的范式,在弗里德尔看来,他是"最为黑暗的现代性的顶峰"。亲密地谈论他,就意味着谈论他的时代,就意味着通过他的生平来表达这个时代,反之亦如此。

显然,这样的诗人研究就是一种真正的文化批判和另类的美学:

迄今为止的诗人是这样的人,他适当地纠正现实、适当地对现实撒谎,直至它产生美学效果。他将修正现实的"不足"视为自己的使命。……迄今为止的整个美学都是一种谬误。(同上,156)

弗里德尔认为,艺术家把力气花在、耗尽在生产和谐的艺术作品,即"均衡、权衡过的作品"(同上)。艺术家生活的和谐没有什么可投入的了,它面临着失败。恰恰这一点就有悖于任何艺术家的理解和任何批判性的反思。因此,任何人都不应该对艺术家较低的文化评价感到惊奇。针对这种对现实的修正者形象,弗里德尔树立了一个装备了所有现代特征的艺术家形象。历史的例外证明了现代的规则,苏格拉底、但丁、莎士比亚以及说不尽的歌德。以诗歌史的王者等级来反对现代文人,不过,丝毫没有贬低后者。相反,现代诗人冲进了伟大者的行列,他打破了迄今以来的所有美学禁忌和传统上理所当然的文化诫律,作为新的可能性,作为唯一还可以被接受的可能性,平等地加入了他们的行列。现代就是艺术家所是的样子。人们习以为常的艺术家的明确性早已在现实面前被撕开、被打破,它们重新将自身描绘成诗人类型史的一部分。

当弗里德尔勾勒阿尔滕贝格长处的轮廓时,尼采对现代性的赞赏和批判以颠倒的方式发挥着影响。尼采指责法国人、十九世纪的法国文学,尤其在乔治·桑那里表现出的美学的变态和无意义,他们与现实、与被尼采视为艺术家的现代条件的阴沟的极大亲近,他们对于扭捏作态的倾向,不知餍足的欲望和不幸,自以为和(或者)的确对公众趣味的讨好,近乎恍惚和自暴自弃的自我沉醉和独创癖,被定义为虚无主义者和生理学上的颓废者,疾病、感性、宗教性等突出的关联(NF XIII 600 及以下),这一切同样都可以在弗里德尔列出的现代艺术、现代文人的特征目录里找到。他也清楚,归类、概念,尤其是艺术家的概念,都是真正冒险的。它们给痂壳提供了一个基础,并将它们记录下来。因此,弗里德尔的尝试勾勒了一幅身处现代的文人的模拟画像,并将其抛入同时代美学的论争中,同时也清楚,这在他们中间是陌生的。他的诊断结果是致命的。艺术家沦为现代的猎物,但这之所以无损于他的血统,只是由于他对生存条件的吸收。他的生平既是对精巧和艰难的生存策略的实现,也是一种拒绝。他尤其熟悉现代的种种变体,他只有通过使自己成为其变体之一,或许是明显的任意性面具之下最为强烈的那个,只有这样他才可以进行防卫。极其庸俗的现实成为了艺术家的长生不老药,他在现实中、通过现实才是诗人,说"瞧,这个诗人"才有意义。现代诗人通过使自己和自己的作品庸俗化,升华了庸俗性,作为针对这种文化及其生活内涵致死、致命性后果的自杀性的保存行为。他宣告的——倘若他的确说出了一些的话——真理,是冷静、清晰、容易引起矛盾心情的,他的言谈和艺术形象具有来自现实的内在戏剧性。现实并未变得愈发深不可测,通过艺术的塑造,也就是说,通过美学的反思而意识到它的深渊——即便是在危险还不可辨识的地方。艺术家会看到现代的内部,这已经成为他自身的阴影,成为由恐惧、威胁、攻击性组成的幻影。不过,即便攻击性也会在日常性的繁忙中丧失殆尽。他不再创造传统意义上的虚幻,因为,他了解他那尼采意义上的虚幻是虚幻。他所创造的假天堂、歇脚地,是完完全全人为的,作为这样的事物始终为人所知,被包围起来,并被撕去面具。诗人令庸俗事物变得更庸俗。他生产着一种远不如现实之庸俗的美学庸俗,它无限地变大。弗里德尔所说的作为诗人领域的精确神秘主义,将诗性智慧定义为对谜团的热爱(EP,23),将这种热爱视为有历史根据、同时也是被重新征服的艺术领地,在作为诗性标志的意图解谜阶段之后,这一切在概念上为现代概括出诗人形象:

> 我们眼里的诗人则是智慧者,他辨识出斯芬克斯,也就是说,他洞见到,它是斯芬克斯,并且必将是斯芬克斯。他不再把它抛进深渊,因为,他不再厌烦神话。他不愿再揭开任何事物的面纱,有面纱的地方,他会对面纱投上一瞥。不过,他会详细地指出,面纱在哪里,以及为什么那

里有面纱。(同上,22)

听起来永恒和生存性的事物,唯独依赖现代的经验,是反对任何工具化的理性并针对这样的理性而表达的。不过,是相较于尼采的轴心偏移。尼采对一种服从于理性的艺术的责骂维护的是作为保存生命、针对现实之恐惧的必要保护的面纱和虚幻的必要性:

> 一切有生命的东西都需要在自己周围有一种氛围,一个充满奥秘的气圈;如果人们夺去它的这个外罩,如果人们裁决一个宗教、一种艺术、一个天才就像星辰一样脱离大气层而旋转,那么,人们就不应当为迅速的枯萎、僵化和不能生成而感到惊奇了。(HL,298;中译参尼采,《不合时宜的沉思》,李秋零译,华东师范大学出版社,2007,页199)

艺术作为针对生存之恶的保护伞,作为免受存在者之荒谬的防护,艺术家作为将慰藉性的面纱覆盖在难以承受的事物之上的人,对尼采来说,这一点是艺术家最首要的任务,是反对现代及其意图撕开幻象之面纱的欲望的表达。尼采自己确信,背后什么都没有,面纱本身即是一切。相反,弗里德尔确信,艺术关于自身根由的知识,艺术家关于意义、关于自身行为缘由的明确性,为艺术开启了自身对于现代的正当性,并使艺术家成为现代的一个基本样式,成为将主人公、代理人、它的批评者、局外人集于一身的人。

利用挖苦地追问诗人之利用价值,弗里德尔抓住了现代讨论的中心,用经济学术语攻击其习以为常的光环。他以他特有的讽刺性的狡猾和委婉,抛出了开场问题:

> 那些在我们这个物种的发展中一再出现的玄深生物,即那些诗人,他们的目的究竟是什么?(EP,15)

由于全部生活都是一个巨大的经济结构,诗人在其中无法获得任何特殊地位,他也服从于经济法则。因此,允许提出"他实用、便捷的使用价值是什么?"(同上)这样的问题。答案透露出许多信息:他是"时代的盐粒"(同上,17)。这意味着什么呢?它的意思是,诗人是一种针对时代痂壳的疏松剂,诗人的问题、言谈以及作品,会打破习惯、舒适以及理所当然。

> 他会去追问,而这是任何人都不会去做的。他翻掘他那个时代的整个根底,掏空它,钻探,发掘出新的土层,用这种有害的、破坏性的行动摧毁既存的腐殖质。在没

有任何人的要求下,他使隐而不彰的东西暴露于天日,用自己的疑惑锤打最为坚固的事物。(同上,16)

尼采也使用过鼹鼠形象,这个形象对于哲人的工作而言具有代表性(M III 11,前言)。诗人在任何文化中都是颠覆性的因素,此外,他在现代还是乐观主义和一切科学和理性迷信的反对者,

> 他的使命是散播不安和猜疑。他使得人们业以为借助表格和系统就可以描绘的生活,重新变成一件令人恼火、令人绝望、充满灾难的事件。(同上,16及以下)

在文化的新陈代谢中,他是自我净化的酵母。尼采和莱辛在这个语境下被称作"空气净化者"(同上,111)。他为文化注入了破坏和自我更新的成分。他是尼采意义上的破坏安宁者、野蛮人、征服者、普罗米修斯式的类型。他不可替代,不可或缺。没有他的话,个人的灵魂和文化的灵魂都会营养不良,会患上慢性呼吸困难症,它的血液循环会陷入危险和错乱。其他一切都可有可无,"但是,对诗人而言,我别无选择,我必须拥有他"(同上,16)。解剖学的形象语言和医学比喻令诗人使命对于现代的渗透性一目了然,他的使命首先转变为自然

科学-物理学性的,然后转变为哲学性的,至晚从这里开始,新陈代谢被证明是一种精神性的,而艺术家被定义为力场,被定义为有生命的能量:

> 总的来说,只有通过诗人,精神能量才会来到世间。诗人是神秘的莱顿瓶,只有他才释放了其他人的电能,也就是说,他是一个电力的分离器,使其他人成为他们自己。(同上,196)

诗人是:

> 总发电站,虽然微小,微不足道,但总归是总发电站。……这个电能原子,将生活在他们内部的事物转化为电能,它会存在,也许会是此世唯一一小块现实,而世间的一切都只是想象出来的并且是有限的。(同上)

引人注目的是,在这里可以看到尼采的身影。他后期处于**权力意志**哲学命题范围的观念,仍有余响,比如出自现代物理学针对一切固化的主观和客观定义的怀疑,此外尤其是针对所有矮化人类等级的异议和论争,反对将人归属到无法被归为权力意志的强制和目的之下。作为创造者原型的艺术家似乎通过定义独具提升权力、自我保存的能力。用弗里德尔的话说,他过着第一手的生活,他是自己的使命(同上,26),他吸收了整个现实,以便在现实中并通过现实弄清自己的整全和整体性。文化史家弗里德尔虽然几乎不能从尼采的哲学理由中得到什么,对他而言,这些理由过于庸俗。但是,他谈及的、并且理解为生活中心和意志化身的力的量子,在它们与艺术家使命的相似性方面对他有吸引力。尼采通过将所有力量,这个物理学常胜的概念引入哲学,为这个概念附加了一种内在意志,他使之具有了权力意志的资格,作为一种无法满足的对权力表达的需要,或者作为对权力的运用、实践,作为创造性的本能,他从而也能够将生活定义为"积累力量的意志",从而,"力量的量子"(NF XIII, 262)究其本质而言是动态、相对、进步性的,也就是说,它们互相地、对立地实现彼此的权力提升。如果将这一点定义为创造力的形式,读起来就像是给艺术家的代号,权力意志就获得了一种美学的重要性。弗里德尔可以在此接续,这样的思想动力也为他的艺术家形象提供了结构。改变、改造世界的意志,被尼采着重地表述为具有内在必要性的艺术家使命。当弗里德尔将诗人称为生活的唐璜,强调诗人对现实的立场是一种非凡的爱欲立场,他的说法也是在相同趋势上。

  艺术家意欲有为和必须有为的原则以独特的方式被公

布了出来。尼采在谈到瓦格纳时说,艺术家是世上伟大的简化者。在弗里德尔这里可以读到,艺术家属于成问题的天性。尼采眼前的是瓦格纳,弗里德尔则在翻检阿尔滕贝格的生平。两位艺术家之间的时代差距,包括他们经验的差异和艺术的差别,以矛盾的方式,在他们观点和解释者的深层结构中埋下了思想上的共通性。尼采和弗里德尔,即便在这里也处于共同的波段。问题的强度和简单化被证明是互补的。对于弗里德尔而言,诗作是一种"便捷的经验"(同上,15),具备一种"加速整个循环"的强大"精神能量资本"(同上,19)。诗人将生活"变成一件令人恼火、令人绝望、充满灾难的事件"(同上,17),反抗一切图表和体系的确定性。他的时代和他自己在目标上相互对立,即通过彼此的消解来吸收。诗人令他的时代非理性化,他的时代令他的生存理性化(同上,28)。尼采想要在艺术家——对他来说,瓦格纳是艺术家的范式——身上看到那种针对理论性文化对生活的敌意,针对充满张力的社会的致命性而树立发泄的画面,作为对个体、对生活的绝对保护,后者始终需要收敛剂的某种维度,这个维度对于哲人来说只不过是简化的另一种表达(WB I,447)。没有这种简化的话,一切文化必定只是由自己的自我毁灭的潜力所定义。只有艺术才能够向文化、向个体的人揭示阿基米德支点,揭示自身和人幸存的复杂几何学,悖谬的是,艺术通过对一种过分信任的不确定化,令他们对现实产生信任。

诗人——无论如何一定是现代诗人——生活在失望中并且依靠失望而活。最大的失望,即所谓的现实什么都不是,而是真正不现实的。他们的这些失望促使他们进入艺术的形象。他们的镜头决定了现实性,然后将其创造出来。无论对于尼采还是对于弗里德尔而言,艺术作品不仅仅应被看作它的现实基础,

> 认为诗人依赖于现实的想法是个错误。相反,现实是诗人的一部作品。就如同我们眼里的事物,它们就是它们的所是。诗人也具备迫使其他每个人眼里看到的事物就像它们所是的样子的才能。(同上,264)

每一种艺术的沟通因素在于,它会产生艺术家和公众之间的一种必然结合,倘若没有这种结合,艺术作品就无非是没有价值和用处的产物。每一位同时代人都会在艺术作品中看到他的同时代性被记录和表达在其中,不过,是以陌生化的语言和图像的方式。正如在艺术家自身,图像中的一切也都是放大和扭曲了的,

它们一定程度上是它们时代一切错误和德性的夸张、夸大。(同上,168)

在弗里德尔看来,尤其诗人,与哲人一道,在所有时代都被视作打破沉默的人,因为他们才是能够言说的人。尽管他们的语言也被当时文化的危害所传染,但这是他们根本的机会。艺术语言以近乎隐秘的方式传递出其独特性的内在张力、文化的心理状况。在它呈现的时代印记(EP,169及以下)中记录着时代的需求和需要、伟大和日常,如果人们能够解密美学的象形文字,它们就是清楚易懂的。以易卜生为例所展示的,在弗里德尔看来,总体来说适用于现代艺术家,他们在自己的作品中放置了"世纪之交的灵魂状态地图",他们在作品中为同时代人和后世发现并搜集了"最有价值的卷宗材料"(同上,170及以下)。倘若人们将这些观点与尼采对现代语言疾病做一对比,会看到文化批判观点显著的一致性。在尼采那里被读作习俗的濒死挣扎的,如"一般概念的疯狂"和"传达的无能为力"(WB I,455),有障碍的文化沟通和对作为替代物的艺术语言标志的巨大期待,这些在弗里德尔那里成为对一种艺术语言的辩护词,这种语言将启示与面具集于一身,在这副面具背后,裂隙有时会在一幅图像的最后和根基上变得清晰可见,但是会保存唯一一件事,即"对他意图摧毁的这个世界的一种动人美化"(EP,171)。通过修辞格的所有冷漠、精确以及矛盾心理,恐惧、惶惑、幻觉、乌托邦通过这些修辞格保留了它们的一字一句。

四

他穿梭于生活,并注视着它,这就是他的全部成绩。……他像一位生活的机关速记员,跟着记下他刚刚在口授中听到的。

(弗里德尔,《瞧,这个诗人》)

现代并不了解自己的内核,现代人也不了解自己的本质。寻找内核(本质)的踪迹,是诗人(艺术家)的事。展示给他的,是表层,很快就消失的,不清晰的,没有实质的,单纯技术性的,"电话和打字机,录影机和地铁"(同上,33),整个现代城市和生活图景传达的是虚假。如果人们像弗里德尔那样,意图将它们理解为强烈更新的一个阶段,理解为"从完成式向将来式的过渡",而且没有现在式,因为"我们生活在一种开始态(tempus inchoativum)"(同上,45),那么,时代就是颓废事物的一种。文化坐标发生了偏移,愈发地偏离自我,这个自我正在消解,不再是中心,而且没有保护性的抵抗力。巨大的世纪之交的灵魂学主题也深刻影响着弗里德尔的现代图景,作为新文化现象的神经质、感知冲击、有障碍的通感,这些占据了同时代文化批判和美学的所有宣传。尼采以消极方式论辩的地方,弗里德尔走了一条批判性同情的道路。类似的描述却导致了迥异的评价。作为哲学忠告的**静观生活**没有得到表述,相反,

> 神经质无非是增长的生产力和效率,是我们身体一个特定器官系统更为精细的分工……没有什么可以妨碍我们从其中窥到提高了的健康和生命力的征兆。(同上,95)

文化批评家弗里德尔坚信,现代人不仅会成功获得一种与新的文化挑战交往的策略,而且,会出现并发展出相容的生理学可能。听起来未来主义式的东西,具有一种现实乌托邦的维度:

> 我们还没有心灵感应的核心器官,或者简言之,我们还没有灵魂器官。未来之人将会成为交互之人(Trancemensch),乐厅之人(Odmensch),将会成为放射、心灵感

应、无线发报之人。……一个生物倘若具有了这样一种磁电灵魂器官,将会拥有与我们相比完全不同的世界入口。(同上,103)

当今的双眼并用人(Binok)近在眼前。就艺术而言,它们将会从中获益。无论人们如何定义现代人新的生理组织,"我们也将能够构想出一个更为完美、更具变化的世界",因为,陌生的能量将会拥有一个借以感知它们的器官(同上,103)。具有高度潜力的敏感性中蕴含着现代及其参与者的文化视角,"下个十年的人将会是一个有机化的神经病"(同上,109)。他身上同时也有与此相矛盾的机器性。机器这个备受轻视的事物得到了一种与众不同的价值修正。尼采已经知晓但是未加尝试的事物,对于弗里德尔来说成为确信无疑的。不仅仅因为机器时代不可逆转地开始了,而且还因为,

> 机器是我们当今生活的独立统治者。……我们的品味、伦理、激情、整个灵魂和身体的姿态,都开始按照机器的榜样,静悄悄、近乎下意识地改造自身的形象。不可思议的是,关系发生了颠转,我们曾以为,人制造了机器,但是,天哪!——机器正在制造人。(同上,87)

尼采在这个进程中看到的是现代普遍性的迷恋技术的标志和作为颓废之明证的无法抵抗。由于一切都以工业化的文化衡量自身,他断然拒绝了其促成文化的规范(NF XII, 462及以下)。与之相反,弗里德尔恰恰将这个规范提高为现代生活的积极文化标志。他将作为机器原则的尽可能的单纯、最简洁的组织、对手段的有效利用吸收到艺术家的价值领域,"这简直就是对现代艺术作品的定义。机器是一个美学规范"。这意味着什么呢?它的意思不多不少指的是,机器完全革新了文化的节奏,并产生了一种新的美学激情,

> 即机器激情,是一台轧钢机、一艘蒸汽螺旋桨船、一架重炮火力、一座发电机厂房有节奏、铿锵有力、短促的激情,模子、齿轮、输送带、传动装置、电枢装置、涡轮机等在厂房里演奏它们非凡的合奏,充满一种新的激情,工作的激情,它有着自己独特的美、独特的音乐。(同上,89)

这既不是一种狭隘的,也不是一种片面的乐观主义,而是一位文化史家的现实感,他既不愿也不能放弃现代方案。

大城市的街道给自身沾染上了这种生活节奏,它就是大城市趣味相投的表现,和对其文化日常在建筑上的标记。可想而知,现代的诗人即是街头诗人。街头的咖啡馆和商户,人

行道和车行道,灯笼和树木,忙碌和活跃,单调和无聊,这些都是诗人的行当、对象。他可以预料到在人群中偶然遇到的人的生活内涵、冲突、需求、每天和始终类似的特点的整块拼图,"他走在大街上,这其实就是他所有的诗歌活动",他是"眼下平凡生活的描述者和歌颂者"(同上,44)。对于弗里德尔而言,没有谁比阿尔滕贝格这位维也纳怪人更能体现现代文人的类型,只有后来人才会知道,他的时代精神的程度多么深。弗里德尔预感到,阿尔滕贝格的名字将会成为新文学的一个"类型概念"(同上,126)。无节制、不道德,读者想在他身上看到的坏品质等的影响,对弗里德尔来说都是代号,具体来说,是"代号意志"。解密代号意味着去谈论他,"阿尔滕贝格是人们口中的样子"(同上,127及以下)。可是,他是什么呢?在一个作家成为职业——也就是说在一切事物上都有利用价值——的时代,阿尔滕贝格作著诗,好像作诗仍旧不是职业似的。他记录下所见的,他有限的眼睛所看到的现实的草图,他是偶然和无数琐碎之事之人,这些琐碎则意味着生活。他以这种方式使平素不可见的事物变得可见,"甚至自此开始不去看这些事物已经不再可能"(同上,135)。他赋予无足轻重的事物特殊的荣誉和一种独有的崇高性,赋予毫无关联的事物一种(它们的)关联性,不做主观改变地赋予世界的微缩图画以大小和轮廓。他的图像以悖谬的方式组合成一幅完整图像,联想之链条在其中不断崩塌为其他的图像。他使实际事物的幻象客观化,并将实际事物对现实的诉求据为己有,他摧毁所有要求一致性的姿态。在阿尔滕贝格这里,街头经验进入了将其填满的人之灵魂记录表,这种经验扰乱(摧毁)了期待的平和视角的节奏。阿尔滕贝格赋予他的人物历来的人工雕琢,由此去掉了他们生存貌似的理性的魅力。弗里德尔对现代诗人的隐示在他身上和他的作品上得到了证实。

阿尔滕贝格试图正确对待每种文化在自身艺术中描摹自身(KGG,197)的渴望,通过细致入微地追随生活的运动,细微到一切"令人意外的波动和无逻辑的转折"(EP,137)。弗里德尔将他视为一块摄影底片,他以艺术家的代价成为"世界之眼"(同上,136),为了成为艺术家他放弃了任何主观性。他描画着线条,而非真正意义上的图像。他的观察具体化为迅速、简洁的语句。现代生活的高速度以点彩画的手法记录在阿尔滕贝格的文本中。他的诗作即是技术时代的诗作,

> 就如同一位摩斯电报排字工,点、线、线、点,中断,加密,速记,揉碎——他就是这样写作。

他保留下来的都是精萃,"始终只是最为必要的"(同上,137及以下),"五分钟场景"(同上,141及以下)。缓慢和诗意

的逗留在"高速列车和出租车"(同上,138)的时代已经变得错乱。惊人的高速现象已经赶超了艺术。明信片代替了书信,电报和日报主导了文化交流及其信条,"对于任何消息,一片八开的纸片就可以提供足够大的位置"(同上,139)。这从范式上深刻影响了艺术的作品结构及其自我理解,

> 因此,为现代人写的书就不能是某种耗费时间的东西,而是得节省时间。书本是体验的替代物,是给没有时间的人的临时替代物。(同上,140)

弗里德尔对忙乱、没有耐心的现代人——只是寻求消遣,并且试图在散心时或者在极短时间内读书——几乎讽刺的描述与尼采的描述有近乎混淆性的类似(FW III,556及以下)。而他们的评价则像预期的那样不同。在尼采看来,不得不说一个人"讲起话来就像一个每天都读报的人",对于现代人的文化状况而言是毁灭性的。与此相反,弗里德尔则将比如阿尔滕贝格的小品文《地方志》看作是"艺术纲领,《诗人与报刊简讯》"(同上,167)。诗人的语言类似于展览目录和价目表,没有任何美学诉求,偶尔它只是纯粹的"报刊广告风格"(同上,163),它的形式是无组织的、结晶体式的,风格是醒目的和地毯式的(同上,167)。它的现代性恰恰在于此。尼采一定忍

受不了这种风格,尽管他会宣称它是现代的。弗里德尔则强调该风格是诗人与艺术作品在其生存的文化条件面前(几乎)同气相求。

在弗里德尔看来,现代诗作的影响潜力其实也在于,构思"一部缩小的生活图景",给出作为现实精华的关键词。它的精华特征迎合的是现代对它的期待:

> 无法否认的是,对我们产生影响的只是一种强调性的艺术,我们只忍受一种强调性的艺术。我们需要这些更为强烈的刺激。(同上,151)

不同于尼采,弗里德尔在这里远不会作出消极的评价。完全相反,用文化没落的特征来证明观察到的影响变迁,将会是灾难性的。一定程度在生理上调校到更高的敏感度,恰恰符合现代人改变了的感知和文化环境。他别无他法。艺术家对灵魂-自然细节的兴趣以呈现灵魂过程的方式对这些变化做出反应并予以吟诵,"他所呈现的,是记录下来的乌有"(同上,159)。他的语言发泄的是淤积的灵魂能量,它是它们的工具,问号、感叹号、留白性词语是它们相应的打印体手段。它们扩大了刺激性,相信数量的效果是清晰呈现平时不可言说的事物的经过检验的方式,这种不可言说性是人的灵魂-自然性的基础。想象力在这里完全丧失了自己有效的艺术特权。无望地维系在"单调的自我"之上的想象力,被认为有碍于发现生活的有趣方面。而有趣的是庸俗、平庸、毫不起眼的日常事物:

> 比起以往,诗人会变得愈发紧俏和重要,即作为这些事物的发现者,只有他们才具有针对这些事物的眼睛、耳朵、神经。(同上,215)

在弗里德尔看来,发现者与发明者的差异区分开了现代人和过往时代的人。

对生理学事物的兴趣令人意外地将阿尔滕贝格与尼采联系起来。作家的生活智慧使他在人们眼中是"街头思想家",就如他的小品文令他被人们称作"街头诗人"(同上,234)。他的《先驱》想要被理解为"一种写给现代人的处方书",虽然有些滑稽和离经叛道,但是恰恰因此而是一种合乎时宜的生活指南和一种"关于吃饭、喝水、睡觉、走路、呼吸、消化、衣着、护理"(同上)的说明。这会让人们想起尼采的饮食学生活准则和他对舒适、营养、地理、气候之间关联的细致观察,还有他转变为哲学的生理学,他对自我的兴趣作为对于一切思考的基本经验,他宣扬一种以身体为主导思想的哲学(NF XI,282;XII,92)。并非偶然的是,弗里德尔联想到尼采哲学——即作为命运之爱和乐观的天然形式和作为"生活艺术的因素"(同上,240)——"极为显著的清教主义"。不过,最打动人的是这样一个附着其中的思想,即所有的哲学艺术表达都是对一种灵魂生理学组织的反思,因此,那个"能够说,我创作的唯一艺术作品就是我的生平"(同上,252)的人,就是最伟大的艺术家。这句话中浓缩了艺术的未来想象和这种艺术对文化愈发广泛的琐碎的沉迷之间的冲突状况和张力,对于这种文化而言,诗人的灵魂记录本是唯一仍然可能的现实,通过放弃自身,这种文化恰恰证明自身是荒谬的。

五 补记

弗里德尔用一部现代诗人的类型史,直接且内心矛盾地追随着尼采的脚步,为人们呈现了一部着眼于文化批判的美学(或者反过来说),它既招来误解,也产生了吸引力。不同于任何习以为常的文人传记,他翻检着阿尔滕贝格的生平,就如同翻检一部打开的文化史,可以说是在敞开的文化体上进行创作。诗人和他的时代之间的界线在其中变得模糊,界线相互渗透交融,这正是他有意而为之的计划和意图达到的挑衅。

同样显得具有亵渎性的,是他进一步使诗人世俗化为其日常的生活习惯,尤其是使他的诗作世俗化为可被利用的文化产品。于是,此前属于艺术家定义的非凡性被坚决地予以放弃,对其非凡性的否定就变成了艺术家现代理解的标识。弗里德尔用阿尔滕贝格的例子来说明这一点,具有一种反讽的品质,类似于尼采对柯泽利茨的喜爱所具有的反讽品质。艺术家和现代艺术的问题在边缘人物身上获得了简明扼要的刻画。时代精神在二流人物身上得以体现,并且存在于他身上。

弗里德尔的《瞧,这个诗人》与同时代的文化批判是一致的,可以弄清这一点就好了。他的旋律奏响了批判性和构思精巧的现代图景的前奏,正如本雅明、西美尔、巴尔、特奥多·莱辛(Th. Lessing)、鲁比纳、兰道尔所刻画的那样。与他们一样,包括尼采,他也将这样的现代视为恶魔式的而且别无选择。从次要事物上辨识出这点并对其进行反思,使得弗里德尔成为诗歌和哲学的"最艰难、最危险的事业"(同上,268)上的启蒙者。他这方面的高超清晰体现在他的现代艺术家形象、他的阿尔滕贝格肖像中。这是追随尼采的一种独到的艺术家美学。

"轻与重"文丛(已出)

01 脆弱的幸福　　　　[法]茨维坦·托多罗夫 著　　孙伟红 译
02 启蒙的精神　　　　[法]茨维坦·托多罗夫 著　　马利红 译
03 日常生活颂歌　　　[法]茨维坦·托多罗夫 著　　曹丹红 译
04 爱的多重奏　　　　[法]阿兰·巴迪欧 著　　　　邓　刚 译
05 镜中的忧郁　　　　[瑞士]让·斯塔罗宾斯基 著　郭宏安 译
06 古罗马的性与权力　[法]保罗·韦纳 著　　　　　谢　强 译
07 梦想的权利　　　　[法]加斯东·巴什拉 著

　　　　　　　　　　　　　　　　　　　杜小真　顾嘉琛 译
08 审美资本主义　　　[法]奥利维耶·阿苏利 著　　黄　琰 译
09 个体的颂歌　　　　[法]茨维坦·托多罗夫 著　　苗　馨 译
10 当爱冲昏头　　　　[德]H·柯依瑟尔　E·舒拉克 著

　　　　　　　　　　　　　　　　　　　　　　　张存华 译
11 简单的思想　　　　[法]热拉尔·马瑟 著　　　　黄　蓓 译
12 论移情问题　　　　[德]艾迪特·施泰因 著　　　张浩军 译
13 重返风景　　　　　[法]卡特琳·古特 著　　　　黄金菊 译
14 狄德罗与卢梭　　　[英]玛丽安·霍布森 著　　　胡振明 译
15 走向绝对　　　　　[法]茨维坦·托多罗夫 著　　朱　静 译

16 古希腊人是否相信他们的神话

　　　　　　[法]保罗·韦纳 著　　　　张 竝 译

17 图像的生与死　[法]雷吉斯·德布雷 著

　　　　　　　　　　　　　　　　黄迅余　黄建华 译

18 自由的创造与理性的象征

　　　　　　[瑞士]让·斯塔罗宾斯基 著

　　　　　　　　　　　　　　张 亘　夏 燕 译

19 伊西斯的面纱　[法]皮埃尔·阿多 著　　张卜天 译

20 欲望的眩晕　[法]奥利维耶·普里奥尔 著　方尔平 译

21 谁,在我呼喊时　[法]克洛德·穆沙 著　　李金佳 译

22 普鲁斯特的空间　[比利时]乔治·普莱 著　张新木 译

23 存在的遗骸　[意大利]圣地亚哥·扎巴拉 著

　　　　　　　　　　　　吴闻仪　吴晓番　刘梁剑 译

24 艺术家的责任　[法]让·克莱尔 著

　　　　　　　　　　　　　　　　赵苓岑　曹丹红 译

25 僭越的感觉/欲望之书

　　　　　　[法]白兰达·卡诺纳 著　　　袁筱一 译

26 极限体验与书写　[法]菲利浦·索莱尔斯 著　唐 珍 译

27 探求自由的古希腊　[法]雅克利娜·德·罗米伊 著

　　　　　　　　　　　　　　　　　　　张 竝 译

28 别忘记生活　[法]皮埃尔·阿多 著　　　孙圣英 译

29 苏格拉底　[德]君特·费格尔 著　　　　杨 光 译

30 沉默的言语　[法]雅克·朗西埃 著　　　臧小佳 译

31 艺术为社会学带来什么

                  [法]娜塔莉·海因里希 著   何 蒨 译

32 爱与公正   [法]保罗·利科 著   韩 梅 译

33 濒危的文学   [法]茨维坦·托多罗夫 著   栾 栋 译

34 图像的肉身   [法]莫罗·卡波内 著   曲晓蕊 译

35 什么是影响   [法]弗朗索瓦·鲁斯唐 著   陈 卉 译

36 与蒙田共度的夏天   [法]安托万·孔帕尼翁 著   刘常津 译

37 不确定性之痛   [德]阿克塞尔·霍耐特 著   王晓升 译

38 欲望几何学   [法]勒内·基拉尔 著   罗 芃 译

39 共同的生活   [法]茨维坦·托多罗夫 著   林泉喜 译

40 历史意识的维度   [法]雷蒙·阿隆 著   董子云 译

41 福柯看电影   [法]马尼利耶 扎班扬 著   谢 强 译

42 古希腊思想中的柔和

                  [法]雅克利娜·德·罗米伊 著   陈 元 译

43 哲学家的肚子   [法]米歇尔·翁弗雷 著   林泉喜 译

44 历史之名   [法]雅克·朗西埃 著

                                                    魏德骥 杨淳娴 译

45 历史的天使   [法]斯台凡·摩西 著   梁 展 译

46 福柯考   [法]弗里德里克·格霍 著   何乏笔 等译

47 观察者的技术   [美]乔纳森·克拉里 著   蔡佩君 译

48 神话的智慧   [法]吕克·费希 著   曹 明 译

49 隐匿的国度   [法]伊夫·博纳富瓦 著   杜 蘅 译

50 艺术的客体   [英]玛丽安·霍布森 著   胡振明 译

51 十八世纪的自由 [法]菲利浦·索莱尔斯 著

唐 珍 郭海婷 译

52 罗兰·巴特的三个悖论

[意]帕特里齐亚·隆巴多 著

田建国 刘 洁 译

53 什么是催眠 [法]弗朗索瓦·鲁斯唐 著

赵济鸿 孙 越 译

54 人如何书写历史 [法]保罗·韦纳 著　韩一宇 译

55 古希腊悲剧研究 [法]雅克利娜·德·罗米伊 著

高建红 译

56 未知的湖 [法]让-伊夫·塔迪耶 著　田庆生 译

57 我们必须给历史分期吗

[法]雅克·勒高夫 著　杨嘉彦 译

58 列维纳斯 [法]单士宏 著

姜丹丹 赵 鸣 张引弘 译

59 品味之战 [法]菲利普·索莱尔斯 著

赵济鸿 施程辉 张 帆 译

60 德加,舞蹈,素描 [法]保尔·瓦雷里 著

杨 洁 张 慧 译

61 倾听之眼 [法]保罗·克洛岱尔 著　周 皓 译

62 物化 [德]阿克塞尔·霍耐特 著　罗名珍 译

图书在版编目(CIP)数据

瞧,这个诗人/(奥)埃贡·弗里德尔著;温玉伟译. --上海:华东师范大学出版社,2024
("轻与重"文丛)
ISBN 978-7-5760-5178-0

Ⅰ.I521.65

中国国家版本馆 CIP 数据核字第 2024TS5202 号

华东师范大学出版社六点分社
企划人 倪为国

本书著作权、版式和装帧设计受世界版权公约和中华人民共和国著作权法保护

"轻与重"文丛
瞧,这个诗人

著　　者　(奥)埃贡·弗里德尔
译　　者　温玉伟
责任编辑　朱妙津　古　冈
审读编辑　卢　荻
责任校对　高建红
封面设计　姚　荣

出版发行　华东师范大学出版社
社　　址　上海市中山北路 3663 号　邮编　200062
网　　址　www.ecnupress.com.cn
电　　话　021-60821666　行政传真　021-62572105
客服电话　021-62865537
门市(邮购)电话　021-62869887
地　　址　上海市中山北路 3663 号华东师范大学校内先锋路口
网　　店　http://hdsdcbs.tmall.com/

印　刷　者　上海景条印刷有限公司
开　　本　787×1092　1/32
印　　张　10.75
字　　数　175 千字
版　　次　2025 年 1 月第 1 版
印　　次　2025 年 1 月第 1 次
书　　号　ISBN 978-7-5760-5178-0
定　　价　68.00 元
出 版 人　王　焰

(如发现本版图书有印订质量问题,请寄回本社客服中心调换或电话 021-62865537 联系)